喧嘩《すてごろ》

黒川博行

Hiroyuki Kurokawa

角川書店

喧_{すて}
嘩_{ごろ}

装丁／多田和博
装画／黒川雅子

1

マキはケージの上にとまり、頭を羽根に埋《うず》めて眼をつむっている。昼寝だ。

二宮《にのみや》は気配をひそめて、そっと立ちあがった。マキが気づくとあとを追ってくる。

あとずさりしながらドアのそばまで行ったとき、マキが眼をあけた。ヒュッと飛んでくる。二宮の頭にとまって、〝ケイチャン　マキチャン　イクヨ　オイデヨ〟と鳴いた。

「マキ、おれは昼飯食いたいんや。お留守番しててくれ」

〝ポッポチャンハドコ　ポッポチャンハドコ〟

「マキはここにおる。啓《けい》ちゃんの頭の上や」

〝ゴハンタベヨカ　ゴハンタベヨカ〟プリッと音がした。頭に糞《ふん》をしたらしい。

「マキは鳥やろ。ラーメンや餃子《ギョウザ》は食われへんのや」

〝ソラソウヤ　ソラソウヤ〟マキは頭から肩におりて二宮の唇をつつく。腹が減っているのだ。

二宮はケージのところにもどって餌皿を手にとった。マキは皿に飛び移ってシードを食べはじめる。オカメインコのマキの好物は粟《あわ》と稗《ひえ》、麻の実だ。

ひとしきり餌を食べると、マキは事務所の中を飛びまわり、ケージにとまって羽づくろいをはじめた。わがままで世話の焼ける鳥だが、底抜けに明るい。なにをしてもかわいい。

二宮はティッシュペーパーで頭の糞を拭《ふ》き、ジップパーカをはおって事務所を出た。施錠し、エレベーターで一階に降りる。メールボックスを開けたが、郵便物はなかった。

ビルを出たとき、「二宮くん？」と声をかけられた。振り返る。ファーつきの白いフードジャケットにスリムジーンズの女が立っていた。

「あの、どちらさん……」いい女だ。どこかしら見憶《みおぼ》えがある。

「二宮くんでしょ。わたし、藤井《ふじい》あさみ」

瞬間、思い出した。高校三年時のクラスメートにして、男子生徒に絶大な人気のあった藤井あさみだ。長身、栗色のショートカット、切れ長の眼、鼻筋がとおっている。

「ああ、藤井さん……。久しぶりです」間の抜けたセリフだ。

「二宮くん、配達？」

「えっ……」

「ごめん。荷物を運ぶひとかと思て」

「いや、五階に事務所があるんや。二宮企画いうて、建設コンサルタントみたいな仕事をしてる」

「ふーん、建設コンサルタント。なんか、むずかしそう」

「そんなんやない。あほでもできる仲介コンサルや」

「また、そんなこといって。変わってないんやね、二宮くん」

どう変わってないんや。この女はひょっとして、おれのことをあほやと思てたんか――。

そら成績はわるかったし、授業中にビニ本を回し読みして取りあげられたこともあった。喫煙で一回、飲酒で一回、停学処分になったこともあったけど――。

「わたしね、このビルで会社してるんやで。１０３号室。越してきて、まだ一カ月」

社名は『クリップ』。レディースの服、小物、靴、バッグの卸と小売りをしているといった。

「へーえ、それは奇遇やな。一階の奥の部屋が空いてるのは知ってたけど、あそこを借りたんか」

「でも、入ってみたら狭いねん。うち、倉庫もいっしょやから」

「商品の倉庫かいな」

「そう。スチール棚を並べてパッキンを積みあげたら、もう仕分けするスペースもない。家賃はリーズナブルやし、アメ村の外れやから場所的にもいいかなと思たんやけどね」

「そうか。一階はどの部屋も狭いしな」

一階は七室。二宮企画のある五階は四室だから、その分、狭いのだろう。

「二宮くんの事務所って、何坪？」

「六十平米弱やから、十八坪かな」

「すごい広いね。もっと上の階にしたらよかった」

「けど、上の階は空きがなかったやろ。このビルはだいたい、いつでも満室や」

「やっぱりね。不動産屋さんもそういってたわ」

藤井あさみは小さく笑って、「どこ行くの、二宮くん」

「昼飯、食おかなと出てきたんや」

「わたし、食べてきた。『ルコッチ』のパスタランチ」

「ああ、あそこは旨《うま》いな」

「じゃあね。また」

いうなり、藤井は手を振って福寿《ふくじゅ》ビルに入っていった。

くそっ、しもた――。舌打ちした。おれは気が利かん。パスタのあとはコーヒーやろ。なんで誘わんかったんや――。

悠紀《ゆき》に電話をした。すぐに出た。

――なに、啓ちゃん。

――飯、食うたか。

――まだやけど。

今日は弁当を持ってきた、と悠紀はいった。当然、自分で作った弁当ではない。母親の英子《えいこ》が持たせた弁当だ。

──おれ、『ルコッチ』のパスタランチ食いたいんやけどな。

──それって、わたしと食べたいわけ？

──そのとおりです。

──うん。つきあったげるわ。

──弁当、持ってきて。夜、おれが食うし。

二宮は携帯をたたみ、ゆっくり歩きだした。


千二百八十円のパスタランチを食ったあと、近くのタリーズに入った。悠紀はカフェオレ、二宮はアメリカン。喫煙コーナーで煙草を吸いつけた。

「──すぐには分からんかったんや。こんなモデルみたいな女とどこで知り合いになったんかなと。新地のクラブなんか縁がないし、キャバクラの子にしては齢《とし》食うてるし……。そしたら、同級生やった。おれ、同窓会なんか出たことないしな。ほんまに、あんなふうにきれいに齢とって、すっかり垢抜《あかぬ》けて、びっくりしたがな。……悠紀もこれからますますきれいになって、そばにも寄れんようになったら、いっしょに飯なんか食うてくれへんやろ。それで電話したというわけや」

「ふーん、一目惚《ひとめぼ》れしたんや、啓ちゃん」

「悠紀にはわるいけどな」

「全然、わるないわ」

「けど、冷静に見たら、悠紀は十点満点の九、藤井あさみは八や」

「満点やないのはどういうことよ」

「ときどき、ろくでもない男とつきあうやろ。そこが減点対象やな」

つい先月、悠紀は男と別れた。阪大法学部を出たくせに二回も司法試験に落ち、三回目にやっと合格して、去年、弁護士登録をしたばかりの若造だが、親が大手広告代理店の役員らしく、生意気にも西天満《にしてんま》に自前の事務所をかまえてロータスを乗りまわしている。そんなあほぼんのチャラ男はあかん、と二宮はいったが、イケメンやねん、と悠紀は何度かデートをした。男は母親のクレジットカードを三枚も持つマザコンやった、と悠紀はいう。そら見たことかと二宮は快哉《かいさい》を叫び、ホッと胸をなでおろしたのだった。

「わたしって、望みすぎなんやろか」

悠紀はカフェオレを飲む。「このひとが好きって思たら、すぐにでも飛び込む子やのに、そんなひとに出会わへん」

「さっきもいうたやろ。そんじょそこらの男に悠紀はもったいない。悠紀はこれからもどんどん洗練されて、十点満点の十になるんや」

「そうかな。そうやったらいいんやけど」

悠紀はいって、顔をあげた。「啓ちゃん、そのひと、独身なん？　藤井あさみさん」

「ああ、たぶんそうやろ。装《な》りは若いし、会社してるというてたし」

「旦那《だんな》さんのお金でやってるかもしれんやんか」

「そうか。それもあるな」

「そのひとの写真撮ってよ。わたしに見せて」

「おれのガラケーで撮れるんかな」

半年前、羽曳野《はびきの》の梅酒工場の解体現場で撮った画像はみんなピンボケだった。たぶん、レンズがいかれている。

「ガラケーはスマホにしなさい。それと、啓ちゃんはもっとおしゃれせなあかんよ」

悠紀は二宮のジップパーカに手を伸ばして、マキの糞をつまみとった。「ほら、本人は平気でも他人は見てるんやで。無精髭《ひげ》。散髪もしなさい」

「悠紀は何カ月にいっぺん、美容院へ行くんや」

「何カ月やないでしょ。二十日に一回は行ってる」

「髭、剃《そ》るんか。腕の毛とかも」

「あたりまえやんか。女の子は身体みんなが顔なんやで。ビキニラインも処理してるわ」

ピクンとなった。Vライン？　それともIライン？　訊《き》きたいが、口にしたら殴られる。

「来週、オーディション受けるねん。アップルシアターで『メアリーズ・レッドソックス』」

ブロードウェイ発、日本初演のミュージカルだが、オーディションに合格すると、四カ月は拘束されるという。

「それ、『コットン』にはいうてあるんか」

「もちろんいってるけど、もし受かったら代わりのインストラクターが要るでしょ。わたしが紹介せんとあかんみたい」

「なんなら、おれが行ったろか。赤いレギンスで」

「賢いね、啓ちゃん。いうことが」

悠紀はスツールに座ったまま片膝《かたひざ》を立て、皺《しわ》になっていたクラッシュジーンズの裾《すそ》をムートンブーツに押し込んだ。手足がすらりと長く、身体が柔らかい。ハーブ系のコロンの香りが二宮の鼻をくすぐった。

悠紀は日航ホテル裏のダンススタジオでインストラクターをしている。レッスンは午前中と夕方が多いから、空き時間は歩いて十分足らずの二宮の事務所に来て、バレエやミュージカルのＤＶＤ

を、それも同じものを繰り返し見て、ときには自己流のボイストレーニングもする。去年の秋は湊《みなと》町《まち》の『フォルムズ』で『マイ・レディー・クレメンタイン』という二カ月のロングランミュージカルに出演した。

オーディションダンサーなんていくらでもいる。歌手や女優みたいにキャラクターを売るわけやないから、ダンサーだけで食べていくのはむずかしい。でも、わたしは踊るのが好きやねん――。

悠紀は幼稚園から高校までクラシックバレエを習っていた。高校を出てハンブルクに二年間のバレエ留学をし、六年前の春、帰国した。かなり才能はあるらしく、ドイツ国内のバレエコンクールで何度か入賞した。悠紀は二宮の叔母《おば》、英子の娘で、二宮には従妹《いとこ》にあたる。

「啓ちゃんて、洗濯はするの」

「する。週にいっぺんはな」

ほんとは半月に一回だ。Tシャツが二十枚、ポロシャツが十枚、トランクスが十五枚ほどか。適度に汚れると段ボール箱に放り込み、いっぱいになるとアパートの近くのコインランドリーに持っていく。ベランダに置いている洗濯機は、ここ三年、壊れたままだ。

「な、悠紀、おれは来年の三月で四十や」

「あ、そう」

「三十にして立つ、四十にして惑《まど》わず、五十にして天命を知る……。おれの人生そのものやで」

「ふーん、なんか賢そう」悠紀はまるで感心しない。

「論語や、論語。孔子《こうし》の言葉。おれは惑いというやつがないもんな」

そう、日々の暮らしについて迷うことがない。流されるままだ。

朝は九時ごろに起きて、気が向いたらシリアルを食う。イタリアンレッドのアルファロメオ156を駆って大正区《たいしょうく》千島《ちしま》のアパートから西心斎橋《にししんさいばし》の事務所へ行き、マキをケージから出して餌を食べさせる。昼飯のあとはベンチソファに寝ころがってクライアントからの電話を待ち、日が暮れるとマキをケージにもどしてペット用のヒーターを入れ、事務所を出る。アメ村あたりで晩飯を食い、レンタルの映画DVDを五本ほど借りてアパートに帰る。パックの焼酎《しょうちゅう》を飲みながら映画を見ているうちに眠くなり、目覚めたら雀が鳴いている。実にシンプルな迷いのない暮らしだ。

「おれ、考えたら、一日に十時間は寝てるかもしれん」

「わたしなんか、努力して八時間やで」

「寝る子は腐る、て誰かがいうてたな」

煙草を消し、悠紀にもらった弁当を持った。「帰るわ。事務所に」

「わたしも行く。マキちゃんに会いたいし」

悠紀もカフェオレを飲んで立ちあがった。


木曜日——。ノックの音で目覚めた。

「はい。どちらさん」訊いた。

「藤井です」

えっ……。あわててソファから起きあがった。

「ちょっと待って。鍵《かぎ》あけるから」

流し台へ走って鏡を見た。逆立った髪に水をつけて手櫛《てぐし》で直す。タオルで顔を拭き、嗽《うがい》をしてからドアのところへ。マキはカーテンレールにとまっている。

錠を外してドアを開けた。藤井あさみが立っている。小さなバラの花束を持っていた。

「ごめんね。電話しようと思ったけど、番号分からへんから」

「いや、名刺渡すの忘れてたな。どうぞ、どうぞ」

招き入れた。バラの香りがする。藤井はピンクのカットソーに白のパンツ、華奢《きやしや》な白のヒールを履いていた。

藤井は事務所を見まわした。「あれ、いいかな」と、キャビネットの上の花瓶を指さす。

「ああ、ひとつしかないんや。花瓶は」

二宮は伊万里《いまり》の花瓶をおろして、干からびた花をトラッシュボックスに捨てた。藤井は花束の包みを外して花を挿す。流しのところへ行って水を入れ、花を形よく整えた。

「ありがとう。花なんか飾ったたん、何年ぶりやろな」

「冬は花が少ないでしょ。あれはみんな温室のバラ」

「おれは匂いのある花が好きや。バラとか梅とか」

花瓶に鼻を近づけた。「馥郁《ふくいく》たる香りというのはこのことかな」

いったが、返事がない。振り返ると、藤井はソファに座っていた。

「この事務所、広いね。やっぱり」

「そら六十平米やからな」

「家賃は」

「月に十三万かな」

「うちとそう変わらへん」十二万円だと藤井はいった。

なにしに来たんやろ――。そう思った。単なる表敬訪問だろうか。それにしては花束が大げさだ。モテたことがないから対応にとまどう。

「出前とるわ。一階の『ミネルバ』。なにがええ」デスクの電話をとった。

「アールグレイにする」

「おれはダージリンにしよ」

電話をかけた。ミネルバはポットで紅茶を持ってくる。

二宮もソファに座った。考える。なにを話そうか――。

藤井あさみは傍らのケージに眼をやった。

「鳥がいるの」

「オカメインコや。頭の上。あんたの」

藤井は顔をあげた。

「ほんまや。インコがとまってる」

「知らんひとが来たらおとなしい。黙って観察してる。頭の羽根が立ってるのは警戒してるんや」

「あら、ごめんね。お名前は」藤井はマキに話しかけた。

「マキ。雄やけど」

「かわいいね。ほっぺたが赤い」

「そやから、オカメインコというねん」

「齢は？　マキちゃん」

「それが分からんのや。まだ若いと思うけど」

マキ、おいで。ご飯食べよ――。呼んだ。マキはピッと鳴いて、カーテンレールから二宮の肩に飛んできた。

「わっ、呼んだら来た」

「かわいいやろ。一日中、ここで遊んでるんや」

餌と水はケージの中だけではなく、ケージの上と流しのところにも置いてある。月曜から金曜まではマキは事務所で暮らし、土日は二宮が千島のアパートに連れて帰るのだ。

マキを飼いはじめたのは去年の四月だった。いつものように昼寝をしていたら、そばで鳥の鳴き声がする。デスクのレターケースに鳥がとまっているのを見たときは、ソファから落ちそうになった。身体はグレーで顔が黄色、ほっぺたが赤い。頭のてっぺんの長い羽根ができそこないの暴走族のように立っていた。鳩をほっそりさせたような体形だった。

　鳥は開け放した窓から入ってきたらしかった。どこかの家で飼われていたのが逃げ出して迷い込んできたのだろう。「なんや、おまえ」といったら、ひょいと飛んで二宮の膝にとまった。ずいぶん馴《な》れ馴《な》れしい。これもなにかの縁だと、飼ってやることにした。あとで知ったがオカメインコという鳥で、マキと名づけたのは〝マキチャン〟と鳴いていたからだ。鳥をペットにしたのは初めてだが、懐《なつ》いてくるとほんとうにかわいい。マキが来てからは事務所を空けてパチンコへ行くこともほとんどなくなった。

「マキちゃん、いい子やね」

　藤井は指を近づけた。マキは冠羽を逆立てて羽根をいっぱいに広げた。

「威嚇してるんや。それ以上、近づくな、て」

「小さいのに強い」

「臆病《おくびょう》やから、そうするんやろ」

　マキはひとを知っている。喋《しゃべ》ったり歌をうたったりするのは、二宮と悠紀の前だけだ。

「こんなこというてもいいかな」

　藤井は二宮をじっと見た。「頼みがあるんやけど」

「うん、なんや……」

　煙草をくわえる。マキはケージに飛び移って餌を食べはじめた。

「この事務所に棚を置かしてもらえへんやろか」

「棚……。そらまた、なんで」

「前もいったでしょ。うちの事務所、棚を並べたら仕分けするスペースがなくなったって。半年でいい。もっと広い事務所を見つけるか、近くに倉庫を借りるまで、仕入れた商品をここに置かしてもらえへんやろか」

「要するに、倉庫にしたいというわけやな。この部屋の一部を」

「スチール棚ふたつだけ。お願い。このとおりです」

藤井あさみは頭をさげた。二宮は考える。マキとふたりの生活に新たな侵入者が来るのはうっとうしいが、藤井のような美人とは仲良くしたい。

「ただ、倉庫代わりにするだけなんやな。棚ふたつ分」念を押した。

「そう、仕分け作業なんかしません。もちろん、事務作業もしません」

スチール棚ひとつにつき一万円、ふたつだから月に二万円を払いたい、と藤井はいった。

「けど、藤井さんに部屋の鍵を預けたりはできへん。それでもかまへんのか」

「うん、それでいい。二宮くんが事務所にいるときだけ、パッキンを出し入れするし」

「パッキンて、段ボール箱のことか」

「中国とかアメリカとか、海外から送ってくる五十キロくらいの段ボール箱。けっこう大きい」

「分かった。そういうことなら棚を入れて。どうせ、がらんとした事務所やから」

棚ふたつの専有面積はせいぜい一坪だろう。それで月に二万円の不労所得なら、わるくはないし、藤井とのつきあいが深まるかもしれない。

「ありがとう、二宮くん。ほんと、助かったわ。断られたら、どうしよかと思てたてん」

藤井はにっこりした。歯並びがきれいだ。

「棚はいつ、入れるんや」

「明日でもいい？　業者に連絡するし」

「分かった。昼間はだいたい、ここで寝てるから」

注文した紅茶がとどき、飲みながら話をした。藤井が扱っているのは若い女性向けの衣料品と洋品、バッグや靴で、店頭販売はせず、小売りはネットでしていること。若者向きのセレクトショップにカットソーやワンピースを輸入して卸売りしていること。近ごろの衣料品はデフレがとまらず、一部の人気ブランドものと価格帯が大きく離れていること――。二宮にはほとんど興味がないが、訊くと、藤井は丁寧に答えてくれた。

「人気商品って、猫の目のように変わる。たとえば、Aというブランドのファーつきジャケットが流行《はや》って、百枚単位で仕入れたりすると、次の週にはパタッと売れ行きがとまって、Bのジャケットが人気になったりする。……そう、流行ったときは衰退期。その見極めがむずかしい」

「株の売り抜けみたいなもんやな。よう知らんけど」

「ある意味、ギャンブルかもね」

「ま、経営というやつは博打《ばくち》やもんな」

「二宮くんは手堅くやってるんでしょ」

「どうやろな。建設コンサルタントが長期低落傾向にあるのはまちがいない。毎年、売上が落ちて、ここの家賃を払うのもぎりぎりの状態や」

暴対法につづく暴排条例施行に決定的な影響を受けた、と本音のところはいわない。それをいえば、ヤクザと関係があるように思われてしまう。

「ごめんね。仕事の邪魔して」

藤井は腕の時計に眼をやって、「明日、また来ます」腰を浮かした。

「名刺、くれへんか」

「いま作ってるねん。前の名刺やったらあるけど、かまへん？」

会社名と携帯電話番号は同じだが、住所と固定電話の番号がちがうという。

名刺を交換した。《(有) クリップ　チーフマネージャー　藤井あさみ》とある。旧住所は尼崎《あまがさき》の道意町《どいちょう》だった。

「道意町て、尼崎センタープールの近くやな」

「そう。歩いて五分。よう知ってるね」

「若いころ、よう行った。競艇。いつもスッカラカンになって、泣きながら帰った」

高校を出て立売堀《いたちぼり》の機械商社に勤めていたころだ。先輩に競艇狂いがいて、毎週のようにつきあわされた。思えば、あれで博打に嵌《は》まったのかもしれない。パチンコ、競艇、競馬、競輪、裏カジノから本物の賭場《とば》まで、ひととおりの博打はやってきた。いままでに溶かした金でマンションの一部屋くらいは買えただろうに。

「わたし、ギャンブルをするひとって嫌いやない」

「へーえ、そうかいな」うれしいことをいってくれる。

「だって、負けても負けても、しのいできたんやもん。ギャンブルにかぎらず、いろんなことに折り合いがつけられるんやと思うから」

なんと、筋道のとおったいい女だ。ものごとの理屈、おとなの生きようが分かっている。これからの深いおつきあいを願って、博打の機微をレクチャーしたい。

「おれ、この夏、マカオに行った。いつか案内したいな」

タイパ島の『ヴェネチアン』。全室がスイートで三千室、スロットマシンが六千台、ゲームテーブルが八百台、といったが、藤井はまるで興味を示さず、「じゃ、また」と、立って事務所を出ていった。

「マキ、おれはまちごうたかな、アプローチ」

〝チュンチュクチュン　チュンチュクチュンチュンチュン　オウ〟マキは鳴く。

「ま、ええ。これから毎日、藤井あさみに会える」

ポットの紅茶をカップに注いだ。マキがカップにとまって飲む。渋かったのか、マキは眼をパチクリさせて首を振る。

二宮はまた、藤井の名刺を見た。〝チーフマネージャー〟とあるから経営者だろうが、スタッフはいるのか。有限会社の資本関係はどうなのか。スタッフのことは訊き忘れたが、男だったらうっとうしい。

藤井とは同学年だが、たぶん四十歳にはなっているだろう。ということは、旦那がいるかもしれない。バツイチで子供がいるかもしれない。

「マキ、しもた。肝腎《かんじん》なことはなにも聞いてへんがな」

マキを指にとまらせて頭をなでた。

2

翌日――。事務所に入ったとたん、電話が鳴った。藤井あさみから、十一時に業者を行かせる、という。二宮は了承して電話を切った。
エアコンの電源を入れ、マキをケージから出して餌を食べさせた。マキはご機嫌で、なにやら喋る。ペットボトルの茶を湯飲みに注ぐ〝トクトク〟という音や、缶ビールのプルタブをひく〝プシュッ〟という音も真似をして、それがけっこう巧《うま》い。迷い鳥だったマキがよくこの事務所に飛んできてくれたものだと、二宮は前の飼い主に感謝している。

業者は十一時に来た。男がふたり。事務所のドア側の壁際にスチール棚を組み立てはじめたが、かなり大きい。横幅は二メートル、奥行きは六十センチほどあって、柱は天井にとどきそうだ。

「こんな棚、何キロくらい載せられるん?」訊くと、許容荷重は三百キロ、と業者は答えた。三百キロがふたつ――。床が抜けなければいいが。

業者は組み立てを終えて帰っていき、すぐあとに藤井が現れた。棚を一瞥《いちべつ》して、

「ありがとう、二宮くん。思ったより大きいでしょ」

「いや、そうかな。スチール棚いうのはこんなもんやろ」充分に大きい。嵩高《かさだか》いし、目障りだ。

「よかったら、下でお茶でもどう?　会わせたいひともいるし」

「会わせたいひと?　誰や」

「クラスメート。二宮くんとわたしの」

「ほう、そらええな」

思い描いた。藤井と同じような男好きのするいい女だ。バツイチは可。未婚でスレンダーで脚がきれいなら、なお望ましい。

「マキ、お留守番やで」

いって、藤井といっしょに事務所を出た。施錠して、エレベーターで一階に降りる。103号室の鉄扉には《CLIP》と刻字された、レモンイエローのプラスチックプレートが貼られていた。

「この表札、おしゃれやな」

「知り合いのデザイナーがプレゼントしてくれてん。引っ越し祝いに」

藤井につづいて事務所に入った。左右にスチール棚が並び、段ボール箱が天井まで積まれている。棚の前にはキャスター付きのハンガーラックが置かれ、カットソー、ニット、ジャケット、パンツが吊《つ》られ、足もとにはサンダルやパンプス、ブーツが並んでいた。

「ハンガーの商品はだいたいサンプル品。冬物も春物もいっしょくたやし、季節感ゼロでしょ」

そういわれれば、ニットカーディガンの隣にキャミソールが吊るされている。

「ちゃんと整理したいけど、そのスペースがないから」

「うちの殺風景な事務所とは大違いやな」

ハンガーのあいだを通って奥へ行った。そこだけ窓の見える八畳ほどの空間に、デスクとキャビネット、ロッカー。左のソファに男が座っていて、二宮に軽く目礼した。

「長原《ながはら》くん。憶えてる？」藤井はいった。

「あ、どうも」

くそっ、女ではなかった。ダークスーツにワイシャツ、臙脂《えんじ》色のネクタイを締めている。いまどき、七三分けの髪にきっちりドライヤーをあてているのはどんなセンスだ。

「いやぁ、久しぶり。見た瞬間に分かったわ。むかしのまんまやな」

馴れ馴れしく男はいったが、こんな小沢一郎《おざわいちろう》みたいなやつに憶えはない。

「長原や。三年二組、出席番号十四番。二宮は十五番やったやろ」

どうやら、同じクラスではあったらしい。二宮はやんちゃグループだったが、こいつはまじめグループだったのだろう。おたがい反目とまではいかないが、存在を無視していた。

「ああ、長原や。おれも思い出したわ」

愛想でいった。なんで、こんなおっさんがここにおるんや――。

「ま、座りいな」

長原がいった。二宮はソファに腰をおろす。長原のネクタイをよく見ると、趣味のわるい孔雀《くじゃく》の刺繍《ししゅう》がしてあった。

「二宮は卒業して、どこの大学行ったんやったかな」

「おれは就職した。勉強、嫌いやったからな」

母親の悦子《えつこ》には進学を勧められたが、意欲も興味もなかった。早く社会に出て金を稼ぎたかった。いまは三流大学でも行っておけばよかったと思うこともあるが。

「長原はええ大学に行ったんやろ」嫌味で訊いた。

「光誠《こうせい》学園大や。六年かかって卒業した」

あほや、こいつは。三流どころか、鼻たれしか行かないバカ大学だ。キャンパスは確か、北茨木《きたいばらき》のゴルフ場の近くだろう。

「おれ、いまはこんなことしてる」

長原は傍らのクラッチバッグから名刺入れを出した。受けとる。

《光誠政治経済談話会　理事　長原聡《さとし》》とあった。

「これはなんや、どういう政治団体や」

警戒した。こいつは右翼か。総会屋か。それともヤクザか。

「ちがう、ちがう。そんなんやない」

長原は大げさに手を振った。「西山光彦《にしやまてるひこ》。知ってるやろ。大阪九区選出の代議士や。おれは西山先生の秘書をしてる」

「秘書……。公設か私設か」

「私設秘書や。事務所は北茨木の桜丘《さくらがおか》。普段はそこにおる」

長原はいって、「公設とか私設とか、詳しいな」

「いや、議員秘書とはいろんなとこでバッティングした。特に民政党の議員秘書とはな」

「西山先生は民政党や」

「ま、そうやろな」

二宮の知る保守党国会議員の地元秘書というやつは、どいつもこいつもろくでなしだった。国による身分保証のない契約労働者である彼らのシノギは口利きと利権漁《あさ》りであり、トラブル相談から公共工事入札談合、商売の橋渡し、人の紹介、学校の裏口入学から就職先の斡旋《あっせん》、パーティー券の押し売り、講演会や海外研修に名を借りた協賛金集めと、ありとあらゆる裏仕事に手を染めて金を稼ぎ、ときには上納金を議員におさめる。秘書の名刺はヤクザの代紋であり、親分議員の名と秘書という身分を借りてシノギをする個人事業主であるところは、ヤクザとほとんど変わりがない。そう、二宮の頭の中にある議員私設秘書とは、談合屋であり、利権屋なのだ。

「あんた、どういうコネで西山議員の秘書になったんや」

「光誠学園グループのオーナーは西山家や。学生時代、おれは剣道部のキャプテンやった」

長原は卒業後、大学の職員になり、九年前、西山に請われて秘書になったという。

「ありがたいことや。おれみたいな人間が代議士の秘書やで。剣道をしててよかったわ」

なんや、こいつは。腐れ議員にあごで使われるんがそんなにうれしいんか——。

藤井がペットボトルのお茶を円テーブルに置いた。スツールに腰かけて、

「長原くんの奥さんは、わたしが若いころ勤めてた船場《せんば》の繊維商社の後輩やねん。子供が三人もいるんやで」

長女が小学六年生、下の男ふたりは双子だという。「わたしの同僚が結婚したとき、新郎側のテーブルに長原くんがいて、あら、こんなとこで、となったわけ」

藤井と長原は二次会に参加した。そのとき、長原に後輩を紹介した、と藤井はいう。

「へーえ、そういう縁かいな」

「世の中って狭い。わたしと長原くんは家族みたいなつきあいなんよ」

「おれはそのころ、大学の職員やった。よめはんは堅い職業やと勘ちがいしたそうや」

と、長原。「クリップは有限会社やし、おれもちょっと出資してる。株主のひとりというわけや」

「そら、ええな。実業家なんや、長原は」からかい半分でいった。

「あほいえ。年がら年中、ぴいぴいしとるわ」

おかしくもないのに長原は笑って、「あっちゃんに聞いた。建設コンサルタントしてるんやて？」

「ま、自分でそういうてるだけや」

こいつは藤井あさみのことを、あっちゃんと呼んでいるらしい。生意気な。

「アメ村に自前の事務所をかまえてるやて、大したもんやで。クライアントは自治体が多いんか」

「そんなええもんやない。主なクライアントは解体屋で、解体工事の仲介をしてる」

「それ、ひょっとして前捌《まえさば》きか」

「なんやて……」驚いた。こいつは〝サバキ〟を知っている。

「おれは議員秘書やで。建設業界の内幕はけっこう詳しい。ゼネコンに頼まれて前捌きの真似事をしたこともあるんや」

「なるほどな。さすがに議員秘書は顔が広いわ」

「しかし、暴排条例で前捌きはできんようになったんとちがうんか」

「どうやろな。おれには分からん」

くそボケ。黙らんかい。藤井に聞かせる話やないやろ――。

しかし、長原の指摘は当たっていた。この半月、二宮企画に来客はない。たまに電話がかかっても、仕事の内容を聞いて見積りをするとポシャってしまう。

仕事が減った理由は分かっている。平成二十三年春に施行された大阪府暴力団排除条例だ。その概要は〝府の事務及び事業の内容により「暴力団員または暴力団密接関係者」や「暴力団を利するものであること」などが判明した場合は許可や承認などを与えないこと〟であり、〝事業者はその事業に関して暴力団員に対し、「暴力団の威力を利用することにより利益を供与してはならない」「暴力団の活動を助長し、資することにより利益を供与してはならない」〟とされている。

いまは十二月だ。二宮の今年の収入は、六月までの半期で百五十万円ほど。七月から八月にかけて桑原《くわばら》という腐れ縁のヤクザの手伝いをし、二百五十万円あまり稼いだが、それは本業の収入ではない。九月は掘削基礎工事の仲介一件で三十万円、十月は解体工事の斡旋で十五万円。十一月はサバキで四十万円、仮枠工事の仲介で三十万円。今月はたぶん、収入なし——。桑原から得た二百五十万円を除くと、今年は二百六十五万円しか稼いでいないのだ。

二宮企画の表看板は建築工事や解体工事の仲介斡旋をする建設コンサルタントだが、収入の三分の二は〝サバキ〟で得てきた。そうしてそのサバキが今年は三件しかない。

ビルやマンション、自治体の再開発といった建設案件にはヤクザやフロント企業がまとわりつく。談合、入札妨害はもちろんのこと、地元建設業者の手先になって下請工事を強要することもあれば、工事の騒音がうるさい、振動で家にヒビが入った、地下水脈が変わって地盤が沈下したと、難癖をつけて役所や現場事務所に怒鳴り込み、担当者が面会を断ると、毎日のように現場付近をうろつき、搬入道路を車でふさぐこともある。暴対法の施行後、露骨なゆすりたかりは減ったが、あらゆる嫌がらせで工事を妨害する。結果的に工期は遅れ、建設会社は多大な損失を被るため、暴力団対策を欠かすわけにはいかない。

毒をもって毒を制す——。ヤクザを使ってヤクザを抑える対策を建設業界では〝前捌き〟と呼び、略してサバキという。二宮は建設会社からサバキの依頼を受けて適当な組筋を斡旋し、その仲介料で事務所を維持してきたのだが……。

おれはつまり、密接関係者か——。サバキに関係して、府警捜査四課の刑事に何度か事情を聴かれたことがある。死んだ二宮の父親が組幹部だったことも、彼らは知っている。そう、二宮は暴力団密接関係者として四課のリストに記載されているにちがいない。

「どないしたんや、俯《うつむ》いて」

「ん……」顔をあげた。「いや、考えごとしてた」

「二宮は知り合いおるやろ。前捌きしてるんやったら」

「なんの知り合いや」

「これや、これ」長原は指で頰を切る。

ムカッとした。殴ってやろうかと思う。

「あっちゃん。コーヒー淹《い》れてくれへんか」

長原は藤井にいった。藤井はうなずいて、パーティションの向こうに行った。

「おれがこれからいうことは身内の恥やし、ほかには口外せんと約束してくれるか」長原は上体を寄せてきた。

「ああ、あんたがそういうんやったらいわへん。誰にもな」

おもしろい話が聞けそうだと思った。固く口どめされた話ほど、ほかで喋ったらよろこばれる。二宮は口の軽さに自信がある。

「実はな、事務所に火炎瓶を投げ込まれたんや」低く、長原はつづけた。

「火炎瓶……。どういうことや」二宮も声をひそめる。

「先月の二十六日や。夜の八時ごろ、事務所の窓ガラスがガシャンと割れて、火のついたビール瓶がデスクの脚もとにころがった。そのとき、事務所に三人おったんやけど、パニックや。あわてて消火器探したけど、間に合わへん。おれが流しの水をボウルに汲《く》んで消したんや」

「ボウルの水で、よう消えたな」

「ビール瓶が割れてたら、燃えあがってたやろ」

「なんや、瓶に挿した布が燃えてただけか」

「そういうことや」ビール瓶にはいっぱいのガソリンが入っていたという。

事務員の女性が一一〇番通報しようとしたが、筆頭秘書にとめられた。警察が来たら事情聴取をされると筆頭秘書はいい、長原と女性に口どめをした。長原は割れた窓に目張りをし、その夜は筆頭秘書とふたりで寝ずの番をした――。

「えらい度胸やな。夜中に襲われたら、もっと怖いやないか」

「犯人の見当はついてたんや。三島《みしま》の麒林会《きりんかい》。そこと揉《も》めてた」

「どんな揉めごとや」

「先々月の末に、北茨木市選挙区で大阪府議会議員の補欠選挙があった。西山先生は息のかかった子分を候補者に立てて全面的に応援した」

選挙は民政党と自由党候補者の一騎討ちになると目され、筆頭秘書は西山の意を受けて麒林会に票のとりまとめを依頼した。その梃入《てこい》れもあって民政党候補者は僅差《きんさ》で勝利したが、麒林会は法外な金を要求してきたという。

「麒林会は、五百票をまとめた、一千万を寄越《よこ》せというてきた。冗談やない。筆頭秘書は蹴《け》った」

「ほんまは何票ほどまとめたんや」

「せいぜい百票やろ。めいっぱい見て」

一票が二万円、それが相場だと長原はいう。「二百万までは出す肚《はら》やったんや。筆頭秘書は」

「ヤクザを使うたら、あとがややこしい。そんなことも知らんかったんか」

「背に腹は替えられんかったんや。たとえ一票差でも選挙は勝たなあかん」

「票を金で買いました、か。おまけにヤクザがらみと来た。そら一一〇番できんわな」

嗤《わら》ってやった。「西山先生にお出まし願うたらええやないか」

「そんなことできるわけがない。先生の顔に泥がつく」

長原は舌打ちして、「二宮は知り合いが多いんやろ、その筋に。……協力してくれへんか」

「ちょっと待て。どういうことや。おれに麒林会を抑えてくれというんかい」

「なにも、二宮に抑えてくれとはいうてへん。蛇の道は蛇やろ。その筋で収まるように段取りして欲しいんや」

「あんた、おれの稼業を知ってたな」

「なんやて……」

「建設コンサルタントは表の顔、ほんまのとこはサバキで食うてる、と。藤井からおれのことを聞いて調べたんやろ。プライバシーの侵害やぞ、おい」

「そう怒るな。誤解や。おまえのことを調べたりするわけないやろ」

「誰がおまえじゃ。くそえらそうに」声は荒らげない。藤井に聞こえる。

「わるい。気に障ったんやったら堪忍してくれ」

「一から十まで障ったわ。うっとうしい」

テーブルを蹴って立ちたかったが、ここは藤井の事務所だ。この話は金になる、と囁《ささや》く自分もいる。長原の顔をじっと睨《にら》みつけた。

「ま、聞いてくれ」

長原はいった。「これも仕事やと思て、麒林会と話をしてくれへんか。もちろん、二宮にはコンサルタント料を払う」

コンサルタント料ときた。なら、ビジネスだ。二宮はソファにもたれて煙草をくわえた。

「麒林会に渡すはずの二百万に百万を上乗せする。三百万。それがおれの決裁の上限や」

「な、長原よ、手品を使うてへんか。麒林会は二百万が気に入らんから火炎瓶を投げ込んだんとちがうんかい。仮に三百万で麒林会を抑えても、おれはタダ働きというわけや」

まっとうな二宮の言葉に長原は視線を逸《そ》らした。追い込んではいけない。ここは交渉だ。

「コンサルタント料は四百万。うち五十万は先払いや。着手金としてな」

「四百万は無理や。おれの権限で……」

「筆頭秘書にいえや」

遮った。「四百万、出してくださいと」

こいつは手柄を立てたいのだ。自分ひとりの裁量でヤクザ相手のトラブルを解決したと。だから筆頭秘書は巻き込みたくない。そういうことだろう。

長原は口をつぐんだ。さっきまでの横柄さはない。所詮《しょせん》は議員の茶坊主なのだ。

「どうなんや。あんたの考えは」

「………」

「海の物とも山の物ともつかんコンサルに四百万もの金は払えんと、そういうことなんやろ。筆頭秘書に相談せいや」

「分かった。返事はちょっと待ってくれ。電話する」

「おれは急がへん。いつでもええ」

そこへ、藤井がトレイにカップを載せて持ってきた。二宮は煙草に火をつけた。


コーヒーを飲み、『クリップ』を出て五階の事務所にもどった。ソファに横になって考える。

藤井あさみは長原から西山光彦の事務所が襲撃されたことは聞いているだろうが、どこまで知っているのか。麒林会とのトラブル、票のとりまとめ、筆頭秘書と長原の立場――。当事者でもない藤井に、長原がどこまで明かしているのか、そこが分からない。

がしかし、藤井が二宮をクリップに招き、長原が待っていたことには明確な目的があった。長原は二宮がサバキで食っていることを知っていたし、サバキがどんなものかも調べていた。長原は誰から二宮の仕事を聞いたのか。藤井は長原からなにをどう聞いて、二宮を招《よ》んだのか。

先月、二宮はゼネコンの矢倉《やぐら》建設の名義人（一次下請）である解体掘削業者の田中《たなか》土建から依頼され、三島町東地区共同住宅建設工事のサバキに高槻《たかつき》のいずみ会を仲介した。いずみ会の要求額は八百万。サバキの金は、いわゆる近隣対策費とは別勘定で、矢倉建設は田中土建に裏金として掘削工事費八百万円の上乗せをし、田中土建は『B勘屋』と呼ばれる赤字会社に一〇パーセントの手数料を払って八百万円分の領収証を作り、矢倉建設に渡す。仮に暴力団との関係が表沙汰《おもてざた》になっても、それは田中土建が動いただけで、矢倉建設の関知するところではない。ゼネコンの下請の中で最初に現場作業に入るのが解体屋であり、そんな汚れ仕事ができるからこその名義人だともいえる。

いずみ会がサバキを受けた時点で、二宮は半金の四百万円を田中土建から受けとり、それをいずみ会に渡した。仲介手数料は四十万円。田中土建からもらった。

二宮はデスクの電話をとった。モニターに電話帳を出してボタンを押す。すぐにつながった。

――はい、田中土建。

――こんちは。二宮企画の二宮です。

――ああ、所長。なんでっか。

――つまらんことを訊きたいんやけど、よろしいか。

――所長のいうことは、たいがいがつまらんでっせ。

笑ってしまった。番頭の吉本《よしもと》は遠慮がない。

――衆議院議員の西山て、知ってますか。

――知ってまっせ。ここいらの議員ですがな。票は入れたことないけど。

――西山の地元秘書で長原というのが、ぼくの仕事にチャチャ入れてきたんですわ。サバキがどうのこうのとね。それがけっこう詳しい。ひょっとして吉本さんに、ぼくのことを訊いてきたようなやつはいてないですか。

――さぁね、そんなやつは知りまへんな。

――気になるんですわ。解体屋でもない議員秘書がぼくの仕事を知ってるのがね。

――それて、サバキのことでっか。

――そうです。

――所長はん、あんた、けっこう有名人でっせ。大阪中の解体屋が二宮企画のことは知ってる。手数料は高めやけど、サバキはきっちりしてるいう評判や。なにも、その秘書がわしのとこに来んでも、あんたの噂はどこの解体屋に行っても聞けますわ。

――ぼくの手数料て、高いですか。

――安うはおまへんな。……ま、相場がどんなもんかは知らんけど。

――最近、仕事が減ってるのはそのせいですかね。

――それはちがいまんな。やっぱり、暴排条例ですわ。下手にサバキを頼んだりしたら、うちの名前を公表されますがな。密接関係者。ゼネコンに切られたら一発でアウトや。

――サバキや談合がなくなったら、工事がとまるやないですか。

――そら、サバキがなくなることはない。……けど、先細りであることは確かですな。これからの建設業界は裏のサバキより表の近隣対策にシフトしていきますわ。

吉本にいわれるまでもない。先細りは百も承知だ。いまさらながら引導を渡されたようで胸がわるい。

――いや、すんません。つまらん電話しました。今後、手数料については考えさせてもらいます。

——そんなん、気にせんでもよろしいがな。いつもどおりにやってくれたらけっこうや。

——ありがとうございます。ほな。

受話器を置いた。マキが飛んできて肩にとまった。

「マキ、啓ちゃんはちょっぴりブルーや。大阪中の解体屋がおれのことを密接関係者やと思てるんやで」

〝ピッピキピー〟マキは鳴く。

「かわいいな。マキは元気や。啓ちゃんは寝る」

ソファに横になった。マキを胸にのせてひとつあくびをすると眠り込んだ。

3

仕事納めは二十七日の土曜日だった。昼まで事務所にいたが仕事の電話はなく、マキをケージに入れて千島のアパートに連れ帰った。

二十八日から三十日まで、だらだら酒を飲みながらレンタルの映画を十五本も見た。タイトルもストーリーもまるで憶えていないのは、ただ眺めていたというだけで、頭の中を素通りしたからだ。マキは部屋中を飛びまわって遊び、眠くなると自分からケージに入って寝た。

三十一日はマキといっしょに三軒家《さんげんや》の実家へ行った。おふくろとふたり、年越しの蕎麦《そば》を食いながら紅白歌合戦を見たが、最近の歌はレンタルの映画と同じように耳から耳へ抜けていく。どの曲を聞いても同じだし、そもそも歌手を知らない。なら、紅白など見なくてもいいと思うが、おふくろが楽しみに見ているのだから、チャンネルを替えることもない。要するに、テレビはおもしろくないのだ。

　一日は、「知子《ともこ》には黙っときや」といって、おふくろがお年玉をくれた。「おれはこの三月で四十やで」「いくつになろうと、あんたはわたしの子供やろ」——。あとでポチ袋を開けると十万円も入っていた。おふくろにはたぶん、百万円近い借金があるはずだが、そのことをいわれたことは一度もない。親というのはありがたいものだと、台所に立つおふくろの背中に手を合わせた。

　二日は知子が隆弘《たかひろ》と拓郎《たくろう》を連れてきた。拓郎は小学六年の生意気盛りだから、ろくに挨拶《あいさつ》もせず、スマホのゲームばかりしている。一万円の年玉をやろうと思ったが、愛想がないから五千円に減らしてやった。

「お兄ちゃん、どう。仕事は」知子に訊かれた。

「あかん。鳴かず飛ばずや」

「このごろ、建築業界は不景気やもんね」

「少子化や。ひとの数が減ったら新規着工も減るわな」

　能天気な知子は兄がサバキで食っていることを知らないのだ。

「おまえんとこはどうなんや。旦那はちゃんと働いてるか」

「そら、まじめにやってくれてるけど、去年の昇給はゼロやった。どこかパートでも探そうかと思てんねん」

　ひとりで熱燗《あつかん》を飲んでいる隆弘を見やって、知子はいう。

「専業主婦の時代は終わったな」

「お兄ちゃんとこ、行ったげよか、パートで」

「うちには悠紀がおる」

「あの子、しっかりしてるもんね」

「こないだ、ミュージカルのオーディションで最終審査まで行ったのに、断りよった」

「もったいない」

「バックダンサーのひとりで、セリフも歌もない。いまのスタジオでインストラクターしながら、次のオーディションを受けるというてた」

「バックダンサーって、安いの」

「収入はインストラクターの半分もないやろな」

「わたし、辞めんかったらよかった。学校」

「おれは辞めるな、というたやろ」

七年ほど前、隆弘の係長昇進と拓郎の幼稚園入園を機に知子は中学校の美術教師を退職した。この職のない時代に地方公務員を辞めたのには驚いたが、知子には知子の考えがあったのだろう。

「それはそうと、おまえんとこ、北茨木やったな」

「そう。それがどうかしたん？」

「去年の十月、府議会議員の補欠選挙があったんか」

「あった。わたしは投票なんか行かへんけど」

「代議士の西山光彦、知ってるよな」

「チョウチンアンコウやろ。口がめちゃくちゃ大きい」さもバカにしたように知子はいう。

「北茨木の西山の事務所に火炎瓶が投げ込まれたいう噂、聞いたことないか」

「へーえ、火炎瓶……。事務所が燃えたん？」

「やっぱり、知らんのやな」

「お兄ちゃんが投げ込んだん？」

「おまえな、冗談は顔だけにしとけよ」

長原がいったとおり、警察には通報しなかったようだ。

「議員なんて、わるいことばっかりしてるからや。日頃はふんぞり返ってるのに、選挙のときだけへいこらして。燃えたらいいねん、事務所なんか」

「さすがや。おれの妹だけのことはある。なかなかの発言や」

知子のグラスにビールを注いだ。「ま、飲も」

隆弘と知子と三人でお節《せち》をつつきながら夜まで飲み、一家は電車で北茨木へ帰っていった。


正月五日――。事務所へ行った。エアコンを入れて、マキをケージから出す。いつもの自分の縄張りと知ってか、マキはご機嫌で『メリーさんのひつじ』と『ロンドン橋落ちた』を歌う。

デスクに座り、メールボックスから持ってきた年賀状を仕分けした。仕事関係が約三十枚、知り合いが十枚、あとの二十枚はバー、スナック、ラウンジからだったが、『キャンディーズ』という店には馴染みがない。

これはひょっとして……。裏を見た。青いインクの柔らかい字。達筆だ。

「あけましておめでとうございます。お元気ですか。旧年中はいろいろお世話になりました。わたしもがんばっています。お近くにいらしたときはぜひお立ち寄りください。　多田真由美《ただまゆみ》拝」

そうか。まだやってるんか――。カラオケボックスの『キャンディーズⅠ』が閉店して人手に渡ったことは知っていたが、『キャンディーズⅡ』は営業しているのだ。

健気《けなげ》やな――。多田真由美は桑原の内妻だ。あの疫病神とは似ても似つかぬよくできた女で、なぜあんな腐れと暮らしているのか、まったく理解ができない。ある種の洗脳だろうか。だったら桑原は悪のカリスマで、真由美は哀れな小羊だ。誰かが洗脳を解いてやらないと、真由美は一生涯を囚《とら》われの身で終えてしまう。

と、そこまで考えて笑ってしまった。

あほか、おまえは。余計なお世話やろ。自分の頭の蠅も追えんやつが他人のことをどうこういえるんかい。おまえは内妻どころか、つきおうてくれる女もおらんのやぞ――。

ひとりでつっこみ、ひとりでぼける。ばかばかしい。二宮は立って、ファクス機が吐き出したA4の用紙を抜いた。

[恭賀新年。本年もよろしくお願いします。

さて、先日依頼しましたコンサルタントの件、筆頭秘書に相談して金額的な了承を得ました。つきましては条件等の詳細を取りまとめたく、連絡をしていただければ幸甚です。

二宮企画　二宮啓之《けいすけ》様　　光誠政治経済談話会理事　長原聡拝
なお、小生は一月五日より事務所におります。]

四百万か――。つぶやいた。着手金は五十万。新年早々、縁起がいい。

用紙には電話番号が書かれていた。デスクの電話でかける。すぐにつながった。

――おはようございます。西山光彦事務所です。

――二宮といいます。長原さんはいらっしゃいますか。

――ああ、どうも。おめでとうさん。

相手は長原だった。

――ファクス、見た。四百万でOKなんやな。

――いや、それが三百五十なんや。上がゴねてな。

――そら話がちがう。あんた、筆頭秘書に相談して了承を得た、と書いてるやないか。

――おれ、金額まで書いてないがな。

――おれは四百やというた。値引きした憶えはないで。

ここはかけひきだ。五十万の差は決して小さくない。

——前金は二百。そのうちの五十は着手金や。あとの二百はことが収まってから払うてくれ。

譲歩した。あまりに強気に出ると、話がなかったことになってしまう。

——ちょっと待ってくれ。おれの一存では決められんのや。

——あんたが筆頭秘書にネゴしたらええやないか。

——そうはいうてもな……。

——とにかく、四百や。ヤクザ相手の交渉は素人にはできん。ほかにアテがあるんなら、そっちに振ってくれ。

——えらい切り口上やな。分かった。もういっぺん相談してみる。

——もしOKやったら、書面でくれ。西山事務所と二宮企画の契約書や。金額は四百。明細は〝北茨木地元対策に関わるコンサルタント料〟。筆頭秘書の印鑑を捺《お》してな。ことが終わったら破って捨てる。

——二宮は馴れてるんやな。明細がすっと出た。

——契約書に、ヤクザを抑えます、とは書けんやろ。

返事は今週中にしてくれといい、受話器をおいた。マキが飛んできて肩にとまる。

「マキ、啓ちゃんは四百万、稼げるかもしれんで」

〝ユキチン　スキスキスキ〟マキは鳴く。

「悠紀ちん、やない。啓ちゃんや」

〝ソラソウヤ　ソラソウヤ〟

仕分けした年賀状の束を持ってソファに移動した。煙草を吸いながら一枚ずつ読む。どれもとおりいっぺんの文面でおもしろくない。二宮は五年前に年賀状をやめた。それでもまだ、これだけの年賀状が来るのはどういうことだろう。こちらがやめれば向こうもやめればいいものを。
エアコンが効いてきた。煙草を消してソファに横になる。この正月、三、四キロは肥《ふと》ったかもしれない。

ファクスの作動音で眼が覚めた。午後二時。けっこう寝たようだ。
音がやむのを待って起きあがった。立って用紙を抜く。二枚の覚書だった。

［コンサルタント覚書
二宮企画・二宮啓之（甲）と、光誠政治経済談話会・黒岩恭一郎《くろいわきょういちろう》（乙）は、次のように覚書を取り交わす。
1　甲は選挙区（大阪9区）における北茨木地区の地元対策について適切なアドバイスをし、支障が生じた際には誠意をもって交渉にあたり、これを解決する。
2　乙は甲に対し、そのアドバイスにもとづいて誠意をもって協力する。
3　乙は甲に対し、コンサルタント料として次の金員を支払うものとする。
（1）1月末日をもって２００万円を支払い、これを半金とする。
（2）半金のうち50万円を、覚書を取り交わした時点で支払う。
（3）甲の交渉により解決がなされたとき、当月末日をもって残金の２００万円を支払う。
（4）支払いは甲が指定する銀行口座に振込みとする。
4　本覚書の有効期間は、締結日より満半年間とする。
5　本覚書にない条項については、甲乙誠意をもって協議解決するものとする。
以上、甲乙合意の証として2通を作成し、記名押印の上、各自1通を保有する。

２０××年　１月５日
甲──（住所）
（名称・氏名）
乙──（住所）大阪府北茨木市桜丘５－１８
（名称・氏名）光誠政治経済談話会・筆頭理事　黒岩恭一郎」

西山光彦の名はどこにもなかった。これはあくまでも二宮企画と光誠政治経済談話会のコンサルタント契約であり、その内容は〝アドバイス〟〝交渉〟というふうに巧くぼかしてある。覚書も契約書も効力は似たようなものだが、覚書のほうが少し弱いか。

西山事務所に電話をし、長原に代わってもらった。

──おれ。二宮。ファクスを読んだ。ようできてるわ。

──黒岩を説得したんや。ぐずぐずいうたけどな。

──このファクスの紙に住所氏名を書いて押印する。

──こっちも押印して、郵送するわ。

──それで、覚書がとどいたら着手金を振り込んで欲しい。五十万。

──今週中やな。金曜までには振り込む。

──メモしてくれるか。口座番号をいうし。

デスクの抽斗《ひきだし》から三協《さんきょう》銀行の通帳を出して、支店と口座番号を伝えた。

──三島の麒麟会いうのは初めて聞いたけど、何人ほどおるんや、兵隊。

──兵隊て、組員のことか。

――ああ、そうや。

――すまんな。組員の数まで知らんのや。

会長は林成基《はやしせいき》、七十すぎだという。

――若頭は。

――いや、それも知らん。

――しゃあない。こっちで調べるわ。

――目算はあるんか。麒林会を抑える。

――ないこともない。

――ほな、頼むわ。

電話は切れた。

二宮は通帳を開いた。残高は十八万二千円――。

こんな預金でようやっていけるな――。ある意味、感心した。たったひとりの零細企業とはいえ、アメ村の外れに事務所をおいているのだ。自転車操業どころか、綱渡りだろう。その綱も細って切れかかっている。

覚書の一枚に住所、氏名を書き、認印を捺した。封筒に入れて宛名を書き、切手を貼る。

さて、このサバキ、どこに振ろ――。

携帯のアドレス帳で高槻のいずみ会を検索し、発信ボタンを押した。

――いずみ総業。

コール一回で出た。簡潔に大声で応答するのが組事務所の定《き》めだ。

――二宮企画の二宮といいます。郷田《ごうだ》さんは。

――いてます。代わります。

切り換え音がした。

――はい、郷田。明けましておめでとうございます。

――本年もよろしくお願いします。

――で、なにか。

――三島の麒林会、知ってはりますよね。

――ああ、知ってる。事務所は島本《しまもと》駅の近くや。

――兵隊、何人ですか。

――そうやな、十二、三人かな。

思っていたより少ない。いずみ会は二十人以上だ。

――これは内緒にしてほしいんですけど、麒林会が火炎瓶を投げ込んだんです。北茨木の西山光彦の地元事務所に。

経緯を話した。郷田は黙って聞いている。

――それで、西山事務所は二百万までは払うつもりで、ぼくに交渉を依頼してきたんです。どうですやろ、麒林会を抑えてもらえんですか。

――あかんわ、二宮さん。麒林会には触れん。

――なんでです。

――麒林会は鳴友会《めいゆうかい》の枝や。

鳴友会……。知っている。神戸《こうべ》川坂会《かわさかかい》の直系で、組員は百人あまり。本部は摂津《せっつ》にあり、金融、土建、産廃をシノギにしている。

――鳴友会の会長は鳴尾《なるお》いうて、若いころは麒林会の林の客分やった。こいつが組持ちになって、どんどん大きなって、いまは直系に出世したんやけど、むかし世話になった林に恩義がある。麒林会をつくのは、鳴友会を相手にするのと同じことなんや。

——要するに、麒林会の抑えはできんということですか。

——すまんな。そういうことや。

——分かりました。つまらん電話してすんませんでした。ほかをあたってみますわ。

——わしがいうのもなんやけど、同業は二の足を踏むと思うで。どこも鳴友会と込み合いとうないからな。

——そうですか……。いや、ありがとうございました。

電話を切った。郷田の話がほんとうなら、このサバキはむずかしい。

以前、仕事を依頼した寝屋川《ねやがわ》と八幡《やわた》の組に電話をし、事情を話したが、はかばかしい返事はもらえなかった。どちらも鳴友会が面倒だといった。

くそっ、困った——。

と、多田真由美からの年賀状が眼に入った。背に腹は替えられない。探りを入れてみるか——。

思えば、あの男もわるいところばかりではなかった。尻尾《しっぽ》の先が三角になった悪魔だが、おだててやると尻《しり》からぽろぽろ金を落とした。組を破門されたヤクザがどうしょぼくれているのか、知りたい気分もあった。

キャンディーズに電話をした。

——はい、キャンディーズです。

——こんにちは。二宮です。年賀状、ありがとうございました。

——あら、お久しぶりです。お元気そうですね。

——身体は元気です。自転車はこけそうですけど。

——はい？

——いや、こっちの話です。……桑原さん、どないしてはります。

——家にいます。どこにも出んと、本ばっかり読んでます。

おもしろい。桑原はやはり、たそがれているらしい。

——桑原さんに話があるんやけど、携帯の番号を知らんのです。

——じゃ、二宮さんに電話するようにいいましょか。

——すんません。そうしてくれますか。

携帯の番号を伝えた。


五分後、携帯が鳴った。

——なんや、おい、なんの用や。

——おめでとうございます。旧年中はお世話になりました。

——ああ、お世話したな。いやというほど。

——嶋田《しまだ》さんと連絡は。

——やかましい。若頭《かしら》とは切れた。わしは堅気じゃ。

堅気なら、そのものいいをなんとかしろ。くそえらそうに。

——ところで、桑原さんに頼みがあるんですわ。仕事しませんか。

——なんじゃい、仕事て。

——サバキです。

——サバキ？　なんで、わしに頼むんや。

——ちょっと、ややこしいんですわ。桑原さんでないとできんサバキやないかと思たんです。桑原さんの手数料は五十万。向こうさんに渡すのは二百万です。

四百万から二百五十万を払えば百五十万が残る。それが二宮の取り分だ。

――あほか、おまえは。そんな端金《はしたがね》でわしが動くとでも思とんのか。一昨日《おととい》、来い。

――このご時世やし、総予算は三百ですねん。解決金が二百。残りの百を桑原さんとおれで折れにしたいんです。

――どこの現場や。詳しいにいうてみい。

――建設現場やないんです。議員事務所と組筋のトラブルです。

――議員事務所やと？　商売替えしたんかい。

――火炎瓶をね、投げ込んだんです。三島の麒林会が西山光彦の事務所に。

詳細を話した。麒林会と鳴友会の関係もふくめて。聞き終えるなり、桑原はいった。

――そのサバキ、請けてもええ。ただし、わしが七十で、おまえが三十や。

――そんな、あほな……。

――あほもくそもあるかい。これはゼネコンがらみのサバキやない。麒林会も腹括《くく》ってる。放火は重罪や。ことが表に出たら、組長も持っていかれるんやぞ。

――桑原さん、これはおれが請けたサバキです。七十も……。

――変わらんのう、おまえは。金のことをいわしたら大阪一や。その三百いう予算は誰がいいだしたんや。

――西山の私設秘書の長原です。

――口約束やろ。

――そう、口約束です。

――おまえは緩い。議員秘書てなやつは舌先三寸や。事務所には五百というて、おまえには三百というとんのや。

――けど、長原は高校の同級生です。

――七十や。わしの取り分は。払うんか、払わんのか。

――分かりました。払います。桑原さんが七十で、おれが三十です。

――よっしゃ。麒林会を調べとく。

電話は切れた。哀れだ。以前の桑原なら、七十万のシノギを請けることはなかった。

しかし、代紋を外した桑原にどこまでのサバキができるのか。組の後ろ楯《だて》を失った元ヤクザがどう動くのか。

つい思いつきで桑原に仕事を振ったのはどうだったのか。これはまちがったのではなかったのか。ま、ええ。ほかにアテはなかった。今週末には着手金の五十万、今月末には半金の残り百五十万が振り込まれる。桑原がミスっても、その金を返す義理はない。桑原に七十、おれが百三十、おいしいシノギやないか――。

「マキ、啓ちゃんはお出かけする。お留守番やで」

ジップパーカをはおった。さっきの封筒を手に事務所を出た。

四《よ》ツ橋《ばし》筋の月極駐車場からロメオを出し、三軒家の実家へ行った。おふくろは玄関横に並べた鉢植えに水をやっていた。

「ああ、啓之、どないしたんや」

「ごめん。ちょっと頼みがあるんや」

「お金かいな」

「こないだ、年玉もろたばっかりやのにな」

「いくら?」

「二十ほど、貸してくれんやろか」

 二十万と年玉の残りの六万、長原が振り込んでくる五十万で、桑原に払う七十万には足りる。銀行の預金は今月の事務所の家賃だ。

「うん、それくらいやったらあるわ。郵便局行かんでも」おふくろは笑った。

おふくろに金の使い途《みち》を訊かれたことはない。いつも、その場で貸してくれる。まとまった金が入ったら返済しようと思うのだが、そのときはすっかり忘れている。最低だ。こんな親不孝なやつはいない。

「あんた、お昼ごはんは」

「まだやねん」

「お雑煮、食べるか」

「ああ、食う」

おふくろの雑煮は美味《うま》い。いりこ出汁《だし》に、ほうれん草と豆腐、薄揚げ、軽く炙《あぶ》った餅《もち》を入れた澄ましの雑煮だが、シンプルな味がなにより美味い。

台所にあがった。おふくろは鍋《なべ》をコンロにかけ、仏間に入ってもどってきた。「はい、これ」と、茶封筒をテーブルにおく。かなり厚い。

「これ、二十万とちがうやろ」

「ええから。お金は邪魔にならへん」

心の中で頭をさげた。おれはあんたの息子に生まれてよかった。

お節の残りをつまみながら雑煮を食べ、おふくろが淹れてくれたコーヒーを飲んだ。

車を駐車場に駐《と》め、事務所にもどろうとした。福寿ビルの前にＢＭＷが停まっている。シルバーのＢＭＷ７４０ｉ……。不吉な予感がした。

顔を逸らしてビルに入ろうとしたらＢＭＷのウインドーがおりた。

「おい、所長。知らんふりはないやろ」

オールバックの悪魔がドアに肘《ひじ》をかけていた。

「あ、どうも。お元気ですか」

「お元気じゃ。血色ええやろ」

「すんませんね。七十万やったら、手元にないんですわ。振込みは今月末やし」

「集金に来たんやない。久しぶりにおまえの声を聞いて、会いとうなったんや」

「それはおおきに、ありがとうございます」

なんやねん、こいつは。まるで変わってへんやないか――。フレームの細い金縁眼鏡、黒いピンストライプのスーツにダークグリーンのネクタイを締めている。服装だけなら新地あたりのクラブのマネージャーでとおるだろうが、左の眉《まゆ》からこめかみまで切れた傷痕《きずあと》と、粘りつくようなものいい、どこか投げやりな身ごなし、ときおり見せる射すくめるような眼差《まなざ》しに隠しきれないプロの匂いがある。

「コーヒーでも飲むか。おまえんとこの事務所で」

「喫茶店に行きましょ」疫病神を事務所に入れたくない。

「ほな、乗れ」

「いや、歩いて行けますわ。三角《さんかく》公園の近くのタリーズ」

「こんなとこに車駐めとくんかい。わしはゴールド免許やぞ」

「おれはずっとブルーですわ。一昨年《おととし》、信号無視。去年は一時停止違反。今年はスピード違反でもしますかね」

「おまえというやつはどうでもええことをくちゃくちゃ喋る。大阪のおばはんやの」

「飴《あめ》ちゃん持って歩いてますねん」

「二宮くん、わしは頼んでるんや。車に乗ってくれとな」

桑原の声が低くなった。こいつは唯我独尊だから、怒らせると暴れる。

二宮は助手席に座った。ＢＭＷは音もなく動き出す。

「その後、どうですか。肺の具合は」

「治った。どうちゅうことない」

去年の夏、桑原は川坂会の本家筋と揉めて脇腹を刺され、肺に穴が開いた。二度も手術をして弱っていたが、ゴキブリのごとくマカオや愛媛を飛びまわり、本家筋との不義理が重なって組から破門処分を受けた。〝神戸川坂会系二蝶会《にちようかい》　若頭補佐〟――。それが去年の九月までヤクザだった、桑原の肩書だ。

「キャンディーズⅠ、閉めましたよね。いまもそのままですか」

「んなことがおまえに関係あるんかい」

「建物を解体するとか、跡地を舗装して駐車場にするとか、おれのビジネスになるかなと……」

「わしを相手に営業かい。太いのう。おまえも立派になったもんや」

さもうっとうしそうに桑原はいった。あまり刺激すると殴られる。

四ツ橋筋の手前を右折した。右車線。桑原は阪神高速にあがろうとしている。

「コーヒー飲むのとちがうんですか」

「気が変わった。北茨木へ行く」

「まさか……」

「誰がわしにサバキをせいというたんじゃ。おまえやぞ」

桑原はいって、「西山の事務所は北茨木のどこや」

「桜丘とかいうてましたね、秘書の長原が」

「おるんかい、そいつは。事務所に」

「そんなん、知りません。長原の番してるわけやないし」

「どんなガキや」

「スーツ着て、ネクタイして、頭を七三に分けて。小沢一郎みたいですわ」

「どうせ、ろくでもないやつやろ。顔が畳《たたみ》みたいな」

ＢＭＷは阪神高速に入った。環状線を北へ走る。仕事始めで車が多い。

「この車、何キロですか。走行距離」

「さぁな、十万は行ってるやろ」

「さすが７シリーズですね。フラットで静かや」

「おまえはガタガタうるさいわ」

桑原はＣＤの音量をあげた。『クラプトン』だ。ルーズなブルースが流れる。

「暮れに木下《きのした》と飲んだ。森山《もりやま》の爺《じじい》が引退するかもしれん」

「へーえ、あのおっさんが引退ね……」

森山は二蝶会の二代目組長だ。二蝶会の若頭は嶋田といい、嶋田のガードが木下というまだ二十代の若者だ。なぜかしらん、木下は桑原を慕っている。

「森山は本家の定例会で地区長に推薦された。けど、森山としては受けとうない。地区長になったら、下の面倒を見ないかんからな」

「地区長て、なんです」

「都島《みやこじま》、旭《あさひ》、城東《じょうとう》、鶴見《つるみ》の、川坂系の組筋を束ねる幹事役や」

神戸川坂会を会社にたとえると、本家の組長が会長兼社長、若頭が専務、若頭補佐が役員、地区長が部長、ヒラの直系組長が課長だと桑原はいう。

「森山さんはなんで地区長をいやがるんです。本家の若頭補佐になるステップやないですか」

「森山は六十九や。いまさら地区長になったところで、そこから上の階段はない。森山にこれ以上、二蝶を大きいする気はないし、いまのままのヒラの直系組長で、しこしこ金を貯めたいんや」

「そういう神経、おれにはわからんですね。せっかくの出世をフイにするんですか」

「地区長は月々の義理がきつい。ヒラが百万なら、地区長は百五十万や。おまけに鶴見には畔瀬組《はんせぐみ》いうヤタケタの組があって、こいつが一億円の損害賠償訴訟を起こされてる。その一審判決が、この三月や」

「その記事、新聞で見ましたわ」

「八千万や九千万は認められるやろ。裁判所は極道にきつい」

四年前、鶴見の畔瀬組は寝屋川の童心会《どうしんかい》と覚醒剤《かくせいざい》の販売ルートをめぐって抗争になり、畔瀬組の組員が童心会の幹部組員を撃った、と桑原はいい、その流れ弾が付近を歩いていた主婦に全治五カ月の重傷を負わせたという。「骨盤損傷や。気の毒に主婦は子供が産めんようになってしもた。畔瀬の組長はもちろん、地区長、本家と、使用者責任で賠償義務が生じるんや」

「森山さんは、その賠償がいやで、地区長を……」

「どいつもこいつも腰が引けとんのや。畔瀬とだけはかかわりとうないと」

森山は地区長に推薦された。それを断るには本家に一、二千万の金を積むか、二蝶会を嶋田に譲って引退するのが方策だと、桑原はいった。「けど、引退するには金が要る。森山のクソは前々から嶋田の若頭にいうてた。月々の義理が払えん、跡目を譲るから金寄越せ、とな」

「それ、半端な金やないでしょ」

「少のうても四、五千やな。シノギの下手な若頭には、逆立ちしても無理な金や」

「しかし、嶋田さんが跡とったら、桑原さんの破門も解けるんやないんですか」

「おまえ、なんぞ勘ちがいしてへんか」

「勘ちがい……」

「わしが極道に未練があると思とんのやろ」

「いや、それは……」

「いまどき極道のメリットがどこにあるんじゃ。わしは要らん。代紋なんぞ、犬の首輪の飾りにしかならんわい」

「犬や猫にも極道と堅気がおるんや」顔に刀傷のある犬がいればおもしろい。

「賢いのう、おまえは。いうことが」

「ほな、桑原さんは堅気路線で行くんですか」

「わしは宗旨替えした。これからは一本で行く」

「よろしいね、それ。ローンウルフを極めてください」

「おまえは負け犬を極めんかい」

こいつはいうことがいちいち癇《かん》に障る。

桑原が組に復帰したくないというのは引かれ者の小唄《こうた》だ。二十歳のころから二蝶の代紋で飯を食い、代紋をバックに喧嘩《けんか》三昧《ざんまい》の日々を送ってきた男の本音とは思えない。

そこへ、携帯が鳴った。桑原がとる。

「——おう、わしや。——それで。——七十。ええ齢やの。——かまへん。わしひとりでやる。——若頭にはいうな。——分かってる。心配すんな」

ひとしきり喋って、桑原は携帯をおいた。

「木下や。麒林会を調べさせた」

「そうですか」

「兵隊は十二人。いまは三人が檻《おり》ん中や。組長の林は七十すぎの爺で、組は若頭《かしら》の室井《むろい》いうのが仕切ってる」

「組員九人、組長は七十すぎ。いまにも解散しそうな組ですね」

「極道は極道や。舐《な》めてかかったら火傷《やけど》するぞ」

熱のこもらぬふうに桑原はいった。

4

北茨木——。桜丘は国道171号から亀岡《かめおか》街道を北へ行った、広大な住宅地だった。ナビを見ると、桜丘の北一キロほどの山の麓《ふもと》に光誠学園大がある。桜丘を造成分譲したのは西山光彦の息のかかったディベロッパーだったのだろう。

西山事務所は桜丘の外れ、光誠学園高校の裏門近くにあった。車寄せを広くとったプレハブの平屋で、敷地の周囲にネットフェンスを巡らせている。フェンスはそう高くないから、乗り越えて事務所に火炎瓶を投げ込むのは易いことだ。

桑原は敷地に車を乗り入れた。停める。

「長原を呼びますわ。ここで待っててください」

「なんでや。いっしょに行ったらええやないけ」

「火炎瓶を投げ込まれたんですよ。ピリピリしてるやないですか」

「わしは極道面かい」

「こんな怖そうな堅気がどこにいてますねん」

アルミ合板のドアをノックし、引いた。カウンターの向こうでゴマ塩頭の男がファイルを眺め、眼鏡をかけた若い女がパソコンのマウスを操作している。壁際のプリンターのそばにも男がいて、印刷物をそろえていた。

「長原さんは」

訊《き》いた。「二宮企画の二宮といいます」

「ごめんなさい。長原は出てます。お約束でしたか」女が応《こた》えた。

「約束はしてません。ちょっと近くに寄ったもんですから」

女の白いカーディガンに眼が行った。キーボードに被《かぶ》るくらい胸が大きい。巨乳だ。好みではないが。

「二宮さん、ぼくがお聞きしましょうか」

いちばん奥のデスクで新聞を読んでいた禿《は》げ頭がいった。「黒岩です」

「あ、どうも。初めまして」頭をさげた。

黒岩は立って、こちらに来た。齢《とし》は六十前。かなり肥《ふと》っている。鼈甲《べっこう》縁の眼鏡、ダブルブレストのダークスーツに濃紺のネクタイは、いかにも議員秘書だ。

黒岩はカウンター脇のドアを開けた。「どうぞ」と、掌《てのひら》で促す。

「すんません。連れがいてるんです」

黒岩の耳もとでいった。「桑原いうて、ついこないだまで毛馬《けま》の二蝶興業の営業担当でした」

「組のひとですか」小さく、黒岩はいう。

「いや、いまは堅気です。けど、ヤクザを屁《へ》とも思てません」

「桑原……?」

「保彦《やすひこ》です」

「毛馬の二蝶興業、桑原保彦。調べておきましょう」

「それで、お願いなんですけど、覚書のことは、桑原には内緒にしてください。金額も支払い条件も。なにかと差し障りがありますから」

「分かりました。余計なことはいいません」黒岩はうなずいた。

「桑原と話をしてもろてもいいですか」

「けっこうです」

「ほな、呼びますわ」

事務所を出て、手招きした。桑原は車から降りてきた。

黒岩に案内され、桑原とふたり、応接室に入った。あらためて名刺を交換する。『光誠政治経済談話会筆頭理事　衆議院議員西山光彦政策秘書　黒岩恭一郎』とあった。

「この政策秘書というのは、公設秘書のことですか」訊いた。

「いや、わたしは私設秘書です」

黒岩は答えて、桑原の名刺を見る。「桑原保彦さん……。所属がありませんね」

「すんませんな。わし、いまはフリーランサーでやってます」

桑原には珍しく、殊勝な顔でいった。「退職したんですわ。去年の九月に」

「この守口《もりぐち》の住所は、ご自宅ですか」

「それはカラオケボックスですねん。連絡は二宮さんにしてください」

「以前は二蝶興業の営業担当だったとお聞きしました。失礼ですが、二蝶興業というのは」

「これですわ」

桑原は指で頬をなぞった。「この時節、極道では食えんから独立しましたんや」

「なるほど……。企業舎弟に転身されたということですか」黒岩は顔色ひとつ変えない。

「そうやない。二蝶とは縁を切りました」

桑原は口端で笑った。「わしは堅気です。そのほうがおたくさんには都合がよろしいやろ」

「ま、おっしゃるとおりですな」

黒岩はにこりともしない。ヤクザの扱いに慣れている。「二蝶興業のことを、もう少し教えてもらえますか」

「毛馬の二代目二蝶会。神戸川坂会の直参です。組員は六十人。わしは若頭補佐をしてました」

「自前の組はお持ちじゃなかったんですか」

「そういう器量はない。子分を食わす甲斐性《かいしょう》もない」

「なのに、車はＢＭＷの７シリーズ」

黒岩は窓の外を見た。「そのスーツも誂《あつら》えでしょう」

「黒岩さん、極道は見栄《みえ》ですわ。張りぼてでもね」

「あなた、正直な方ですな」

「頭《こうべ》に神が宿ってますねん」桑原は額《ひたい》をなでる。

「分かりました。わたしはあなた方に麒林会との一件をお任せします」

黒岩はいい、この依頼が表に出ることはくれぐれも避けてくれ、と念を押した。

そこへノック――。ドアが開き、トレイを持った女が入ってきた。さっきの白いカーディガンの女だ。上体をかがめてコーヒーカップをテーブルにおく。ブラウスの襟元を覗《のぞ》いたが、ネックレスしか見えなかった。

「煙草、よろしいか」桑原がいった。

「あ、どうぞ」黒岩はテーブルの下からクリスタルの灰皿を出した。

桑原は煙草を吸いつけた。二宮はコーヒーにミルクを落とす。

「わしのほうも訊きたいことがありますねん」

「なんでしょう」黒岩はコーヒーをブラックで飲む。

「黒岩さんは麒林会の誰に頼んだんですか。補欠選挙の票のとりまとめを」

「室井という男です。麒林会は室井が仕切ってます」

「室井には予算をいうたんですか」

「予算……？」

「一票が二万円。相場ですやろ」

「はっきりした金額はいいません。黙約です」

「黙約ね……。一千万を要求されてどうしました」

「それは驚きましたよ。麒林会が五百票もまとめられるわけがない」

「麒林会に仕事を頼んだのは初めてやないんでしょ」

「そうです。ずいぶん前からのつきあいです」

「具体的には」

「わたしが西山の秘書になったのは二十年前ですが、そのときはもう麒林会とのつきあいがありました」

黒岩は先代の筆頭秘書から林組長を紹介され、関係を引き継いだという。「林さんがお元気だったころは麒林会もピシッとしてましたがね」

林とも室井とも深いつきあいはない。けじめはつけている、と黒岩はいった。

「室井はどういう人間です」

「桑原さん、わたしにヤクザの人間性は分かりません」

「けど、票のとりまとめは依頼した。電話一本で済む話やないでしょ」

「室井には会いましたよ。去年の補欠選挙の告示前にね。北新地《きた》で酒も飲みました」

「なんちゅう店です」

「そんなことまでいわなきゃいけないんですか」

「すんませんな。極道を抑えるにはなんでも知っときたいんですわ」

「『グランポワール』。西山の馴染みのクラブです」

その日、室井は組員の運転する車で黒岩を迎えにきた。北茨木から北新地へ。本通《ほんどおり》の割烹《かっぽう》で魚を食い、グランポワールから室井の馴染みのクラブへ流れた。そのあいだ、組員は新地の中の駐車場に駐《と》めた車の中で待っていたという。

「割烹の払いはどっちがしたんです」

「室井がしました。グランポワールはわたし。次のクラブは室井です」

室井は一見したところ、会社役員風だという。齢は五十すぎで地味なスーツにネクタイを締めているから、新地を歩いていても違和感はない、と黒岩はいった。

「わし、キタやミナミを歩いてて黒服が寄ってきたことないんですわ。違和感あるんですかね」

「そりゃあ、そうでしょう。わたしもあなたが来たら眼を逸《そ》らせます」

黒岩はずけずけものをいう。代議士秘書とヤクザは同じ人種だからか。

「組長の林はどういう男です。惚《ぼ》けてるんですか」

「肝臓がわるいようですね。高槻の慈泉会《じせんかい》病院に入院してると聞きました」

「肝臓病は刺青《モンモン》ですわ。むかしの極道はみんな肝炎です」

他人事《ひとごと》のようにに桑原はいった。自分は刺青《ほりもの》を入れていないから。

「火炎瓶を投げ込まれたあと、麒林会から接触は」桑原は煙草をもみ消した。

「ありません。それが無気味でね」黒岩から連絡はしていないという。

「麒林会が黙ってるのは困りもんですな。たとえ五十でも百でも票を集めよったんやから、無理にでもご苦労賃は渡さんといかん。タダほど怖いもんはないんでっせ」

「室井に金を受けとらせてください。二百万円」

「その金、預かりましょか、わしが」

「桑原さんが室井に話をつけてくれたら用意します」

黒岩も海千山千だから、桑原に金を預けるような愚は犯さない。

「わし、二宮くんから聞いたんですけどね。成功報酬は三百万やと」

「はぁ……」黒岩は桑原を見つめた。

「麒林会に二百万。二宮企画に三百万。それがサバキ料やないんですか」

「バカいっちゃいけない」

黒岩は鼻白んだ。「手数料云々《うんぬん》は二宮さんと話がついている。あなたは二宮さんから報酬を受けとってください」

「あの、黒岩さんの予算は桑原さんにいうてます」

あわてて、二宮はいった。声がうわずる。「麒林会に二百万円、うちの成功報酬が百万円。総額三百万です」

「そう、そのとおり。うちの予算は三百万円です」

黒岩は察したのか、平然と話を合わせた。二宮は心臓が喉《のど》もとにせりあがる。

「ま、よろしいわ。おたくがそういうんやったら、わしが文句いう筋合いやない」

桑原はコーヒーを飲みほした。腰をあげる。「ほな、今日のとこはこれで」

二宮も立って黒岩に頭をさげ、応接室を出た。


事務所を出て、桑原はキーを放って寄越《よこ》した。

「運転せい」

「また、ショーファーですか」

車に向けてロック解除ボタンを押した瞬間、桑原の拳《こぶし》がみぞおちにめり込んだ。息がつまり、よろけてＢＭＷのルーフに手をかける。

「このボケ、わしに空つかませるとは、ええ根性しとるやないけ」

「………」声が出ない。苦しい。地面に膝《ひざ》をついた。

「ほんまのこといわんかい。おまえのサバキ料、なんぼじゃ」

「そ、そやから……」

「百とはいわせんぞ、こら」

桑原に襟首をつかまれた。引き起こされる。

「太いのう、おまえ。気ぃつけてものいえや。次は前歯がなくなるぞ」

桑原はへらへら笑っている。危ない。この男は笑いながらひとを殴る。

「二百です。サバキ料は二百。麒林会に渡す二百とは別です」

「その二百から、わしに七十。おどれは百三十もとって高みの見物かい」

「おれ、借金まみれです。おふくろに百五十。年玉にもろた十万も使うてしもて、事務所の家賃も払われへん。来月には廃業です」

「おもろいやないけ。おどれみたいなクソは消えんかい。せいせいする」

鼻をつままれた。「この落とし前、どうつけるつもりじゃ」

「サバキ料の二百は折れにします」

「折れ？　そいつは聞こえんのう。おまえはわしにサマをいうたんやぞ」

「わるかった。それは謝ります。けど、おれにも事情が……」

「七三や。わしが百四十、おまえが六十」

「そんな……」

「おまえ、わしにどういうた。百のサバキをわしが七十、おまえが三十で手を打ったんとちがうんかい」

「それはそうやけど……」

「七三や。わしが百四十、おまえが六十。まだごねるんかい」

「いや、けっこうです。呑《の》みます」

吐き気がした。唾《つば》を吐く。一筋の血が混じっていた。

「ほら、運転せい」

桑原は助手席側にまわった。


亀岡街道を国道171号に向かった。左ハンドルには違和感がある。ウインカーレバーが左にあるのはアルファロメオで慣れているが。

「どこ行くんです」

「飯や。腹減った」

「おれはよろしいわ。帰りましょ、守口に」

さっさとこいつと別れたい。そばにいるだけで病気になる。そうか、それが疫病神なんや——。

「なにをぶつぶついうとんのや」

「独り言です」

「頭ん中でタコの火星人が喋《しゃべ》っとんのか。二宮さん、金ちょうだい、と」

「隣で喋ってますねん。喧嘩《けんか》の星の王子さまが」

「おまえ、やっぱりおもろいのう」

「サン＝テグジュペリ、知ってますか」

「馬に乗って風車に突っ込んだ爺《じじい》やろ」

洒落《しゃれ》でいっているふうでもない。あほや、こいつは。

「なんでも訊かんかい。教えたる」

桑原はＣＤの音量をあげた。


国道１７１号を右折し、桑原にいわれてステーキレストランに入った。駐車場はがら空きだ。出入り口のガラスドアに営業時間が書かれている。十七時からだ。

「まだみたいですね」

「あと五分やないけ」

桑原は腕の時計を見た。「降りろや」

「その時計、ヴィンテージですか」金色のケースが繭《まゆ》のような形をしている。

「ダニエル・ロートや」

「高いんですか」

「おまえには買えんわい」

いちいち癇《かん》に障るやつだ。時計は携帯で充分だろう。

車を降りて店内に入った。天井の高い落ち着いたインテリアだ。

脚のきれいな、フリルのワンピースのウェイトレスが席に案内してくれた。桑原はメニューも見ず、生ビールを注文した。

「おれも飲みたいんですけど」

「飲まんかい。懲役覚悟で」

「桑原さんも捕まるんですよ。飲酒運転幇助《ほうじょ》」

「んなことは分かっとるわい。性根があるんやったら飲んでみい」

こいつはどうしようもない。舌の先まで腐っている。なんでこんなやつをサバキに誘い込んだんやろ――。そう、多田真由美から来た年賀状だ。あんなもん読まんかったらよかった――。

ビールが来た。桑原は二百グラムのヘレステーキとグリーンピースの冷製スープ、二宮は四百グラムのサーロインステーキとオニオンスープ、サラダ、パン、ノンアルコールビールを注文した。

「相も変わらず、よう食うのう。ひとの勘定やと思て」呆《あき》れたように桑原はいう。

「桑原さんといっしょのときだけですわ。旨《うま》いもんを食えるのは」

「おまえはやっぱり大阪一や。口と愛想だけはな」

「さっきもいうたやないですか。ほんまに廃業寸前ですねん。寄る年波と借金で」

「おまえ、なんぼになったんや」

「もうすぐ四十です」

「四十のおっさんが四百グラムも肉食うな」

桑原は煙草をくわえた。「灰皿ないぞ」

「禁煙でしょ」

「哀しいのう。喫煙者は」

桑原は煙草をパッケージにもどした。セコいやつだ。

ノンアルコールビールが来た。手酌で注いで飲む。ビールの味はかけらもない。

「おまえ、どう思う。さっきのデブの話」桑原は椅子に寄りかかった。

「どう思う、て……どこがどうなんです」

「デブが麒林会に票集めを頼んだんは初めてやない。いままでになんべんもあった。そやのに、今回だけトラブったんはどういう理由《わけ》や。おかしいとは思わんのか」

「そういや、そうですね。なんか、事情があったんですかね」

「裏があるんや、裏が。いままで二百万で済んでた頼みが、いきなり一千万になった。おまけに火炎瓶や。デブは麒林会に弱みをにぎられた。その弱みをネタに一千万を強請《ゆす》られとんのや」

「そうか。そういうことか……」

うなずいた。「桑原さんの読み、正しいかもしれませんね」

「かもしれん、やない。わしの読みが外れたことがいっぺんでもあったか。わしはいつでも正しいんや」

その驕《おご》りが破門につながったんやろ。増長慢心が身を滅ぼしたんや――。

「で、どうするんですか。桑原さんは」

「麒林会の室井に会う。おまえは長原とかいう腐れに会うて、裏を探れ。……こいつはおまえ、四百や五百の端金《はしたがね》で落とし前がつくようなサバキやないぞ」

「桑原さん、おれはそんなに欲ないんですわ。桑原さんが百四十万、おれが六十万、さっさと終わらせて解散しましょ」

危ないめにはあいたくない。いままで、この男に引きずられてどれほどの修羅場をくぐってきたことか。ずたぼろに殴られ、ぐるぐる巻きにされ、倉庫に吊《つ》るされ、こめかみに銃を突きつけられ、真冬の図們江《ともんこう》を泳いだときは北朝鮮国境守備隊の標的にもなった。肋骨《ろっこつ》を折ったことは一度や二度ではなく、石で頭を割られた傷はまだ残っている。そう、桑原の足もとには地獄の釜《かま》が蓋《ふた》を開けている。なのに、こいつは自分が悪鬼の化身だと気づいていない。

「おう、おう。大阪一の欲たかりがよういうた。わしは人形で、おまえは黒衣《くろこ》や。わしを踊るだけ踊らせて、どれだけのカスリをとってきたんじゃ、え」

「あの、お言葉ですけど、黒衣は桑原さんで、おれが人形ですわ。後ろで糸ひいてんのは、いつも桑原さんです」

「ああいえばこういう。口が減らんのう。タダの肉はなんぼでも食う口が」

「知ってますか、ハラミて、肉やないんですよ」

「話を逸らすな、こら」

「ハラミは横隔膜。内臓ですわ」

「おまえは賢い。くだらんことを喋らせたら日本一や」

冷製スープとオニオンスープが来た。スプーンですくう。けっこう旨い。

「早よう食えよ。六時前には出るからな」

「まだ肉も来てへんやないですか」

「おまえの与太話につきおうてる暇はないんや。麒林会に行く」

「アポもとらんと？」

「カチ込みにアポは要らんわい」

桑原もスープを飲んだ。この男は粗暴だが、箸《はし》の持ち方やナイフ、フォークの使い方はわるくない。若いころ、先代組長のボディーガードを長く務めていたせいだろうか。

「桑原さん、角野《かくの》さんに会いましたか。組を出たあと」

角野は二蝶会の初代組長で、いまの森山に跡目を譲って引退した。二蝶の代紋は角野の家紋だ。

「いっぺん挨拶《あいさつ》に行った。かくかくしかじかで破門になりましたというたら、えらい怒ってた。森山いう男は筋目がとおってへん、と。そういう角野の親父も森山から金もろとるんやけどな」

そう、二蝶会の事務所ビルは角野の名義で、毎月、四、五十万円の賃料を森山から受けとっている。ヤクザも引退するには食っていくための資産が要るのだ。

「おまえ、角野の親父を知ってんのか」

「会うたことはないです。写真では見たけど」

死んだ二宮の父親は角野の子分だった。森山の兄貴分にあたるが、組のシノギから離れてフロントの土建会社を設立したのは、森山との確執があったからと聞いている。森山は角野にせっせと金を運ぶことで二代目を継いだのだ。

「親父はつるハゲの爺や。八十が近いのに、まだ利かん気や」

角野は宝塚《たからづか》のマンションに二十も齢の離れた内妻と住み、応接間に自動卓を置いて、毎日のように麻雀《マージャン》をしているという。「わしも誘われた。これから打と、とな」

「よろしいね。小遣い稼ぎになるやないですか」

「ハコ割れ三千円の麻雀なんぞできるかい。時間の無駄じゃ」

桑原とは一度、麻雀ゲームをしたことがある。恐ろしく下手だ。オリることをしないからすぐに放銃《ホーチャン》する。あのときは十万円ほど稼いだ。

「角野さんが組長やったころ、二蝶会は何人ほどいてたんです」

「さぁな、四十人はおったやろ」

「それを六十人にしたんは森山さんでしょ」森山にも多少の才覚はあったはずだ。

「あのおっさんは金儲《かねもう》けだけや。懲役に行ったんも二、三年やろ。極道としての骨は、おまえの金玉ほどもない」

「金玉に骨はないでしょ、普通」

桑原は森山を恨んでいる。桑原が盃《さかずき》をもらったのは森山ではなく、角野だった。桑原は角野が引退するまでガードを務めたせいか、森山が跡目をとって子飼いの幹部が幅をきかすようになってからは組内の立場が微妙になり、嶋田に接近した。それをよく思っていなかった森山はいつか桑原を切ろうと考えていたのだろう、去年の秋、本家筋との揉《も》めごとを起こした桑原を庇《かば》おうともせず破門した。

ウェイトレスがワゴンを押してきた。鉄皿の肉がジュージュー音をたてている。四百グラムのサーロインはかなり大きい。

お待たせしました、とウェイトレスが皿をテーブルに置く顔は明らかに桑原を意識している。スーツを着てネクタイを締め、低く話していても、やはりあたりを威圧する匂いがあるのだ。

「ほら、食わんかい。あと二十分や」

「はいはい、がんばります」

ナプキンを膝に広げ、ナイフとフォークを手にとった。


三島郡島本町——。ナビを見ながらJR島本駅と阪急水無瀬《みなせ》駅をつなぐバス通りから一方通行路を東へ入った。街の風景はどこかしら野暮《やぼ》ったい。道幅が狭く、旧《ふる》い民家が多いせいかもしれない。築地《ついじ》塀の寺の隣にこぢんまりした三階建のビルがあった。

「ここやろ」

車を停めた。ヘッドランプを消す。車寄せにSクラスのベンツとレンジローバー、一階はシャッターで、二階と三階の窓に明かりがつき、タイルの壁に《不動産・金融　林総業》と、ステンレスのプレートが打ちつけてある。

「林総業……。麒林会と書いたれや」嘲《あざけ》るように桑原はいう。

付近にコインパーキングはない。二宮はベンツの前にＢＭＷを駐めた。

「なにしとんのや。降りんかい」

「ここで待ってますわ。ベンツが出るとき、邪魔になるし」

「キー、寄越せ、こら」

「へっ……」

「なにが、へ、じゃ。エンジンとめてキー寄越せ」

「桑原さん、交渉はお任せしますわ」

組事務所になど入りたくない。サバキの実務は桑原の領分だ。

「そうか……」

桑原の手が伸びてきた。耳をつかまれて思いきり引っ張られる。「おまえはそれでも男か。わしがカチ込むというたら、腹に晒《さらし》巻いてついてくるんじゃ。高みの見物は三途《さんず》の川でせんかい」

「おれはそれが嫌ですねん。三途の川、嫌いです」

この男にはことを丸く収める気持ちがない。堅気にはともかくヤクザにはイケイケをとおすから、あっというまに喧嘩になる。そのたびに二宮は寿命を縮めるのだ。

「やかましい。四の五のぬかすな」

車外に引きずり出された。尻《しり》を蹴《け》られて歩きだす。もうどうにでもなれ、と腹をくくった。

桑原は二宮を脇に立たせてインターホンのボタンを押した。庇《ひさし》下の監視カメラがこちらを向いている。若い男の声で返事があった。

――室井さん、いてはりまっか。二宮企画の二宮いいます。

――ご用件は。

――西山光彦事務所の黒岩さんの代人ですわ。そういうてもろたら分かります。

「あの、勝手に名前使うてもろたら困ります」

「わしは堅気やぞ。二蝶会の桑原とはいえんやろ」

ほどなくしてロックの外れる音がした。桑原が鉄扉を引く。一坪ほどの狭い玄関。正面に黒いカーペット敷きの階段があった。踏み面の真鍮《しんちゅう》板に天井のライトが鈍く映っている。一階は事務所ではなく、倉庫かガレージにしているらしい。

「ほら、先に行け」

「お願いやし、強面《こわもて》はやめてくださいね」

「あほんだら。スズメバチの巣で暴れるわけないやろ」

薄暗い階段をあがった。右にローズウッドのドア。傘立にビニール傘と金属バットが挿してある。闇金の客に対する威圧か。

桑原はドアを引いた。キャビネットの手前に男がふたり立っている。痩《や》せのスポーツ刈りと小肥りのスキンヘッド。ふたりとも揃いの白のジャージを着ている。胸に〝D&G〟とあるのはパチモンだろう。

「室井さんは」

「専務は三階ですわ」

若頭のことは専務と呼ぶらしい。組長はどう呼ぶのだろう。

「案内してくれまっか」

「その前に、あらためさせて欲しいんですわ」

「なんや、身体検査か」

「すんまへん。定《き》めですから」

「わしら、堅気やで」

桑原は両手をあげ、頭の後ろで組んだ。スポーツ刈りは桑原の脇から腰、ズボンをさする。二宮の身体もチェックして、「ほな、こっちへ」と事務所を出る。桑原と二宮はふたりに挟まれて階段をあがった。

三階の廊下はモスグリーンのカーペット敷きだった。左側は窓。右にドアがふたつある。スポーツ刈りは手前のドアを開け、一礼して中に入った。

広い部屋の中央、革張りのソファに男が座っていた。白いシャツにダークグレーのフランネルジャケット、鼻下とあごに半白の髭《ひげ》、髪が黒いのは染めているからだろう。神棚や飾り提灯《ちょうちん》は見あたらず、書棚に木製デスク、テレビ、サイドボードといった調度類が並んでいる。

「お初にお目にかかります」

桑原が進み出た。「桑原といいます」

「桑原？　二宮とちがうんかいな」男はいった。

「いや、二宮はこの男で、わしは桑原です」桑原はあごで二宮を示した。

「あんた、何者や」

「二宮企画の顧問ですわ。主に交渉担当です」

「えらいガラのわるそうな交渉担当やな」

「交渉にもいろいろあるんですわ。中には法律で埒《らち》のあかん相手もいてますから」

「極道かい、あんた」

「堅気ですわ。正真正銘の」桑原は指が五本揃っている左手を見せた。

「その顔の傷はなんや」

「若いころ、ちょっとやんちゃしてました」

「極道でもないのに肝が据わっとるな」

「そう見えますか。ほんまはぴくぴくしてますねん。心臓が」

「ま、座りぃな。そこへ」

「すんまへん。ほな」

桑原はソファに腰をおろした。二宮も座る。男は立って、こちらに来た。

「林総業の室井です」

いって、向かい側に座った。すぐ後ろにスポーツ刈りが立つ。

「名刺、くれるか」

「あ、はい……」

二宮は名刺を差し出した。室井は受けとって一瞥《いちべつ》し、テーブルに放る。

「そちらさんは」

「あいにく、切らしてますねん。桑原いいます」

桑原は頭をさげた。室井は名刺を出そうともせず、

「黒岩さんの代人やそうやけど、委任状は」

「すんまへん。こういった交渉に委任状はもらわんことにしてます。なにかと差し障りがありますから」桑原はいう。

「差し障りな……」

室井は人さし指と中指を立てた。スポーツ刈りが煙草を差し出してライターを擦る。室井は深く吸ってけむりを吐いた。「黒岩さんはなにを頼んだんや、あんたに」

「お聞き及びかとは思いますけど、去年の十一月、西山事務所に火炎瓶が投げ込まれたんですわ。

事務所には三人おったんやけど、幸い、小火《ぼや》とか火事にはならんかった。通報はしてません」

「ほう、そら大変やったな。黒岩さんもびっくりしたやろ」

　室井の表情はまったく変わらない。二宮は確信した。麒林会の仕業だと。

「それで黒岩さんから相談されたんですわ。……いや、犯人探しとかやないんです」

　桑原は慎重に言葉を選ぶ。「前回の府議会議員補欠選挙で、黒岩さんは室井さんに票集めを依頼した。室井さんの尽力で西山事務所が推した議員が当選したんですけど、そのときに黒岩さんは室井さんに不義理をした。黒岩さんはそのことを気にしてますねん」

「えらい生臭い話をするな、あんた。黒岩に聞いたんかいな」

「ま、ことの背景は知っとかんとあきませんから」小さく、桑原は笑う。

「票をまとめてくれ、といわれたんはほんまや。けど、火炎瓶は知らんで」

「正直にいいますわ。黒岩さんに二百万円をとどけてくれと頼まれたんです」

「なんの話や、おい。わしと黒岩のあいだに金のことはないで」

「個人的にはないかもしれません。けど、林総業と西山事務所のあいだには契約関係があったんやないんですか」

「なにをいいたいんや、あんた。黒岩がうちから金で票を買うたとでもいうんかい」

　いつのまにか、室井は黒岩を呼び捨てにしている。

「失礼の段はお詫《わ》びします。黒岩さんは室井さんに感謝の意を込めて二百万円を受けとっていただきたいと、そういうてます」

「黒岩がそういうんやったら、本人が来んかい。代人なんぞ要らんやろ」

「黒岩さんもそうしたいのは山々ですわ。けど、おたくさんと西山事務所の関係を表に出すわけにはいかんのです。そこんとこ、察してもらえませんか」

「聞けんな。黒岩に来いといわんかい。膝突き合わせて話するがな」

「このとおりですわ」

桑原は頭をさげた。「二百万円、受けとってもらえませんか」

「へっ、笑わしよるで」

室井はソファにもたれて脚を組んだ。「極道でもない半端もんがしゃしゃり出るのは十年早いわい。顔洗うて出直せ」

桑原はなにもいわない。二宮は横目で見る。桑原は拳を握りしめていた。

「どうしてもあきませんか、わしの話」低く、桑原はいった。

「去《い》ね、うっとうしい」室井は蠅でも払うように手を振った。

「顔洗うて出直せ、いうことは、金額によっては受けてもらえると考えてよろしいか」

「誠意や、誠意。黒岩の誠意を見せたれや」

「その誠意は、具体的になんぼですかね」

「おどれはなんじゃい。下手《したて》に出てたら図に乗りくさって。おどれの頭で考えるんが誠意やろ」

「よう分かりました。この話、持ち帰って黒岩さんと相談します」

「わしは五百票を集めたんやぞ。そのことを黒岩にいえ」

室井は吐き捨てた。桑原は黙って立ちあがる。二宮も立って部屋を出た。


「あのくそボケ、なんぼくれ、とはいわんかったな」

車に乗るなり、桑原は吐き捨てた。

「金額をいうたら恐喝になるやないですか」

二宮はエンジンをかける。シートベルトを締めた。

「極道は脅しが商売やぞ。あのガキはぬるいわ」

「おれ、桑原さんが殴りつけへんかと、ひやひやでしたわ」

「スズメバチの巣で暴れたりするかい。忍耐と理性や」

「理性ね……」

この男は言葉の意味を知らないのかもしれない。「今日のところは解散しましょか」

事務所に帰りたい。マキのようすが気になるし、桑原といっしょにいると全身に毒がまわる。

「うっとうしい。酒でも飲むか」

「いまはそんな気分やないです」桑原とは飲みたくない。

「新地や。きれいなおねえちゃんとおしゃべりしたい」

「キャバクラですか」

「ばかたれ。クラブじゃ」

「それやったら、おつきあいします」

北新地で最後に飲んだのは去年の夏だ。嶋田に連れていってもらった。「けど、車はどうするんです。守口に置いていくんですか」

「新地の駐車場に駐めんかい。帰りは代行を呼ぶ」

「そらよろしいね」桑原にしては珍しい気遣いだ。

「行け。新地や」

♪誰もがあこがれる北新地～。サウス・トゥ・サウスの曲を、桑原は口ずさんだ。

5

新地本通──。桑原は花屋に入って店員に話しかけ、すぐに出てきた。

「なにか訊いたんですか」

「店を訊いた。『グランポワール』や」

「黒岩がいうてたクラブやないですか」西山事務所が接待に使う店だ。

「この先や。花屋が知ってるくらいやから老舗《しにせ》なんやろ」

「酒を飲むだけやなかったんですね」

「おまえはほんまにゆるいのう。何年、わしとつきおうとんのじゃ」

「かれこれ五年ですかね」

「わしのすることに行きあたりばったりはない。すべて理由と目的があるんや」

「お見逸れしました。大したもんです」

講釈はいいから、早く案内しろ。きれいな女の子がいっぱいいるクラブに。

「しかし、おまえ、その装《な》りはどうにかならんのかい」

桑原はしげしげと二宮の頭から靴先を見る。

「まさか、新地のクラブで飲むとは思てないやないですか」

ジップパーカのフードをつまんだ。「もっとおしゃれしてきたらよかった」

「おまえのおしゃれというのは、どんなんや」

「夏はポロシャツに麻のジャケット。冬はパーカにダウンジャケットですかね」

「貧乏を煮染めとるの」

「そこらで買うてくれますか。フランネルのジャケットでも」

「一昨日《おととい》、来い」桑原は背を向けた。

『グランポワール』は白磁タイル張りの、けっこう大きいビルの地階だった。桑原は白い大理石の階段を降りていく。地階にはクラブが二軒あり、左のチークのドアを桑原は引いた。いらっしゃいませ——。マネージャーだろう、ダークスーツの男が深々と頭をさげた。

「すみません。どなたのご紹介で……」

「西山事務所。黒岩さんですわ」桑原がいう。

「ありがとうございます。いつもお世話になっております。どうぞ、こちらへ」

ピアノのそばのボックス席に案内された。先客は三組。ホステスは十五、六人いる。

グレーの革張りのソファに座った。黒岩の係だろう、濃紺のベルベットのドレスを着たホステスが来た。美人だが、けっこう齢を食っている。ちぃママか。いらっしゃいませ、と丁寧に挨拶した。

「お飲みものは」

「ビール」

桑原はいい、二宮もビールを注文した。

おしぼりを使いながら店内を見た。高い天井にシャンデリアが三つ、壁は漆喰《しっくい》で腰壁はダークブラウンのチーク、グレーのカーペットに細かな花柄が織り込まれている。英国風の落ち着いたインテリアだ。

「佳代《かよ》と申します。初めてのお客さまですよね。よろしかったら、お名前を」

「わしは桑原、そっちは二宮。いま、西山事務所の仕事をしてますねん」

愛想よく、桑原はいう。「おたくがママ?」

「ごめんなさい。ママはまだです」

佳代はいって、「西山先生の秘書とか、されてるんですか」

「府議会の政策担当ですわ。ほかの会派との折衝、交渉……。いうたら黒岩さんの手伝いです」

質問に対する答えにはなっていないが、佳代は黙ってうなずく。

おまえもなにかいえ――。というふうに、桑原は二宮に向かってあごをしゃくった。

「ここ、広いですね」

二宮はいった。「何坪ほどあるんですか」

「さぁ、どれくらいでしょう」

佳代は首をかしげる。「ごめんなさい。知らないんです」

「二宮くん、君はあほか」

桑原がいった。「クラブに来て、坪を訊いてどないするんや」

「いや、なんとなくです」

「こういう男ですねん。変人ですわ」

桑原は佳代にいった。佳代は困ったように笑う。

そこへ、飲みものと女の子が来た。ふたりとも丈の短いワンピース。黒のストッキングと白のストッキングだ。佳代は立って、女の子と替わった。

二宮の隣には白ストッキングが座った。齢は二十歳すぎか。髪はショートカット、眼がくりっとしてかわいい。胸は小さめだ。白ストッキングはルナ、黒ストッキングは遥《はるか》といい、ビールを注いでくれた。

「ルナいうのは、お月さんやな」ビールを飲んで、いった。

「わっ、初めてですよ。そういってくれたの」

「おれ、ゲイバーによう行くんや。ミナミの旧新歌舞伎座裏の『ルナ』いう店」

「わたし、行ったことないんです。ゲイバー」

「ほな、今日、行こか。アフターで」

「すみません。猫ちゃんに餌をあげるの忘れたんです。今度、誘ってください」

どうせ脛《すね》に毛の生えた猫だろう。店の子をアフターに誘って、ついてきたためしがない。

「お名前をお訊きしてもいいですか」

「二宮です」

「二宮さん、お若いですね」

「そうかな。そろそろ四十やで」

反応がない。

「そのパーカ、かわいいですね」

「ありがとう。ほかに着るもんないねん」

「どんなお仕事をされてるんですか」

「建設コンサルタント。アメ村の外れでやってるんやけど、このごろは……」

「わたしの父も建設関係なんですよ」

「設計か、なんか？」

「よく知らないんです」

こういうどこか噛《か》みあわない会話を〝テニストーク〟というらしい。相手のいないところを狙って球を打つからラリーがつづかないのだ。

オードブルが来た。桑原は生ハムをつまんで、

「あんたらもなにか飲め。わしはウイスキーのロックや」

「おれは水割り」

「ありがとうございます」

遥が手をあげてウェイターを呼んだ。

「ここ、黒岩さんはよう来るんかいな」桑原は煙草をくわえた。

「黒岩先生ですよね。国会議員の秘書の」遥がライターを擦《す》る。

「そう、民政党の西山事務所や」

「よく来はります。月に二回くらい」

「どんなオヤジや」

「無口です。あんまり喋りません。ちょっと怖い感じかな」

「怖い、いうのは」

「あの、桑原さんはどういう関係ですか、黒岩先生と」

「よう知らんのや。黒岩さんのことを。最近、西山事務所から選挙区がらみの仕事を請けたんやけど、黒岩さんがどういう人間や分からん。ま、いうたら、黒岩さんの信用調査みたいなもんやな」

「桑原さんは探偵さんですか」

「こいつは内緒にしてて欲しいんやけど、ぼくも秘書なんや。同じ民政党の議員のな。西山事務所と共同歩調をとるには筆頭秘書である黒岩さんのひととなりを知っとかんといかん。そういうわけでこの店に来たというわけや」

桑原が〝ぼく〟といいだしたのにはびっくりした。二宮は笑いを嚙み殺す。その極道面で、ぼく、はないやろ。

「で、遥ちゃんは黒岩さんのどこが怖いんや」にこやかに桑原は訊く。

「わたし、黒岩先生にすごい怒られたことがあります」

「どう怒られたんや」

「黒岩先生はいつも誰か連れて来はるんです。それでわたし、黒岩先生のお連れさんについたんです。そしたら太股《ふともも》やお尻を触られて、我慢してたんやけど、手を払ったんです」

それを見て、黒岩がママを呼んだ。黒岩はママに、ホステスの躾《しつけ》がなっていないといい、連れてきた客に恥をかいたといった。ママはとりなしたが、あとで遥はママに叱られたという。「ママにいいつけるの、変やないですか。わたしに怒ったらいいでしょ」

「男やないな。触った客より黒岩のほうがわるいで」

「ごめんなさい。お客さんの悪口いうのはダメですよね」

いいすぎたと思ったのか、遥は小さく首を振った。

バランタイン17年とグラスが来た。ルナがグラスに氷を入れ、ウイスキーを注ぐ。

「ルナちゃんは黒岩さんのこと、どうなんや」二宮は訊いた。

「嫌いです」

あっさり、ルナはいった。「いつも偉そうだし、汗かいてるし」

「デブがふんぞり返ってたら暑苦しいわな」

「でしょ」

ルナはうなずく。「だって、秘書は政治家じゃないじゃないですか」

コースターをそえて、ロックを桑原、水割りを二宮の前においた。

「西山先生も来るんかいな」桑原が訊いた。

「たまに来はります」

遥がいった。「でも、つくのはママとか佳代さんです」

「黒岩よりふんぞり返っとんのか」

「いえ、明るいお酒で、歌がお好きです」

西山はピアノの伴奏で演歌をうたうという。「お齢のわりに、けっこうお上手です」

「西山先生は後援者と来るんか」

「そうですね。経営者とか重役の方たちが多いみたいです」

「黒岩さんと飲むのは、遥ちゃんの尻を触るような行儀のわるいのもおるんやな」

「珍しいんですけどね、そんなお客さんは」

「目付きのわるいのはおらんのか。見るからに裏稼業という連中は」

「それって、ほんとに怖いひとですよね」

遥はルナと眼を合わせて、「わたし、分かりません。どんなひとがそうなんか」

あんたの隣でロックを飲んでるのがそうやないか――。二宮はつぶやいた。喉の奥で。遥もルナも桑原を議員秘書と信じ込んでいるらしい。

「黒岩先生って、お医者さんになりたかったんですよ」

ルナがいった。「私立の医学部をいっぱい受けたんだけど、どこもとおらなかったって」

「それ、本人から聞いたんかいな」と、二宮。

「佳代さんです」ルナは口が軽い。

「黒岩さんて、どこの出や」

「神戸かな」家は造り酒屋だったという。

「造り酒屋のぼんぼんなら金は腐るほどあるやろ。そやのに医学部に行けんて、よっぽど頭がわるいんやな」

「お医者さんの知り合いが多いって自慢します。コンプレックスかな」

それはちがうだろう。黒岩は私立医大の推薦枠を使って、金持ちのどら息子を医学部に入学させる口利きビジネスをしているのだ。

「ルナちゃんはええ子やな」

「はい？」

「いや、いろいろ教えてくれるし」水割りを飲む。

ピアノの先生が来た。なにか弾きはじめる。『マイ・ウェイ』だ。

「歌、うたおうかな。リクエストできる？」

「はい、楽譜のある曲なら」と、遥。

「ほな、ちあきなおみか髙橋真梨子《たかはしまりこ》」

「二宮くん、君の歌は身体にわるいで」桑原がいう。

「桑原さんはおれの歌、聴いたことないやないですか」

「君みたいな畳に眼鼻をつけた平たい顔は、自分の声がハウリングする。聴かんでも分かる。死ぬほど下手や。やめとけ」

ルナが笑い声をあげた。失礼な。気がわるい。

「あんたら、室井いう男を知らんか」

桑原は遥とルナを見た。「去年の十月、黒岩さんが連れてきたんやけどな」

「髪が真っ黒やのに髭が白いひとでしょ」

ルナがいった。「憶《おぼ》えてます。金融関係ですよね」

「そう。林総業。名刺もろたんか」

「もらってません。もうひとりの議員さんにも」

「おいおい、黒岩さんはふたり連れてきたんか」

「はい、三人で来られました」

「その議員の名前は」

「ちょっと変わった名前でした。……蟹《かに》、……海老《えび》、そんな感じです」

「遥ちゃんは憶えてないんかいな」

「わたしはたぶん、席にいなかったと思います」

「蟹か、海老な……。府議会の補欠選挙の話をしてたか」

「下ネタばかり話してました。議員さんなのに、なんか脂ぎってて」

「そうか。蟹はセクハラ爺かい」

桑原はロックを飲みほしてソファにもたれた。「二宮くん、歌うたえ」

「さっきは歌うなというたやないですか」

「取材は終わった。あとは親睦《しんぼく》や」

「ハウリングしてもええんですか」

「『はがゆい唇』や。髙橋真梨子。それ行け」

遥が立って、ピアノの先生にリクエストした。二宮が歌いはじめたら、ルナはのけぞった。ルナのショーツはピンクだった。


九時半──。グランポワールを出た。桑原は佳代に黒岩の名刺を渡して、西山事務所にツケをまわした。

「議員秘書の名刺て、水戸黄門《みとこうもん》の印籠《いんろう》ですね」本通を西へ歩く。

「いまの店は座って五万やろ。高い飲み代を払えるかい」

「また行きましょか。おれも黒岩の名刺持ってるし」

「好きにせいや。ひとりで行け」

「ほな、おれはここで失礼します」

「待たんかい。夜は長いんやぞ」

「酔うてますねん」

　ふらふら歩いた。「桑原さんは代行呼んでください」

「呼ぶんやったら、さっきの店で呼んどるわ」

「どこか喫茶店で待ってたらええやないですか」

「車ん中で待つ。案内せい。駐車場に」

「世話の焼けるひとやな」

　勝手なやつだ。組を追われたのに、いまだにヤクザだ。

　四ツ橋筋寄りの駐車場まで歩いた。駐めたＢＭＷのそばに男が立っている。桑原をみとめて、小さく頭をさげた。

「あんた……」

　短いスポーツ刈り、革のフライトジャケットにジーンズ、二蝶会の木下だった。

「お久しぶりです」

　木下は一礼した。あ、どうも――。二宮も挨拶する。

　桑原は木下にキーホルダーを放った。木下は受けとってロックを解除し、後ろのドアを開けて桑原を座らせた。

「どうぞ、二宮さんも」

「いや、おれは帰りますねん」

「乗らんかい。話があるんや」桑原がいった。

　くそっ、グランポワールから木下に電話しよったな――。二宮もリアシートに座った。

　木下は運転席に座り、ドアを閉めた。エンジンをかけてヒーターを入れる。

「分かったか」桑原が木下にいった。

「分かりました。蟹浦《かにうら》です。蟹浦文夫《ふみお》」

齢は六十七、自由党所属、府議会議長も務めたことのある大物だという。

「自由党の地方議員が、なんで黒岩と飲んだんや。黒岩の親分は民政党の西山やぞ」

「自分もおかしいと思いました。それで、ネットで調べたんです」

去年十月の大阪府議会議員北茨木市選挙区補欠選挙で西山光彦の推した羽田勇《はだいさむ》の対立候補が、自由党の桝井義晴《ますいよしはる》だったと、木下はいった。「桝井は元府議会議員です。議員をしてたときは蟹浦と同じ会派の大阪府連地域振興局幹事長代理で、蟹浦が幹事長でした」

「羽田勇いうのは民政党から立候補したんか」

「民政党公認の新人でした」

「そいつは妙やぞ。桝井を推してしかるべき自由党の蟹浦が民政党の黒岩と飲んだ……。おまけに、そこには極道の室井が同席してた……。これはどういうこっちゃ」

会派だ、対立候補だ、公認の新人だと、桑原と木下のやりとりはヤクザの会話とは思えない。こいつらはひょっとして頭がええんか――。

二宮はふたつのラインを思い描いた。
○民政党　衆議院議員・西山光彦―秘書・黒岩恭一郎―府議会議員候補・羽田勇――。
○自由党　府議会議員・蟹浦文夫―府議会議員候補・桝井義晴――。
「自分は考えたんですけど、黒岩は蟹浦に、桝井を選挙から降りるよう説得してくれと頼んだんやないですかね」木下はいう。

「そうやの……。それが普通の読みやけど、桝井は最後まで降りんかったんやろ。結果は僅差《きんさ》の勝負とちごたんか」

「羽田が二万三千票、桝井が二万二千七百票でした」

「なるほどな。三百票の差か。室井が羽田の五百票を集めたとゴねるはずや」

「おれの意見、いうてもよろしいか」

二宮はいった。「黒岩は三百票差で選挙に勝った。室井が五百票を集めたかどうかは分からんけど、勝ったことにはちがいないんやから、要求どおり一千万を払うてやったらええやないですか。それで丸うおさまるんやから」

「おまえは賢いわ。そのヘチマ頭が羨《うらや》ましい」

さもバカにしたように桑原がいった。「丸うおさまったらシノギにならんやろ。黒岩から金をふんだくるんやぞ」

「ま、それはそのとおりやけど……」

「なにが、そのとおりじゃ。棚の下でボーッと口あけくさって」

「どういう意味です」

「ぼた餅《もち》じゃ。喉に詰めて死ね」

桑原は舌打ちして、「桝井の家はどこや」木下に訊いた。

「北茨木の鈴原《すずはら》です。桝井商事いう土木機械の販売代理店してます」

「よっしゃ。鈴原へ行け。この時間やったら起きとるやろ」

桑原はシートにもたれて眼をつむった。

北茨木市鈴原――。桝井商事は国道171号の中河原《なかがわら》交差点から北へ入ったバス通り沿いにあった。こぢんまりした三階建ビルの薄暗いショールームに、削岩機やハンドローラー、バイブレーター、コンプレッサーなどの小型土木機械が並んでいる。

木下は車寄せにBMWを駐めてリアドアを開けた。桑原が降り、二宮も降りる。玄関ガラスドアの右側に《明るい北摂《ほくせつ》　清新な府政を　桝井よしはる後援会》と、立看板が置いてある。選挙は落ちても議員を諦《あきら》めているわけではないらしい。

「ほら、呼んでみい」桑原にいわれた。

「桑原さんが呼んでくださいよ」

「わしも木下も極道顔や。おまえの間抜け面がええ」

「そっちはカオで、おれはツラですか」

二宮はインターホンのボタンを押した。しばらく待って、

――はい、桝井です。

年かさの女の声。

――夜分、すみません。二宮と申します。桝井さんはご在宅でしょうか。

インターホンのレンズに向かって頭をさげた。

――どちらの二宮さんでしょうか。

――二宮企画といいまして、西心斎橋で建設コンサルタントをしてます。

府政相談ではない、といった。女は桝井に伝えたのか、ほどなくしてショールームの明かりが点《つ》き、奥から薄茶のカーディガンをはおった小肥りの五十男が出てきた。こちらに三人いるのに気づいて意外そうだったが、警戒するふうはなく、ドアの錠を外した。

「夜分に申しわけないです」

また頭をさげた。「ぼくは二宮、こっちは桑原、そっちは木下です。ふたりはぼくの会社のスタッフです」

よろしくお願いします――。木下は手を揃えて大きく腰を折った。桑原は無言。

「ご用件は」

「建設機械のことで……」

ま、どうぞ——。桝井が先に立ってショールームに入った。円テーブルの椅子に腰かける。

「現場はどちらですか」桝井はいった。

「北茨木の西山光彦事務所です」

「舗装でもするんですか。西山事務所の駐車場」

「いや、ちがいますねん。改装ですわ」

桑原がいった。「西山事務所に火炎瓶が投げ込まれたん、知ってますわな」

「火炎瓶……。事務所に……」

桝井は眉《まゆ》をひそめた。「ほんまですか」

「去年十月の補欠選挙をめぐるトラブル。桝井さんは蟹浦さんに、候補を降りてくれと頼まれたそうやないですか」

「なんのことです」

「麒林会の室井が怒ってますねん。桝井さんに顔をつぶされたと」

「おたくら、ほんまに建設関係ですか。商談で来たんやないんですか」

「商談はあとですわ。下手したら、このショールームにも火炎瓶が投げ込まれるんでっせ。新聞沙《ざ》汰《た》になってもよろしいんか」

「待ってください。その話はついたはずや。いまんなって蒸し返すのはおかしいわ」

不安げに桝井はいった。赤ら顔、すだれのような髪、下の前歯が一本欠けている。

「桝井さん、あんた、がんばりすぎたんや。あんたが黙って降りてたら、こんなにこじれることはなかった。蟹浦さんも困ってるんやで」

「蟹浦さんからそんな話は聞いてない。わたしは正々堂々と選挙戦を戦うたんや」

「あんた、知らんのかいな。蟹浦はコウモリやで。表であんたにええ顔しながら、裏で西山事務所の黒岩とつるんどるんや。……蟹浦は金で黒岩に釣られた。麒林会の室井は黒岩のケツ持ちやで」

桑原はあることないこと話を継いだ。そのあたりは巧《うま》い。「あんた、さっきいうたよな。その話はついいた、と。蟹浦から金もろたんか」

「もらってない。わたしは誰に後ろ指さされることもしてない」

「気の毒やのう、あんた。蟹浦に切られたんやで」

「蟹浦さんはほんまにつるんでたんか、黒岩と」自問するように桝井はいう。

「知らんのかい。去年の十月、選挙の告示前に蟹浦は新地で飲んだんやで。西山事務所の黒岩、麒林会の室井とな」

「そんなことは聞いてない。デタラメや」

「嘘やないで。蟹浦に訊いてみい。新地の『グランポワール』いうクラブや」

「桝井さん、蟹浦にいわれたんやないんですか」

二宮はいった。「いまは風向きがわるい、ここは降りて次の選挙を待て、と」

「……………」思いあたるふしがあるのか、桝井は下を向いて唇を嚙む。

「蟹浦は、これで降りてくれと、桝井さんに金を積んだ。けど、桝井さんは首を横に振った。大したがんばりですわ。蟹浦の応援もなしに三百票差まで羽田を追い込んだんやから」

「蟹浦さんは黒岩から金もろたんかいな」桝井は顔をあげた。

「もらいました。それはまちがいない。金額は知りません」

「そうか……」

力なく、桝井はいった。「帰ってください」

「まだ話は終わってませんよ」

「帰ってください」

「桝井さん……」

「迷惑や。おたくら、酒臭いわ」

「そうでっか」

桑原が立った。「撤収や」

二宮と木下も立ち、ショールームを出た。


木下が運転し、国道沿いのラーメン屋に入った。桑原はビールと餃子《ギョウザ》、木下は叉焼麵《チャーシューメン》、二宮はビールと炒飯《チャーハン》を注文し、

「桑原さんの読みどおりでしたね」テーブルの生姜《しょうが》をつまんで口に入れた。

「蟹浦は黒岩から引っ張った金を懐に入れたんやろ。桝井にはやらんとな」

「そら、桝井も怒るはずですわ」蟹浦が桝井を推したら当選したような気がする。

「黒岩が室井を新地に連れてったんは蟹浦に対する脅しや。蟹浦は室井を見てチビりよった。下手に逆ろうたら麒林会が出てくる、と」

「蟹浦はなんぼほど引っ張ったんですかね、黒岩から」

「百や二百では利かんやろ」

「黒岩も抜いたんですか。羽田が上納した金を」

「選挙は金や。地方選挙でも二千や三千は動くやろ。どいつもこいつも米櫃《こめびつ》に手ぇ突っ込んで食い散らすんや」

二蝶会先代組長の角野も知り合いの地方議員から票集めを頼まれたことがある、と桑原はいう。

「二十年も前に一票が一万円やった。もちろん、オヤジはなにもしてへん。それで百万のシノギになったんや」

無職渡世のヤクザの票も一票にはちがいない。むかし、二宮はごみ箱を漁《あさ》っている犬にまで挨拶している候補者を見た。

ビールが来た。生姜をつまみながら飲む。少し生ぬるい。

ラーメンを食い終えた隣のテーブルの四人連れがいっせいに煙草を吸いはじめた。

「わるいな、兄ちゃん。煙たいんや」

桑原はけむりを手で払った。「狭い食いもん屋で吸うんやないで」

四人連れのひとりがこちらを向いた。口をあけて舐《な》めたように桑原を見る。

木下が、すっと立ちあがった。男のそばに寄る。

「聞こえんのか」

「なんや、おまえ」

男はすごんだ。小鼻にピアスリング。四人とも若い。首筋にタトゥーを入れているのもいる。外にシャコタンのクラウンが駐まっていたのを二宮は思い出した。

「桑原さん、行ってよろしいか」木下はいう。

「おまえ、弁当持ちやろ」桑原はビールを飲む。

「けど、売られた喧嘩ですわ」

「殺すなよ」

そのやりとりを聞いて、鼻ピアスが煙草を床に捨てた。靴先で踏み消す。ほかの三人も消した。

木下は黙ってテーブルにもどった。四人は勘定を払って出ていった。

これだから ヤクザは困る。いつどこで喧嘩がはじまるか分からない。木下も桑原に負けず劣らずのイケイケだ。

「どうします、これから」桑原に訊いた。

「腐れがぞろぞろ出てきよった。わしは蟹浦を叩《たた》きたい」

「調べますわ」

木下がスマホの電源を入れた。検索する。「蟹浦文夫。齢は六十七ですね」

蟹浦は七期目。平成二年に高槻市維持管理課を退職し、保守系無所属で西高槻選挙区に立候補、当選。六期目に府議会議長を務めた――。「事務所は三島郡島本町小谷《こたに》。電話してみますか」

「そうやな……」

桑原は時計に眼をやった。「かけてみい」

木下はスマホを見ながら、もう一台の携帯でかけた。

「出ません」

「しゃあないの。明日にするか」

木下の叉焼麺と二宮の炒飯が来た。桑原の餃子は来ない。

「なんで、わしだけ遅いんや」

「餃子は蒸し焼きにするからでしょ。焦げ目もつけんとあかんし」

「寄越せ。炒飯」

「みんな食うたら嫌ですよ」皿を手もとに引いた。

「おまえみたいな大食いやないわい」

桑原は手をあげて、取り皿、といった。

6

携帯の音で目覚めた。なかば無意識に布団《ふとん》から手を出して着信ボタンを押した。

——はい。

——二宮さん、おはようございます。

——あ、どうも。

——木下です。寝てましたか。

——ああ、いま起きましたわ。

壁の時計を見た。まだ九時だ。頭がボーッとしている。

——昨日は遅うまでありがとうございました。

——いや、それをいうのはこっちですわ。すんませんでしたね。

木下は守口で桑原をおろしたあと、二宮を大正まで送ってくれたのだ。二宮が寝たのは午前一時をすぎていた。

——自分はこれから桑原さんを迎えに行って、二宮さんのアパートへ走ります。

木下は二宮を送りとどけたあと、関目《せきめ》のコインパーキングにＢＭＷを駐めていた、という。木下は城東区に住んでいるらしい。

——あんた、あんまり寝てへんのやろ。

——四、五時間は寝ました。

——こんなことというのはなんやけど、木下さん、義理堅いね。桑原さんはもう二蝶会やないのに。

——それはそうかもしれんけど、渡世の兄貴分であることはいっしょです。代紋は関係ないです。

——セツオくんはどうですねん。

——セツオさんはあっさりしてます。自分から桑原さんに近づいたりはせんでしょ。

セツオも木下も桑原の舎弟でシノギの手伝いをしていたが、二蝶会を絶縁された桑原とのつきあいには濃淡があるようだ。セツオはドライ、木下はウェットということか。ヤクザも企業も組織体だから派閥があり、上司が出世すれば部下も出世する。直属の上司だった桑原を失ったセツオは、次に誰につくかを考えているのだろう。

——十時すぎには大正に行けると思います。

——それって、桑原さんがいうたんですか。二宮んとこへ行け、と。

——なんか、頼みがあるみたいです。

——頼みね……。蟹浦とかいう議員に会うんですか。

——かもしれませんね。

——おれが同席することもないでしょ。桑原さん、口が達者なんやから。あることないこと、あんなによく喋るヤクザも珍しい。……いや、いまは元ヤクザだが。

うっとうしい。今日も桑原に鼻づらを引きまわされるのか。そもそも西山事務所から仕事を請けたんはおれやで。桑原はおれの下請けで、おれは桑原のクライアントやないか。クライアントをパシリに使う業者がどこの世界におるんや、え——。

——とにかく、待っててください。迎えに行きます。

電話を切り、布団から出た。寒い。石油ストーブのスイッチをひねり、毛玉だらけのカーディガンをはおって台所へ行く。冷蔵庫を開けたら、奥に豚饅《ぶたまん》がふたつあるのを見つけた。いつ買ったのか、豚饅は干からびていた。冷蔵庫の臭いが染みついている。ほかに食えそうなものもないので皿にのせ、電子レンジに入れてスイッチを押した。レンジが作動しているあいだ、流し台のシンクに向けて放尿する。あとで水を流せばシンクも便器も同じことだ。

レンジがチンと鳴り、豚饅を出した。縮んでカチカチになっている。

パックの牛乳を丼鉢《どんぶりばち》に入れて豚饅を浸した。徐々に膨らんでくる。フォークで割って口に入れたが、食えたものではなかった。

くそっ、牛乳がもったいなかった――。ダイニングの椅子に座って煙草を吸った。


十時半、ノック――。二宮は部屋を出る。木下について鉄骨階段を降りると、ＢＭＷのリアドアが開いた。

「いつ来ても薄汚いヤサやのう」

桑原がいった。黒のスーツにワイシャツ、ノーネクタイ、倒したアームレストにダークグレーのチェスターコートをおいている。

「今日もまたおしゃれですね」

桑原の隣に座った。「このコート、誂えですか」

「んなええもんやない。ヴェルサーチや」

「スーツは」

「アルマーニ」

「コートとスーツでなんぼくらいするんですか」

「おまえに教えといたろ。そうやって、なんでも値段を訊くのは大阪人のわるい癖やぞ」

「おれはユニクロのお得意様ですわ。上から下まで五千円ですかね」

「哀れやのう。四十男が五千円かい」

「靴はクラークスです」デザートブーツを見せた。

「どこで拾た」

「買うたんです。アウトレットで」

「ブラシくらいかけろや」

「桑原さん、フリーランサーは装りをかまわんのです」

「なにがフリーランサーじゃ。ほとんどプータローやないけ」

「お言葉ですけど、プータローになんの用があって迎えにきたんですか」

「土建屋や。おまえ、土建屋に顔が広いやろ」

「そら、まぁ、知ってますけどね。これでも建設コンサルタントやし」

「土建と談合はつきもんや。業界で談合を差配してる土建屋を紹介せいや」

「それはどういう目的ですか。西山事務所のサバキと関係あるんですか」

「利権や。利権。土建屋と議員はつるんで金を稼ぐんやろ」

「ま、分かりやすい構図ですけどね……」

何人かの土建業者を頭に浮かべたが、桑原を連れて行きたくはない。二宮まで同類と思われてしまう。「談合を仕切るような大物はいてませんわ」

「いま、知ってるというたやないけ」

「せやから、土建業者は知ってます。解体屋も工務店も内装業者も。けど、桑原さんのリクエストにかなうような……」

「講釈はええわい。土建屋を紹介せい。海千山千の古狸をな」

桑原はいいだしたらきかない。二宮は考えた。桑原を連れて行っても大丈夫な土建業者を。

「むかし、親父が解体の仕事もろてたひとが港区《みなと》にいてますわ。海千山千やないけど、話はしてくれると思います」

「それや。名前は」

「有田《ありた》さん。有田土建の会長です」

「有田土建はどこなんや」

「夕凪《ゆうなぎ》です。港区の」

いうと、木下がパーキングブレーキを解除して走りだした。大正通に向かう。

「あの、有田さんは堅気です。うちの親父が世話になりました。そこは忘れずにお願いします」

「分かっとるわい。おまえの顔をつぶすようなことはいわへん」

桑原は脚を組んだ。ローファーは二宮のデザートブーツと同じ黒のスエードだ。

「お揃いですね」

「やかましい。いっしょにすな」

ＢＭＷは大正通の交差点を右折した。


港区夕凪――。千島のアパートから十分で着いた。自動車教習所の筋向かい、有田土建は四車線のバス通り沿いに六階建の自社ビルをかまえている。敷地は百五十坪、ファサードは全面ミラーガラス張り。バブルのころは社員が七十人近くいた。

「ここですわ。駐車場は地下です」

「なんや、おい、デかい土建屋やないけ」

「やり手ですねん、有田さん」

経営は長男に任せ、会長室で暇をつぶす毎日だといった。

「有田はどこぞのフロントか」

「素っ堅気です。一代でここまで会社を大きぃしました」

地下駐車場に入った。社長の遊び車だろうか、白いハマーの隣に木下はＢＭＷを駐めた。

桑原とふたり、階段で一階にあがった。ガラスドアを引く。あずき色の制服を着た女子社員がカウンターの向こうに来た。初めて見る顔だ。

「二宮企画の二宮といいます。会長、いてはりますか」

「お約束ですか」

「してませんけど、二宮というてもろたら分かります」

「お待ちください」

女子社員はデスクの電話をとった。齢は四十をすぎていそうだが、色白で目鼻だちがくっきりしている。若いころはもてただろう。

女子社員は受話器を置き、お会いします、といった。

「会長室、六階ですよね」

二宮は礼をいい、エレベーター前に行ってボタンを押した。

「おまえ、おばはん好きか」小さく、桑原がいった。

「別に、そんなことないけど……」

「穴があくほど見てたぞ。スカートの尻」

「嫌いやないです。年上も」

エレベーターに乗った。〝六階〟を押す。

「あの女は冷え性や。分厚いパンツを二枚穿《ば》きしてるからラインが出る」

「なんでも決めつけるんですね」

こいつのほうがいやらしい。パンティーラインには気づかなかった。

六階。廊下の右が会長室だった。ノックをしてドアを開ける。有田は奥のデスクでノートパソコンを見ていた。

「おう、久しぶりやな」

「親父の葬式以来ですかね。あのときはありがとうございました」

通夜と告別式の式場手配、参列者への案内、檀那寺《だんなでら》との連絡など、有田が社員を出して手伝ってくれた。事実上の葬儀委員長だった。

「すんません。いきなり顔出して」

「かまへん。隠居は暇や」

有田はかぶりを振って、「そちらさんは」

「桑原、いいます。二宮くんのビジネスパートナーです」桑原は殊勝に頭をさげた。

桑原を見ても有田の表情は変わらず、立ってこちらに来た。

「ま、座り」

「失礼します」

桑原と並んで革張りのソファに腰かけた。広い部屋だ。淡いアイボリーの布クロスの壁、ライトグレーのカーペット、精緻《せいち》な花柄のシルク段通、唐草文様を刻んだガラスパーティション、吹きガラスのフロアスタンド、ウォールナットのサイドボードとデスク。シンプルだが、どれも贅《ぜい》を尽くしている。

有田はテーブルのヒュミドールを開けた。銘柄のちがう葉巻が十本ほど並んでいる。

「啓ちゃん、吸うんやったな。シガー」

「好きです。めったに吸われへんけど」

「どれでも、とり」

「いただきます」

　コイーバを手にとった。いつもなら手を出す桑原が黙って見ている。ヒュミドールに添えられたシガーカッターで吸い口を切り、ダンヒルの卓上ライターで火をつけた。

「旨いです」けむりを吐く。

「啓ちゃんがなにをとるかと思た。よう知ってる。いちばん高いのをとったな」

「すんません。貧乏性で」

「それがええんや。変に遠慮するより」

　有田は赤いリングの葉巻をとり、吸い口を切った。「で、今日はなにしに来たんや」

「土木建設業者と議員の談合です。込み入った話を聞けるのは有田さんやと思て参上しました」

「談合な……」

　有田は葉巻を吸いつけた。「このごろは聞かへんな」

「まさか、なくなったいうことはないでしょ、談合」

「いや、いまは議員の口利きで工事をとれる時代やないし、入札、落札を監視する眼も厳しい。そら、談合がなくなることはないけど、何億、何十億というデカい工事は、そこらの土建屋と地方議員やのうて、大手ゼネコンと国会の族議員……それも派閥領袖《りょうしゅう》クラスの利権なんや。その利権も和歌山や奈良とかには残ってるみたいやけど、大阪や神戸には通用せん。とにかく、建設、土建業界全体が議員の利権としては縮小してるな」

　有田が最後に談合にかかわったのは十年ほど前、船越《ふなこし》建設と大同《だいどう》組、東邦《とうほう》橋梁《きょうりょう》の共同企業体工事だったという。「国交省の大阪湾コンテナヤード。四十億ほどの工事やった。有象無象の議員どもが出てきよったけど、大した金にはならんかったやろ」

「その有象無象の中に民政党の西山はいてましたか」

「西山光彦かいな」

「光誠学園グループの理事長です」

「あれは土建やない。文科省の族議員やろ」

コンテナヤードの談合で、西山の名は聞かなかったという。「啓ちゃん、これからの議員どもの利権は土建やない。福祉法人や」

「福祉、ですか」

「特養、知ってるな」

「うちの親父が倒れたとき、聞きました。入所はせんかったけど」

特別養護老人ホーム――。入所申し込みは一日でも早いほうがいい、とケアマネージャーから聞いた。

「特養はいま、入居待機者が全国で五十万人もいてるらしい。施設を造ったら、年間、億の稼ぎはまちがいない」入居者の払いは介護保険で補塡《ほてん》されるから取りはぐれもないという。

「特養と議員の利権はどう関係あるんですか」

「一昨年《おととし》の統一地方選挙で、わしの知り合いの土建屋が東寝屋川の市議会議員に立候補しよった。肩書は、社会福祉法人代表。ビリから二番目で当選した」

「議員になったメリットは」

「特養新設申請名簿の順番が繰りあがった」

特養の許認可権は県や市にある。議員からの申請を無下にはできない、と有田はいう。

「知り合いの特養は去年の秋にオープンした。順番待ちの老人を入所させることで、その老人や家族の票を集められる。役所からは認可、市民からは票、国からは福祉予算……。分かったか、啓ちゃん。議員どもにとって、むかしの利権は土建、いまの利権は福祉なんや」

「なるほどね。よう分かりました」

社会福祉法人にヤクザが多いわけも分かった。資金とノウハウがあれば、老人ビジネス、貧困ビジネスは金になるのだ。

「ついでにひとつ、おもしろい話をしよか」

笑いながら、有田はいう。「知り合いは、特養の食堂に給食業者を入れたんやけど、その業者が東寝屋川市主催の市民体育祭とか文化講演会とかの記念行事に弁当や菓子を納めたいと頼んできた。調べたら、それは役所の随意契約で、年間数千万もの予算がついてる公民党の利権やった。知り合いは公民党にねじ込んで契約の一部をとった。給食業者から毎月、十万ほどのキックバックがあるそうや」

「議員と詐欺師は一日やったらやめられん、いうのは、そのことですね」

聞いているだけで胸がわるくなる。まさにクズだ、議員というやつは。日頃ふんぞり返っているだけに、ヤクザよりもよほど質《たち》がわるい。

「訊いてもよろしいか」

桑原が口をひらいた。「会長は、土建から福祉にシフトせんのですか」

「そこはどうやろね」

有田は葉巻をふかした。「息子はあんまり、やる気がなさそうですな」

「けど、息子さんが議員になったら、有田土建は先行き安泰やないですか」

「桑原さん、議員になるには金が要ります。選挙事務所、ポスター、宣伝カー、人件費、最低でも一千万は用意せなあきません。公民党や労産党の選挙は党の丸抱えやけど、民政党や自由党の新人が立候補するには、党本部に千人単位の党員名簿や後援会名簿を出せといわれます。名簿もタダやない。暇を持て余してる爺《じい》さん婆さんに党の会費を肩代わりして、飯を食わして、演歌歌手や芝居の公演に招待して土産まで配る。……議員になりたい、はいどうぞ、いうわけにはいかんのです」

「議員もええことばっかりやないんですな」

「そら、多少のデメリットはあるでしょ。けど、なってしもたら天国ですわ。地方議会の会期は年間たった八十日ほどやし、あとは暇でしかたない。先生、先生と煽《おだ》てられて、政務活動費はごまかし放題、精出すことは利権漁り。どいつもこいつも腐り切ったゴロツキどもに、我々市民は税金を掠めとられてますんや」

「有田さん、おたくとわしはよう似てますわ。ものの道理のよう分かった筋道の立ったひとです」

桑原は追従でいい、有田はまんざらでもなさそうにうなずく。

あほくさ。どこが似てるんや。この腐れヤクザに道理や筋道があるんか──。

「二宮くん、なにかおかしいか」桑原がこちらを向いた。

「いや、お説いちいちごもっともですわ。有田さんの話もためになります」

コイーバを吸ったが、消えていた。卓上ライターでまた火をつける。

「啓ちゃん、コーヒー飲むか」有田がいった。

「ああ、よろしいね。いただきます」

「桑原さんは」

「はい。すんません」

「わしは紅茶にしよ」

有田はサイドボードの電話をとった。飲みものを注文し、桑原のほうに向き直って、「桑原さんは啓ちゃんのビジネスパートナーとかいいましたな。どういうビジネスです」

「二宮企画の代理人ですわ。解体、建設現場のトラブルシューター」

「サバキですか」

「よう知ってますな」

「わしも業界は長い。きれいごとばっかりではやっていけません」

有田はひとつ間をおいて、「どこの組内です」

「毛馬の二蝶会。……けど、いまはちがいます。バッジは外しました」桑原はスーツの襟をつまんでみせる。

「それは暴対法とか暴排条例で？」

「そんなええもんやない。破門されましてん」

こともなげに桑原はいった。「詳しい事情は二宮くんに聞いてください」

「いや、聞いておもしろいことはないでしょ。わしの知り合いも、たくさんやめてますわ。稼業人では食うていけんとね」

これほど人相のわるい男を前にして、有田には臆《おく》するところがまったくない。二宮は感心した。有田には詳しい話をしてもいいだろう。

「会長にこんなことをいうのは筋ちがいかもしれませんけど、去年の十一月、西山光彦の地元事務所に火炎瓶が投げ込まれたんですわ。犯人はたぶん、島本町の麒林会。黒岩いう筆頭秘書が府議会の補欠選挙で票集めを依頼したんです」

黒岩と羽田と室井、蟹浦と桝井、選挙前の談合、その後のトラブル——。支障のない範囲で経緯を話した。有田は黙って聞いている。

「——それで、黒岩から頼まれたんです。麒林会を抑えてくれと。サバキでもなんでもないけど、行きがかりで注文を請けました」

「啓ちゃんもいろんなとこに首突っ込むんやな」有田は笑った。

「食うためです。事務所の家賃も払いかねてます」

「で、どないするつもりなんや、啓ちゃんは」

「その方策がつかんから、有田さんに教えてもらおかなと思いました」

「方策か……。むずかしいな」

有田は考えた。「――そもそも桝井いうやつは、なんで議員になりたいんや」

「桝井は土木機械のディーラーですわ。議員になって地元の工事に機械を納める、リース契約もとれる、それが狙いやと思います」

「相も変わらん土建利権か」

有田はうなずいて、「わしが思うに、蟹浦いうのがキーマンやろ。黒岩は羽田を当選させるつもりで対抗馬の桝井を潰《つぶ》しにかかった。黒岩は桝井のボスの蟹浦に金を撒《ま》いたのに、蟹浦はそれを懐に入れた。蟹浦は桝井からも金をもろてる。いちばんのワルは蟹浦やな」

「昨日の夜、蟹浦に電話したけど、つながらんかったんです。今日、会うつもりです」

「啓ちゃん、蟹浦に会うのはいつでもできる。その前に役人どもの情報を仕入れといたほうがええのとちがうか」

「北茨木の市役所ですか」

「府議会議員、市議会議員レベルの選挙は役所の幹部の支持がなかったら票が来ん。役所の誰が羽田の応援をしたか、誰が反目についたか、そのあたりを調べるんや」

選挙で反目につくと必ず報復人事がある。本庁の部長、局長職から予算のない部署や外郭団体に飛ばされるケースが多い、と有田はいう。「役所には必ず、冷飯を食うてるやつがおる。市長が代わって、総務部長から給食センター勤務になったようなやつや。そういうのを探して話を聞いたら、今回の補欠選挙の裏が見えるかもしれん。わしが土建の談合してたころは、そんなふうに外濠《そとぼり》、内濠から埋めていったもんや」

「なんと、網も広げようがあるんですね」

「天網恢恢《てんもうかいかい》や。雑魚《ざこ》の中には鯛《たい》もおる」有田は葉巻を吸う。

そこへノック――。さっきの女子社員がトレイを持って入ってきた。コーヒーと紅茶をテーブルに置き、砂糖とミルクを添える。桑原と二宮に一礼して出ていった。

「いまのひと、独身ですか」桑原が訊《き》いた。

「ああ、いまは独りですな」と、有田。

「バツイチですか」

「たぶんね」

「子供は」

「おらんみたいですな」去年の春から経理をしている契約社員だという。

「二宮くんは、年上で脚のきれいなひとが好きですねん」

おいおい、なにをいいだすんや――。脚フェチはそのとおりだが、年上で冷え性のバツイチが好きなわけではない。

「分かった。いつがええ？」有田は二宮を見た。

「なんのことです」雲行きが怪しい。

「まず、食事やな。あの子は酒も飲む」

「あの、名前は」

「牧野《まきの》さんや」フルネームは知らないらしい。

「おれはいつでもかまわんです。フレンチでもイタリアンでも」

妙な展開だが、わるくはない。なぜかしらん、牧野さんの下着姿が眼に浮かんだ。

コーヒーを飲み、会長室を出た。エレベーターのボタンを押す。

「狸やのう、あれは。甲羅に苔《こけ》むした狸爺《じじい》や」

「けど、よかったやないですか。いろいろ丁寧に教えてくれた」

「暇を持て余しとんのや。講釈たれる相手が来たら放しよらん」

「なにも、そこまでいうことないやないですか。いっぱい世話になったのに」

「おまえ、鼻の下が伸びとるぞ。なにが、フレンチでもイタリアンでも、や」

「おれはね、素人さんとデートするのは十年ぶりですねん」

エレベーターに乗った。「牧野さんとしたら、祝儀くれますか」

「あほか、おまえは。誰がネタふってくれたと思とんのじゃ。祝儀もらうのはわしやろ」

「十年ですよ、十年。セフレもなし。気の毒やと思いませんか」

「哀れや。おまえの人生、同情に値する」

やかましい。同情に値するのはおまえやろ。二十年もバッジをつけてきた組を破門になったんは、どこの誰や――。

地下駐車場に下りた。木下が待っている。車に乗った。

「昼飯や。鰻《うなぎ》でも食うか」

「どこの鰻屋です」と、木下。

「ミナミや。江戸前の鰻にしよ」

「ほな、『菱鰻《ひしまん》』ですね」

ＢＭＷは有田土建の駐車場を出た。

宗右衛門町《そうえもんちょう》の鰻屋の座敷にあがり、桑原は白焼、二宮と木下は鰻重を食った。鰻は蒸して焼いた江戸前のほうが旨《うま》い、と二宮も思う。

「さて、どうする」桑原はビールを飲みほした。

「このあたりの昼サロでも行きますか。腹ごなしに」

「おまえの奢《おご》りやったら行ってもええぞ」

「ほな、役所に行きますか。北茨木の」

「役所に行くのはええわい。どうやって冷飯食いを探すんや」

「そら、むずかしそうですね」

「長原とかいう、おまえの連れに会いたい。電話してみい」

「電話して、どこで会うんです」

「おまえの事務所や。出て来い、といえ」

「長原は忙しい。はい、とはいわんですよ」事務所に桑原を入れたくない。

「そうかい。ほな、おまえは用済みや。あとはわしひとりでやる」

「待ってください。これはおれが請けたシノギです」

「おまえは戦力にならん。やる気がない。なにが昼サロじゃ」

「分かった。分かりました。電話します」

長原の携帯にかけた。すぐに出た。

――ああ、おれ。二宮。いま、ええか。

――おう、なんや。

――麒林会の件やけど、仕事を手伝うてくれてる桑原いうひとに会うて欲しいんや。うちの事務所に来てくれへんか。

――いつや。

――今日。これから。

——すぐは無理や。四時すぎやな。……三時にこっちを出る。

——すまんな。待ってる。

案外、あっさり話がついた。政治家秘書は腰が軽い。

「四時に来ます」桑原にいった。

「よっしゃ。おまえの事務所で昼寝しよ」

桑原は仲居さんを呼び、勘定書を受けとった。


戎橋《えびすばし》で木下と別れ、二宮がＢＭＷを運転して西心斎橋へ向かった。四ツ橋筋のコインパーキングに車を駐《と》めて福寿ビルへ歩く。アメリカ村は若者でいっぱいだ。上はダウンコートなのに下はミニスカートというファッションは、なにを考えているのか、ストッキングさえ穿《は》いていない女もいる。

「不思議ですわ。あれでサブイボが出んのは、どういうことですかね」

「気合や。生足も見せパンも気合やろ」

生足はともかく、見せパンはうれしい。Ｔバックの紐《ひも》でも見えた日には周防町《すおうまち》筋の宝くじショップでミニロトを買う。当たったことはないが。

福寿ビル——。五階にあがった。事務所のドアにキーを挿したらマキの鳴き声がした。中に入ってエアコンのスイッチを入れ、ケージのそばに行く。マキはよろこんで、とまり木の上を右へ左へ跳ねる。

「マキ、ごめんな。寂《さみ》しかったか」

〝ケイチャン　マキチャン　ゴハンタベヨカ　イクヨ　オイデヨ〟マキは鳴く。

「マキ、もうちょっと待ってな。風邪ひくからな」

ケージの中はヒーターが効いているが、事務所は寒い。マキをすぐには出せないのだ。

「おまえ、そうやって鳥に話しかけとんのか。年がら年中、マキ、マキと」

桑原はコートをハンガーに掛け、冷蔵庫から発泡酒を出してソファに座る。

「かけがえのないパートナーですねん。ほんまにもう、かわいいて、かわいいて」

「人間の女に相手されへんと、こうなるか。重症やの」

「桑原さんもペットを飼うたら分かりますわ。どれだけ癒《いや》されるかが」

「わしは大阪中の女に癒されとる。今日も来て、明日も会うて、と」

「そらよろしいね。ご同慶の至りです」

「寒い。毛布か膝《ひざ》掛け、ないんかい」

桑原はソファに横になった。

「コートを掛けたらええやないですか。ヴェルサーチのチェスターコートを」

「皺《しわ》になる」

「セコいですね」

「なんやと。もういっぺんいうてみい」

「マキ、ご飯食べや」

マキに話しかけた。〝チュンチュクチュン　オウ〟と鳴く。

「おまえ、鳥に鳴き方を教えてんのか」

「いろいろ教えてます」

憶《おぼ》えのいい言葉もあれば、わるい言葉もある。〝チュンチュクチュン〟は最初に教えた。

「こら、マキ、鳴いてみい。桑原さん、強い、強い」

「寝たらどうです。ごちゃごちゃいわんと」

「いわれんでも寝るわい」

桑原は靴を脱ぎ、肘掛《ひじか》けを枕に眼をつむった。

事務所が暖まってきたのでマキをケージから出してやった。マキは見慣れぬ人間が気になったのか、ソファの背もたれにとまって桑原を観察する。そこや、マキ、そいつの顔に糞《ふん》をしたれ——。

デスクの電話が鳴った。とる。

——二宮企画です。

——二宮くん、藤井です。おめでとうございます。本年もよろしくお願いします。

——はい、はい、こちらこそよろしくお願いします。

——荷物、預けに行っていいかな。

——うん。かまへんで。

——じゃ、すぐ行くし。

電話は切れた。桑原がいることに気づいたが、しかたない。藤井あさみとの契約で事務所に棚を設置させたのだから。

ほどなくしてノック——。二宮はドアを開ける。藤井がパッキンを載せたキャリーのそばに立っていた。

「それ、ひとつ？」

「そう。ひとつだけ」

「ほな、おれが棚に積んどこか」桑原を見られたくない。

「出したいものもあるんやけど。『キットソン』のバッグ」

「分かった。出して」

ドアをいっぱいに開けた。藤井はキャリーを押して入ってくる。ハイネックのボーダーニットにスリムジーンズ、花柄のローヒールパンプスがジーンズによく似合っている。有田土建で会った牧野さんより一段と華やかだ。

藤井は壁際のスチール棚の前に立って上を見た。甘いトワレの香りがする。

「どのパッキン？」

訊いた。藤井は〝NANKO MARINE SERVICE〟と書かれたパッキンを指さした。

二宮は脚立を立ててパッキンをおろした。そうして、キャリーのパッキンを棚にあげ、おろしたパッキンをキャリーに載せた。

「ありがとう、手伝ってくれて。重かったでしょ」

手伝ってはいない。みんな、二宮がしたのだ。棚にあげたパッキンは二十キロはあった。

「昨日も電話したんやけど、いなかったね」

「わるい。一日中、出てたんや」

「忙しいんやね」

「たまたまや。いつもは暇やで」

お茶でもどう、といいたいが、桑原が寝ている。「コーヒーでも飲みに行こか。どこか喫茶店」

「行きたいけど、仕事やねん。ごめんね」

藤井あさみはキャリーを押して出ていった。

「誰や、いまのは」声がした。

「同級生ですわ、高校の」

振り返った。桑原は寝たまま、こちらを見ている。

「ええ女やないか。名前は」

「藤井あさみ。旦那《だんな》は刑事で、子供が三人いてます」

「あれが刑事のよめはんかい。見えんな。垢抜《あかぬ》けとる」

「そこはおれも同意見ですわ」デスクの椅子を引き寄せて座った。

「おまえ、刑事のよめはんをナンパするか」

「なんのことです」

「誘うてたやないけ。コーヒー飲みに行こ、と」

「聞こえてましたか」

「刑事のよめが、なんで段ボール箱を持ってきたんや」桑原はしつこい。

「このビルの一階で洋品の卸をしてますねん。事務所が手狭やから、うちに棚を置かしてくれ、て頼まれたんです」

「やっぱり、ナンパやないけ。おまえが無理やり置かしたんやろ」

「はいはい。そう思うんやったら、それでよろしいわ」

「寝る。起こすなよ」桑原はまた眼をつむった。

マキが飛んできて膝にとまった。二宮の顔を見あげる。撫《な》でて欲しいのだ。マキの背中に手を添えて頭を掻《か》いてやる。マキは気持ちよさそうに眼を細めた。

7

起きんかい。四時すぎてるぞ——。声で眼が覚めた。顔をあげる。デスクに突っ伏して眠っていたようだ。

「よう、そんな恰好《かっこう》で寝られるな」桑原はソファで煙草を吸っていた。

「疲れてるんですかね。寄る年波で」

ティッシュペーパーをとって涎《よだれ》を拭《ふ》いた。マキはレターケースにとまっている。

「おまえ、授業なんか聞いてなかったやろ。学校んとき」

「教科書を二、三冊、重ねて枕にしますねん。……桑原さんは」

「わしは外を走りまわってた。改造バイクでな。おまえみたいな昼行灯《ひるあんどん》やボンタン穿いたチャラ男を見つけて小遣いもろてた」

「立派な高校生ですね」

「高校やない。中坊や」

そこへノック。ドアが開いた。長原だ。二宮は手招きした。

長原は事務所に入ってきた。黒のスーツにワイシャツ、紺のドットタイを締めている。桑原に気づいて、小さく頭をさげた。

「桑原さん。今回のパートナー」紹介した。

「初めまして。西山事務所の長原と申します」

長原は名刺を差し出したが、桑原は出さない。ま、座って、と長原にいった。

長原はソファに腰をおろし、二宮はスチール椅子をそばに寄せた。

「昨日、おたくの事務所に行って黒岩さんに会いましたんや」

桑原はいった。「長原さんは留守でしたな」

「桑原さんが来られたことは黒岩から聞きました。ご苦労さんです」長原は愛想よくいう。

「で、島本町の麒林会に行って、若頭の室井と話をしたんやけど、箸《はし》にも棒にもかからん。五百票で一千万。室井はなにがなんでもとる肚《はら》やで」

「そこをなんとかしてくれと、二宮くんに頼みました。二宮くんは、ウンというてくれたんです」

「極道の室井を力で押したら喧嘩《けんか》になる。わしは室井の弱みをにぎって、後ろから蹴《け》り倒したろと考えてるんやけどな。あんた、ネタはないか」

「室井の弱みですか……」

長原はあごに手をやって、「わたしは黒岩がお話しした以上のことは知らんですよ」

「いや、わしがあんたに訊きたいのは周辺情報や」

桑原は長原に上体を寄せた。「まずひとつ。西山事務所の肝煎《きもい》りで選挙に勝った羽田勇いう男は、どんな人物や」

「齢《とし》は五十六です。近畿新聞を退職して、民政党公認で立候補しました」

羽田は京都学院大学卒業後、近畿新聞社に入社。地方行政・経済担当記者だったころ、西山事務所に出入りして西山と知り合った――。「如才のない、弁の立つひとです。近畿新聞を辞めたときは編集局の次長でしたけど、若いときから政治家を目指してたみたいですね。大学時代は弁論部で、保守系議員の選挙応援とかしてたそうです」

「近畿新聞いうのは大きいんかいな」

「地方紙では京都新聞、神戸新聞と同じくらいでしょ。公称五十万部発行です」

社員数は五百人以上。そのうち、記者は三百人弱だろう、と長原はいった。

「現役の記者から立候補したということは、事前の選挙活動はしてへんのやな」

「したくてもできんでしょうね」長原はうなずく。

「羽田は黒岩さんに党員名簿を出したんか」

「党員名簿……。よくご存じですね」

「それぐらいのことはな」桑原は肘掛けにもたれかかる。

「後援会名簿を黒岩が用意しました」

北茨木市の民政党所属市議会議員から後援会名簿を集めたという。

「ほな、羽田は金を出しただけなんか」

「それって、選挙費用ですよね」

「いまは一千万と聞いたけどな」

「ま、それくらいは使ったんじゃないですか」

「上納金は」

「なんです……」

「羽田が黒岩さんに積んだ上納金や」

「そんな話は聞いてません」

「選挙は政治家秘書のシノギやで。タダで名簿を集めるはずないがな」

「桑原さん、わたしの口から金のことはいえませんよ」

長原は視線を逸《そ》らした。羽田は黒岩に金を渡したのだ。近畿新聞の退職金から、たぶん一千万円近い金を。長原も黒岩からいくらかもらったかもしれない。

「ふたつめや」

桑原はつづける。「選挙で負けた桝井義晴の参謀は誰や」

「蟹浦さんです。府議会議員の蟹浦文夫。西高槻選挙区です」

「蟹浦は大物か」

「大物です。一昨年《おととし》までの府議会議長です」

「桝井は蟹浦の子分か」

「子分です。桝井が議員をしてたときは蟹浦さんにべったりでした」

桝井は一期務めたが、二年前の統一地方選挙で落選したという。

「その統一地方選挙で当選したんは、民政党の議員やな」

「そうです。名前は村松清《むらまつきよし》。その村松さんが亡くなって、去年の十月に北茨木選挙区の補欠選挙があったんです」

「桝井は二回つづけて負けたわけか」

「一回でも負けたら地盤が傾くんです。支持者は離れるし、後援会はガタガタになる」

「そうか。桝井はもうあかんか」

昨日、北新地のグランポワールで飲んだことも、そのあと鈴原の桝井商事に行ったことも、桑原はいわない。

「桝井が議員やったとき、ツーカーやった北茨木の役人がおるやろ。知ってるか」

「さぁ……。誰ですかね」

長原は首をひねる。「わたし、役所関係は疎いから」

「二年前の選挙のときにウロチョロ走りまわって、桝井が落選したあとに左遷されたやつや」

「そういうたら、いてますね。議会対策部長から副市長を目前にして飛ばされた男。いまはどこかの中学やなかったかな」

「校長か教頭かい」

「いや、教育職やない。事務長ですわ」

「名前は」

「知りません」

長原は首を振った。「その事務長になにを訊くんですか」

「桝井が二年前の選挙で負けた理由や」

「桝井は面倒見がわるいんですよ。いっときの自由党の躍進で議員になれたのに、そこで緩んでしもた。地元に予算を引っ張ってこんし、後援会の手当てもせん。一期で落選したんは、当然といえば当然ですね」

　国会も地方議会も議員が再選されるには日頃の密な地元対策が欠かせない、と長原はいう。「事務長に会うのは無駄ですわ。どうせ生臭いことは喋《しゃべ》りません」

「なるほどな。あんたのいうとおりや」

　桑原はあっさりうなずいた。「議員というやつはめんどくさい」

「とにかく、むずかしいのは再選です。ひといちばいマメでないと議員は務まりません」

　長原はわざとらしく腕の時計に眼をやった。「もういいですか。事務所に帰らないといけないんです」

「車かいな、長原さん」

「いえ、電車で来ました」

「すまんかったな。わざわざ来てもろて」

「じゃ、失礼します」

　長原は腰を浮かせた。二宮も立ってドアのところまで送る。長原は桑原に一礼して出ていった。

「あいつ、桑原さんのこと、なにも訊かんかったですね」ドアを閉めた。

「なんのこっちゃ」

「名刺をくれ、ともいわんかった。桑原さんの」

「黒岩から聞いとんのや。極道崩れやと。どうせ二蝶のことも調べとるわ」

　桑原は煙草を吸いつける。「ビール、くれ」

「発泡酒しかないけど」

「偽ビールでええ」

　うるさいやつだ。冷蔵庫から発泡酒を出して桑原にやった。

「あのガキ、わしが冷飯食いに会うのが嫌みたいやったな」

桑原は発泡酒のプルタブを引く。「パソコン、つけてみい」

「なにするんです」

椅子に座り、電源を入れた。

「北茨木の中学校や。何校あるか調べてみい」

パソコンが立ちあがるのを待ってグーグルをクリックした。

「北茨木、中学校、ね」

「おまえ、めちゃくちゃ遅いな。キー叩《たた》くの」

「メールの練習してるんですけどね」

「電話かけたら済むことを、いちいちメールすな」

「いまどきのビジネスマンはメールですわ」

「ビジネスマン？　たまげたのう。ビンボーマンやろ」

「おおきに。ありがとうございます」

検索した。「――五校ですね、北茨木の中学校」

「五校ぐらいならあたれるな。飛ばされの事務長」

「喋りますかね」

「んなことは分からん。会うてみんとな」

桑原は脚を組み、天井に向けてけむりを吐いた。「長原のガキ、いまは一階におるぞ。さっきの藤井とかいう女の会社や。長原も同級生やろ」

「なんで分かるんですか」

「長原はコートを着てへんかった。このくそ寒いのに、北茨木からミナミまでスーツ一丁で来るやつがおるかい。あのガキはここへ来る前、女の会社に寄ってコートを置いてきたんやないけ」

「よう気がつきますね」どうでもええことを――。

「長原とさっきの女はできとる」

「ほう……」

「鈍いのう。長原は女に会いとうて出て来たんや」

そういわれれば、そんな気もする。くそっ、ほんまにできてるんか――。

「ああいう垢抜けた女は、おまえにゃ無理や。有田土建の事務員にしとけ」

桑原は発泡酒を飲みほした。煙草を灰皿に捨てて、「行くぞ」

「どこへ」

「ミナミや。偽ビール飲んだら勢いがついてしもた」鰻谷《うなぎだに》に洒落《しゃれ》たバーがあるという。

「北茨木の中学に行くんとちがうんですか」

「明日や。学校は逃げへん」

「まだ五時前ですよ。日も暮れてへんのに」

なんでこいつはおれを誘うんや。友だちおらんのか――。

そう、こんなやつに友だちはいない。二蝶会でも孤立していた。桑原をかわいがったのは若頭の嶋田だけだった。

二宮は気づいた。この男は行き場がないのだ。組を追われ、バッジを捨て、寄りつく人間もいなくなった。いまは二宮しか飲んでくれる相手がいないのだろう。

それを思うと、二宮は弱い。この男にも多少の愛嬌《あいきょう》はある。

悠紀がいったことがある。啓ちゃんは好きと嫌いの境界がジグザグになってる、と。

悠紀はまだ分かっていないのだ。男のつきあいというものを。性根の腐ったこの男にも腐り切っていないコアはある。それは二宮も同じだ。そう、だからひとはおもしろい。

「なにをぶつぶついうとんのや。気色わるいの」

「耳の奥でタコの火星人がいうてますねん。二宮さん、お金ちょうだい、と」

「おまえの頭は常夏のパラダイスや」

「マキ、おいで」

ブラインドのレールにとまっているマキを呼んだ。ピッと鳴いて、マキは飛んできた。

「ええ子やな。かわいいな」

マキを指にとまらせてケージに入れた。水を替えて餌を足す。〝カワイイコ　カワイイコ〟とマキは鳴いた。

「さ、行きましょか。鰻谷」

ケージのヒーターを確かめて立ちあがった。エアコンはつけたままにしておく。桑原も立って事務所を出た。


桑原がいったとおり、鰻谷のバーは洒落ていた。淡い照明、長いカウンターの奥にボックス席が三つ。天井が高く、スペースに余裕がある。白髪のバーテンダーはこちらが話しかけたときだけ、ふた言、三言、短い言葉を返してくる。ほかの客も静かに飲んでいて、バーテンダーの眼がいきとどいていると感じた。

「桑原さんて、クラブとラウンジだけやと思てたけど、こういう落ち着いたバーも知ってるんや」

有田土建でもらった吸いさしのコイーバをアルミチューブから出して火をつけた。

「お上品やろ。ホステス横に座らせて機嫌とるだけが能やないぞ」

「おれの行きつけはゲイバーですわ。話がおもしろいし、飲み代も安い。朝までやってるのもよろしい」

「おまえ、したことあるんやろ、男と」

「どうなんやろ。いっぺんくらい経験してみましょかね」

「懲役にもおった。そういうのがな。独房や」

ゲイは風紀を紊《みだ》すため雑居房には収容されないという。

「いろいろあるんですね。刑務所のノウハウ」

「おまえも入ってみいや、三年ほど。無銭飲食で」

「拘置所とか入るとき、尻《しり》にガラス棒突っ込まれるて、ほんまですか」

「知らんな。むかしはあったんやろ」

「やっぱり、人権なんや」

「刑務所に人権なんぞあるかい」眉《まゆ》をひそめ、吐き捨てるように桑原はいう。

「トラウマですか」

「十円ハゲが五つも六つもできたわ」

洒落たバーの会話ではない。相手が相手だが。

「腹、減りませんか」アーモンドをつまんだ。

「減ったな」

「鮨《すし》、食いますか」そのあと、女の子のいるクラブに行きたい。

「おまえの奢りかい」

「めっそうもない」

「これや。ただのいっぺんも払いよらんで」

「おれはね、桑原さん、生まれてこのかた財布というもんを持ったことがないんです」

「それがどうした」

「財布に入れる金、ないし」

「ど変人やのう。二宮くん」

桑原はドライマティーニを頼んだ。二宮はテキーラ。葉巻が旨い。


七時――。鰻谷から宗右衛門町へ歩いた。一方通行の道路はのろのろ運転のタクシーでいっぱいだから、いちいちとまってやりすごす。少しは景気がもどってきたのだろうか。二宮企画に仕事はないが。

笠屋町《かさやまち》のドラッグストアで煙草を買ったとき、後ろでクラクションが鳴った。クラウンの運転手が前のタクシーになにやらわめいている。――と、こちらを見つめる視線に気づいた。クラウンの向こう、花屋の陰にいるのは、ふたり連れの男だ。ひとりは黒の革ブルゾンにグレーのズボン。もうひとりは桑原と同じような黒のチェスターコート。どちらも遊び人ふうだが、そういえば、さっきのバーを出たときも、あの革ブルゾンを眼にしたような気がする。

思いすごしか――。桑原と並んで歩きだした。男たちも歩きはじめる。

立ちどまって煙草をくわえた。男たちも歩をゆるめる。

「桑原さん、尾《つ》けられてませんか」

「あのふたりかい」

桑原も気づいていた。「筋者やの」

「気のせいかな」

「いや、ちがうな」

「どうします」

「さぁな……」

桑原も煙草を吸いつけた。「アヤつけて訊いたろか。なんでわしらを尾けとんのやと」

「ミナミのど真ん中でやめてくださいよ、喧嘩」

「しゃあないのう。鮨はやめや」

桑原はまた歩きはじめた。太左衛門橋《たざえもんばし》を渡って道頓堀《どうとんぼり》へ。千日前筋《せんにちまえ》から左へ折れるとき、ちらっと眼をやったら、男ふたりはまだ後ろにいた。

「あいつら、堂々と尾けてきますわ」

「おまえ、トラブったか。組筋と」

「んなわけないやないですか。気弱な堅気やのに」

「へっ、いうとけ」桑原は肩を振って行く。

阪町《さかまち》──。飲み屋と風俗店とラブホテルが密集している。ピンサロの呼込み嬢が手招きした。遊びませんか、セットで三千円──。わるいな、姉ちゃん、またにするわ──。桑原は『ボーダー』の扉を引いた。

いらっしゃい──。髭《ひげ》のマスターは顔をあげたが、桑原と知って横を向いた。くたびれたツイードジャケットのおやじがひとりでカラオケを歌っている。

「久しぶりやな、マスター。元気かい」

桑原はスツールに腰かけた。二宮も座る。マスターはおしぼりを出して、

「なに、飲む」

「ロックや。バランタイン」

「そっちは」

「レッドアイ」

「トマトジュースなんかない。出て左に行ったらコンビニがある」

まるで愛想がない。マスターは四課の刑事だったが、千年町《せんねんちょう》の韓国パブの女とのつきあいが監察に知れて府警を追われた。退職金をよめに渡して籍を抜き、居抜きのこの店を借りて女にやらせていたが、一年もしないうちに、女はソウルに帰った。以来、マスターはひとりで『ボーダー』をやっている——。

「今日は中川《なかがわ》、来んのかいな」桑原はおしぼりを使う。

「一昨日《おととい》、来た。今日はどうかな」

中川は四課の刑事で、マスターの後輩になる。この店は中川の巣だ。

「外にややこしいのがおるんやけどな、どうしたらええ」

「なんや、ヤ印か」マスターはカウンターにコースターを敷く。

「たぶんな」

「あんた、足洗うたんやろ。中川に聞いたで」

「せやから、ゴロはまきとうないんや」

「やっぱり怖いか、代紋なかったら」

「怖いことはないけど、あとの始末がめんどいやろ」

桑原も考えているのだ。二蝶会を離れたいま、あとさき見ずに喧嘩をするのは危ないと。桑原には内妻がいるし、守口でカラオケボックスをやってもいる。カラオケボックスに火炎瓶でも投げられたら、商売あがったりだ。

ツイードのおやじがマイクを置いた。急に静かになった。マスターはビールの栓を抜き、ロックグラスに氷を入れてバランタインを注ぐ。

「おまえ、トマトジュース買いに行けや」

桑原がこちらを向いた。「ついでに外を見てこい」

「冗談やない。襲われますわ」

「おまえは堅気や。極道は堅気に手ぇ出さへん」

この言葉を信じて、どれだけひどいめにあったことか。殴られ、蹴られ、病院に運び込まれたのも二度や三度ではない。

「おれは決めたんです。君子危うきに近寄らず。火中の栗は火箸でも拾わんと」

「よういうた。転ばぬ先の松葉《まつば》杖《づえ》やのう」

桑原は鼻で笑う。「おまえはかわいい。大阪一のチキンや」

またカラオケがはじまった。♪星よりひそかに〜　雨よりやさしく〜　デュエット曲をひとりで歌う五十男も珍しい。よめさんに逃げられたのだろうか。

「マスター、食いもん」

桑原はメニューを手にとり、スパゲティを頼んだ。


八時──。ツイードおやじがマイクを置いた。マスターに勘定を訊き、金を払って立ちあがった。

「ちょっと、すんまへんな」

桑原はおやじを呼びとめた。「外にふたり、目付きのわるいのがおるかもしれんのですわ。ひとりは黒の革ジャン、ひとりは丈の長いコート。もし、そいつらが立ってたら、わしに教えて欲しいんやけどね」

「ああ、よろしいで」

気のいいおやじはうなずいて店を出て行った。しばらくして電話が鳴り、マスターがとった。

そうか、分かった。おおきに──。マスターは受話器をおろして、

「向かいのキャバクラの前に立ってるそうやで」桑原にいう。

「あのおやじ、何者や」

「この先の質屋のおやっさんや」

「質屋はええ。座ってたら客が来る。月に九分の利子をとるような稼業、ほかにないで」

「サラ金の利息が安うなって、質屋もしんどいらしい。いまはブランド品のバッタ屋やで」

「高利貸しがしんどいいうたらあかんやろ。額に汗して働かんかい」

桑原はロックを飲みほした。「バーボンや。ターキーにしよ」

マスターは後ろの棚からボトルをおろした。グラスを替えて氷を入れる。


九時をすぎた。いつまで、このカウンターに座っているのか。ビールを二本と水割りを五杯も飲んで体が冷えた。少し酔っている。

「桑原さん、おれ、帰りたいんですけどね」

「帰らんかい。おまえの勝手や」

「ひとりで帰ったらヤバいやないですか」

桑原が先に帰ればいいのだ。「ヤクザ関係はお任せします」

「戯《ざ》れ言ぬかすな。あいつらはおまえの事務所からわしらを尾けてきたんやぞ。おまえを張ってたんや」

「ほんまですか」

いわれてみればそうかもしれない。けど、なんで、このおれが……。頭の上に暗雲が漂いはじめた。桑原に連れられて麒林会に行ったからか。しかし、麒林会ともめてはいない。桑原が交渉をしただけだ。ヤクザに尾けられる覚えはない。

と、そのとき、ドアが開いた。派手なピンストライプのスーツを着た大男が入ってくる。女を連れていた。

「遅いのう」

桑原がいった。「待ってたんやぞ」

中川は桑原を無視して奥へ行った。カウンターの端に女を座らせ、自分はその隣に腰をおろす。ロックとハイボール——。そういった。

「おいおい、知らんふりかい」

桑原はいうが、中川は顔を向けようともしない。

「聞けや」

桑原はつづける。「極道に尾けられた。向かいのキャバクラの前におる。ひっつかまえて訊きたいことがあるんや」

「…………」中川は舌打ちした。煙草をくわえる。

「似合わんのう。女の前ではお上品か」

「ええ加減にせいよ。うるさいんじゃ」

中川は表情が乏しく、言葉に抑揚がない。短髪、猪首《いくび》、がっしりしている。耳がひしゃげているのは柔道の高段者によく見られる畳擦れだ。

「すんまへん。わし、桑原いいますねん」

奥の女に向かって、桑原は手を振った。「中川さんとは十年来の友だちですわ」

女は小さく頭をさげた。茶髪のショートカット、切れ長の眼、ぽってりとした唇、厚化粧だが、いい女だ。くそっ、中川みたいなゴリラのどこがようてつきおうてんねん。

そうか。これがひょっとして西淀川《にしよどがわ》の女か——。

中川は四十すぎ。大阪府警捜査四課。階級は巡査部長で出世の見込みはない。西淀川に女を囲っていて、いつも金に困っている。叔父《おじ》が府警の大物で、なんとか首がつながっている汚れた刑事だ。

「ぼく、二宮いいます。中川さんの飲み友だちです」

嫌味で女に挨拶《あいさつ》した。「アメ村の外れで、建設コンサルタントしてます」

「相手にするなよ」

グローブのような手を広げて、中川は遮った。「こいつら、鼻ツマミのろくでなしや」

「なぁ、刑事さんよ、わしは堅気なんや。極道が怖い。ちょっと外へ行って……」

「三年や、三年」

中川は桑原を見た。「破門状がまわってから三年経たんと、組を抜けたとは見なさへん。おまえはまだ二蝶の構成員や」

「そうかい。わしはまだ極道かい」

「ゴロツキの二匹や三匹、おまえにはどうちゅうことないやろ。ステゴロでおまえに勝つやつはおらへん」

ステゴロとは素手の喧嘩をいう。

「おまえも分からんやっちゃのう。なんのために手帳持っとんのや。あいつらをしょっ引いて、どこのもんか訊いたれや」

「あほんだら。寝言は寝てからいえ」

それっきり、中川はこちらを向こうともしなかった。女とふたり、酒を飲む。

桑原が立ちあがった。なんぼや――。マスターに訊く。一万三千円――。

桑原はカウンターに金を置き、眼鏡を外して出て行った。

「ええんですか」

二宮はいった。中川もマスターも黙っている。

二宮も外に出た。桑原と男ふたりが対峙《たいじ》している。なにか話しているが、聞こえない。

突然、桑原の拳《こぶし》が伸びた。革ブルゾンの顔面にめり込み、腰から崩れ落ちる。黒コートが殴りかかった。桑原は躱《かわ》して股間《こかん》を蹴るが、黒コートは倒れず、肩から桑原に突っ込んだ。揉《も》み合いながらころがって電照看板にぶつかる。革ブルゾンがよろよろと立ちあがった。ポケットからなにか出す。ギラッと光った。さっきのピンサロの呼込み嬢が悲鳴をあげた。

背中のドアが開いた。中川が出て、無造作に近づく。

「なにしとんじゃ」

中川は手帳を見せた。革ブルゾンがたじろぐ。右手を後ろにやった。桑原は黒コートに馬乗りになって殴りつけている。

「暴行や。逮捕する」

中川はなおも殴りつけようとする桑原の腕をとった。ひきはがす。黒コートは尻で後ろに這《は》い、倒れた電照看板を支えにして立つ。顔は血まみれだ。

中川は革ブルゾンのそばに寄った。頭半分、革ブルゾンより背が高い。

「どこのもんや、おまえら」

中川は手帳の徽章《きしよう》で革ブルゾンの頬を張った。なにもいわない。

「なに持っとんのや。見せてみい」

革ブルゾンは両手を出した。広げる。素手だ。

「後ろ向け」

「なんでや」

「ごたごた、ぬかすな」

襟首をつかんで後ろを向かせた。ブルゾンとズボンを手で探る。

「ないな……」

「あたりまえじゃ。なにも持ってるかい」

「ミナミのど真ん中でゴロまくとは、ええ根性やの」

「成り行きの喧嘩じゃ」

革ブルゾンは桑原を睨《ね》めつけた。「あのボケがカマシ入れてきよった」

「金、出せ」中川はいう。

「なんやと」

「看板、壊した。弁償せんかい」

「知らん、知らん」

「そうかい。ほな南署《みなみ》や」

「くそ、なんぼやねん」舌打ちする。

「兄ちゃん、五万でええか」

中川はキャバクラの黒服に声をかけた。黒服はおずおずとうなずく。

革ブルゾンはズボンの後ろポケットから札入れを出した。

「三万しかない」

「ほら、あと二万出せ」

中川は黒コートにいった。黒コートも顔の血をぬぐいながら金を出す。中川は五枚の札をそろえて黒服に渡した。

「もうええ。散れ」

中川は手帳を振った。ふたりは逃げるように去っていった。

「おまえはなんじゃい。邪魔しくさって」

桑原がいった。「チンピラどもの籍も聞かんと放してどないするんじゃ」

「引いたらよかったんかい。おまえも共犯やぞ」ヤクザの暴行傷害は実刑だという。

「くそったれ、アルマーニが破れたわ」

桑原のスーツは肩と膝が裂け、ワイシャツも返り血で赤い。

二宮はキャバクラの花鉢のそばに行った。中川が桑原をひきはがしたとき、革ブルゾンがなにかを捨てたからだ。造花を掻き分けると、鉢の底に刃物があった。

「あんた、ハンカチ持ってる」黒服にいった。

「ティッシュやったら」

「ちょうだい」

ティッシュペーパーをもらって指に巻いた。刃物をつまんで拾いあげる。パール模様の柄の折りたたみナイフだった。刃渡りは十一、二センチか。中川に見せた。

「これ、指紋がついてます。調べてください」

「いちいち要らんことするのう。くそめんどい」

「ギャラは桑原さんが払いますわ」

刃をたたんでティッシュペーパーにくるみ、中川に渡した。中川はボーダーにもどる。二宮もつづいた。

「来るな。酒が不味《まず》うなる」

「煙草とライター、桑原さんのコートと眼鏡、忘れてますねん」

「わしが捨てといたる」

中川はボーダーに入っていった。

相合橋筋《あいあうばし》を千日前通へ歩いた。

「尾けられてませんよね」何度も後ろを振り返る。

「あのガキは鼻の骨が折れた。歯も折れたやろ。いまごろ、病院へ走っとるわ」

「なにか訊いたんですか」

「誰に頼まれた、と訊いた。へらへら笑いくさった。あんたはもう極道やないんやで、ときた。わしのことを知ってたんや」

「ほな、おれのことも……」

「頭ん中の赤い糸がプチッと切れた。桑原さんがどれくらい怖いか、教えたらんとな」

「けど、中川がとめに入らんかったら、刺されてたかもしれんのですよ」

「んなことは見えてた。わしがやられるかい」

虚勢だ。桑原は気づいていなかった。が、しつこくいうと殴られる。

前から来たカップルが桑原を避《よ》けた。

「そのスーツとシャツ、着替えんとあきませんね」

桑原はヴェルサーチをはおっているが、ワイシャツの返り血が見える。

「解散や。ゲソがついた」

それはうれしい。早く帰りたいが、アパートにはもどれない。事務所にマキがいる。

「お願いがあるんやけど、事務所につきおうてもらえませんか」

「なんでや」

「マキをほったらかしにはできません」

「カゴに餌入ってるんやろ」

「マキは誰かがそばにおらんと食わんのです」

「おまえは僕《しもべ》か、鳥の」

呆《あき》れたように、桑原はいった。「まぁ、ええ。タクシーとめんかい」

「おおきに。ありがとうございます」

マキのためならなんでもする。たとえ火の中、水の底、敵は幾万ありとても、桑原を盾にして我は行く。

千日前通に出てタクシーを拾った。

8

尿意で眼が覚めた。激しく勃起《ぼっき》している。頼もしい。久々の朝勃《あさだ》ちだ。

リモコンに手を伸ばしてテレビを点《つ》けた。NHKの十時のニュースだ。アナウンサーがいい。清《せい》楚《そ》で可憐《かれん》、英語も喋れるのだろう。大学は東大か。帰国子女かもしれない。小泉加奈子《こいずみかなこ》ちゃん。唇の横にポツッと吹き出物がある。便秘はあかんで。お肌にわるいんやから――。

埒《らち》もないことを考えているうちに勃起はおさまった。布団《ふとん》から出てトイレへ行く。流しで顔を洗い、布巾《ふきん》で拭いた。石油ストーブをつけて台所の椅子に座り、煙草を吸いつける。

今日は事務所に行けんな――。独りごちた。桑原と知り合って、何度、同じめにあっただろう。あの疫病神が暴れるたびに二宮は事務所を追われ、ウイークリーマンションや西成《にしなり》の安ホテルや悠紀の友だちの家を転々とした。くそっ、どれだけ迷惑してると思てんねん。分かってんのか――。

昨日の夜は阪町から事務所に寄り、マキのケージを持って出た。桑原とはそこで別れ、悠紀に電話をして福島区《ふくしま》の叔母《おば》の家に行き、マキを預けた。おれがええというまで事務所に近づくなよ——。悠紀にいうと、また桑原やろ、あんなやつとつきあいな——、といわれた。好きでつきおうてるわけやない、仕事なんや——。いいつくろってアパートに帰ったのは十二時すぎだった。風呂《ふろ》にも入らず、服を脱ぎ散らかして、すぐに寝た。

電話——。寝室にもどって携帯を開いた。桑原だ。うっとうしい。

携帯を布団に投げた。いつまでも鳴りやまない。七、八、九……。三十回まで数えて着信ボタンを押した。

——はい。

——こら、わしの電話と知って放ってたやろ。

——シャワー浴びてたんです。

——ネズミの巣にも風呂場があるんかい。

——バス、トイレ、キッチン完備です。

——尻の穴は洗えるんか。

——ウォシュレットね。もっぱら紙で拭いてます。

——ちゃんと拭けよ。痔《じ》になるぞ。

朝っぱらから大声でわめく。よほど血圧が高いのだろう。

——出てこい。朝飯、奢ったる。

キタのホテルグランヴィアにいる、と桑原はいう。

——グランヴィアのどこです。

——一階の喫茶室や。十一時までに来い。

——そら無理ですわ。大正からキタは遠い。

――二宮くん、十一時や。分かったな。

電話は切れた。くそっ、ひとをあごで使いくさって。

ネズミの巣か――。台所を見まわした。鍋《なべ》、皿、茶碗《ちゃわん》、テイクアウトの弁当の容器、インスタントラーメンの発泡スチロール鉢、歯ブラシ、スポーツ新聞、週刊誌、ごみ箱は満杯で異臭を放っている。前にごみを捨てたのはいつだろうか。

この部屋も長いな――。大正区千島、『リバーサイド・ハイツ』の二階5号室。ハイツとは名ばかりのプレハブアパートの1DK。裏のバルコニーから褐色に濁った木津川《きづがわ》が見おろせる。夏は川面《かわも》にぶくぶくと泡がたち、黴《かび》のような臭いがあがってくる。月に七万円もの家賃を払っているのは、隣にタダで車を駐められる空き地があり、大正橋の実家と西心斎橋の事務所に近いというのが理由だが、住んで八年も経つと、モノが増えて引っ越しも煩わしい。誰かと同棲《どうせい》でもすればもっと広いところへ移るのだろうが、それも相手がいればこその話だ。

思い出して、有田土建に電話をした。会長につないでもらう。

――おはようございます。二宮です。

――おう、啓ちゃん、なんや。

――いや、その、いいにくいんですけど、あの……牧野さんを紹介してくれるといいましたよね。

――ああ、あの話な、忘れてへんで。

――すんません。ありがとうございます。

――啓ちゃんが帰ってから、牧野さんの履歴書を見てみたんや。牧野瑠美《るみ》。四十一やった。

――瑠美ちゃん……。めちゃくちゃ、おしゃれな名前やないですか。

――今日、あの子にいうてみる。つれない返事はせんやろ。

――おれ、いつでもいいですから。フレンチでも、イタリアンでも、和食でも。

食事のあとはゲイバーだ。女の子によろこばれる。

——ま、わしに任しとき。段取りするから。

——よろしくお願いします。

携帯を置いた。煙草を流しに放る。ジュッと音がした。


ホテルグランヴィア——。桑原はロビーラウンジのソファにもたれて電話をしていた。二宮は黙って前に座る。ウェイターを手招きして、「レッドアイ」といったら、

「あかん、あかん。コーヒーや」と、桑原が手を振った。

こいつはまた、おれに運転させる気や——。ムッとした。

桑原はあごに絆創膏《ばんそうこう》を貼り、右の手首に大きく包帯を巻いている。昨日の喧嘩だ。包帯の下は湿布のようだ。

桑原は電話を切った。わざとらしく腕の時計を見る。

「いま、何時や」

「十一時二十五分ですね」

「分かってんのか。遅刻と服装の乱れは非行の始まりやぞ」

「大正駅までバスに乗って、電車で来たんです。タクシー代もったいないし」

「おまえ、アパートから事務所まで車で通うてんのとちがうんか。赤のぼろアルファ」

「昨日はタクシーで帰ったんです。酒飲んでたし」

いちいち、こうるさいやつだ。「その包帯、捻挫《ねんざ》ですか」

「今朝、起きたら腫《は》れてた。ずきずきする」

「捻挫は長引きますよ」

「他人事《ひとごと》かい。おまえが尾けられたからやないけ」

「おれは事務所に寄りつけませんわ」

そう、桑原はヤクザふたりにアヤをつけ、ひとりをずたぼろにした。あれで仕返しがなかったらおかしい。「あいつら、麒林会ですか」

「たぶんな」

桑原はビールに口をつけて、「おまえの事務所にも火炎瓶を放り込まれるやろ」

「うちは雑居ビルの一室ですわ。廊下に窓ないし、ドアに鍵《かぎ》かけてたら放り込みようがないです」

危ないのは、『キャンディーズ』だといった。桑原は眉をひそめて二宮を見る。「――けど、それはないですよね。現住建造物に対する放火は殺人並みの重罪やし、警察が出てくる。麒林会も藪《やぶ》をつついて蛇を出すようなことはせんでしょ」

「眠たいのう、おまえは。極道はなんでもありやから極道なんやぞ」

桑原は気弱だ。天性のイケイケが鳴りをひそめている。二蝶会という神戸川坂会直系の代紋を失ったあおりか。桑原が攫《さら》われようと殺されようと、二蝶会が落とし前をつけることはない。

「こないだ、桑原さん、いいましたよね。森山さんが引退して嶋田さんに跡目を譲るて。そしたら、桑原さんの破門も解けるやないですか」

「おまえ、どつかれたいんか」

「いや……」

「万が一にも若頭《かしら》が三代目をとることはない。もしとったとしても、わしが復帰することはない」

「しかし、嶋田さんは桑原さんに〝段取り破門〟や、というたやないですか。折を見て破門を解くよう森山さんに進言すると、おれも嶋田さんの口から聞きました」

「勘ちがいすんなよ、こら。わしは若頭が頼んできてもバッジは要らん。わしは懲りた。極道てなくそめんどい稼業は、わしの気性には合うてへん。おまえのとろい頭では死ぬまで分からん、わしの行く道や」

「そうですか。頼まれても復帰はせん……。これからは独立独歩ですか」

「若頭に会うたらいうとけ。桑原さんは一本独鈷《いっぽんどっこ》で行きますすと」

「嶋田さん、がっかりしますわ」

「がっかりもガチャピンもあるかい。若頭は極道で、わしは堅気じゃ」

桑原が堅気……。笑ってしまう。この男が堅気なら日本中にヤクザは存在しない。

ホットコーヒーが来た。砂糖を一匙《ひとさじ》、ミルクをたっぷり入れる。煙草を吸いたいが、灰皿がない。

「さっさと飲め。行くぞ」

「北茨木ですか」

「木下が教育委員会に電話した。二年前の春、事務長が替わった中学がある」

北茨木市立鈴原台中学──。一昨日行った桝井商事の近くだろう、と桑原はいい、「車はこのホテルの駐車場や」キーホルダーをテーブルに置いた。

「その前に、なにか食いたいんですけど」

「おまえはなんじゃい。パブロフの犬か」

「なんです……」

「わしの顔見るたびに、涎たらして、飯食わせ、やないけ」

「電話で起こされて、すぐに出てきたんです。朝飯奢ってるていうたやないですか」

「途中でラーメン屋にでも寄れや」

「そんなこといわんと、上のレストランでステーキでも食いましょ。桑原さんはお金持ちで、おれは爪に火を点《とも》す貧乏人です」

「おまえ、どこの星から来た」

「赤貧洗い星です」

「おまえは口から生まれた口太郎や」

桑原は伝票をとり、腰をあげた。


十九階の鉄板焼店でステーキランチを食い、桑原のBMWを運転して北茨木に向かった。鈴原台中学に着いたのは午後二時、校舎前の蘇鉄《そてつ》の植込みのそばに車を駐めた。

「受付に行って、事務長に渡りをつけんかい」

「つけるのはかまへんけど、口実は」

「んなこと知るかい」

「桑原さんが行ったらええやないですか」

「わしは顔が怖い。おまえみたいな破れ提灯《ちょうちん》がええ」

「破れ提灯のほうが怖いやないですか」

「やかましい。行かんかい」

「手帳かノート、ありますか？」

「なんやと」

「手帳かノート」

「なにするんや」

「取材のフリですわ」

「手帳なんぞない」

ないのなら訊くな――。

車を降りた。ジャケットのボタンをとめて校舎に入る。生徒の姿が見あたらないのは、まだ冬休みだからだろう。スリッパに履き替えて事務室へ行き、窓口に顔を寄せて、

「すんません。事務長、いらっしゃいますか」赤いカーディガンの女にいった。

「亀山《かめやま》ですか」

「はい、亀山さん」

「事務長、お客さんです」

女は奥に向かって声をかけた。グレーのジャケットの中年男が立ってこちらに来る。

「二宮企画の二宮といいます」

窓口越しに名刺を差し出した。

「建設コンサルタント……」亀山は怪訝《けげん》な顔をした。

「建設雑誌の依頼で記事を書いてます。『月刊　建設界』。その関連でお訊きしたいことがあるんですけど、ちょっとお時間をいただけませんか」

ＩＣレコーダーは使わない、メモもしない、といった。

「『建設界』は知ってるけど、どんな記事です」

「今回は選挙です。北茨木選挙区の府議会議員選挙」

「選挙ね……」

「府議会議員の蟹浦文夫、知ってはりますよね」

いうと、亀山は後ろの耳を気にしたのか、事務室から出てきた。小肥《こぶと》りで背が低い。丈の短いズボンは膝が抜けている。

「誰から聞いたんです。わたしのことを」

「誰にも聞いてません。北茨木の選挙を取材するうちに、亀山さんのことを知りました」

「わたしはもう議会対策部長やない。現場を離れた人間です」

「去年十月の府議会議員補欠選挙で桝井義晴が落選しました。桝井は当選した羽田勇の選挙違反について告発する考えです」

「ほう、告発をね」

「羽田は近畿新聞の編集局次長でした。それが退職してすぐ、議員に当選いうのはおかしいやないですか。ぼくはそのあたりを調べて糾弾しようと考えてるんです」

「糾弾はよろしいな。告発もおもしろい。けど、わたしの名前は……」

「絶対に出しません。ニュースソースを秘匿するのはジャーナリストの使命です」

我ながら、よく口がまわる。おれは嘘つきか――。

亀山は興味をもったのか、

「立ち話もなんやし、こちらへ」と、廊下の向こうを手で示した。

「あの、連れがいてますねん。うちのスタッフで、桑原といいます」

靴を履き、外に出た。BMWに向かって手招きする。桑原は車を降りてきた。縁なし眼鏡を外して黒縁眼鏡に替え、織り柄のネクタイを締めていた。

「OKです。うまいこと行きました」

「どうせ、嘘八百並べたんやろ」桑原は煙草を捨てて踏み消す。

「事務長は亀山。豚饅《ぶたまん》みたいなオヤジです。桑原さんは二宮企画のスタッフやから、そのつもりでいてください」

玄関にもどった。桑原は亀山に頭をさげる。亀山も低頭した。

事務室横の進路指導室に通された。ガラスキャビネットと応接セットがあるだけの殺風景な部屋だ。キャビネットには『進路の手引き』や『大阪府高等学校一覧』、『求人企業一覧』といったファイルが並んでいる。

「この学区の一番校て、どこです」ソファに座った。

「茨木高校です。川端康成《かわばたやすなり》の出身校」

「へーえ、ノーベル賞作家やないですか」

「旧制茨木中学から一高、東京帝大です」

「頭えええんや」

「そらそうでしょ」

「学校の事務長て、なにをするんですか」

「いろいろです」総務、庶務、財務、福利厚生など、事務全般だという。

「忙しいですか」

「事務長はそうでもない。実務は職員がやってくれますわ」

面倒そうに亀山はいう。隣の桑原が小さく舌打ちした。二宮は膝に手をおいて、

「二年前、亀山さんは議会対策部長を解任されましたよね。ぼくは貧乏くじを引かされたと思うんやけど、そのあたりはどうですか」

「あれは貧乏くじやない。堤田《つつみだ》にやられたんですわ」

堤田？　堤田将之《まさゆき》――。いまの北茨木市長だ。

「堤田は民政党の市議会議員あがりです」

三年前の北茨木市議会議員選挙で多数会派が自由党から民政党に代わり、翌年の北茨木市長選挙で堤田が当選した、と亀山はいう。「堤田が市長になって最初にした仕事はなんやと思います？　わたしの解任ですわ。任期半ばでね」

「亀山さんは府議会議員選挙で桝井を応援したと聞きました」

「蟹浦に頼まれましたんや。桝井の面倒を見てやってくれと」

「それが仇《あだ》になった？」

「現職の桝井が負けるとは思いもせんかった。蟹浦もそういうてたしね」

「具体的にはどう動いたんです」

「そら、あんた、票固めに決まってますやろ」

「役所に出入りしてる商工業者とか？」

「そこはご想像にお任せしますわ」

「公務員は不偏不党やないんですか」

「そんな絵空事、誰が守りますねん。ヒラの職員ならまだしも、上級職はみんな色がついてます」

「蟹浦は府議会議長をしたくらいの大物やのに、なんで桝井を当選させられんかったんです」

「談合ですわ」

「談合？」

「北茨木の市長と府議会議員は、西山光彦と蟹浦文夫が決めてますねん」

西山は民政党所属の国会議員、蟹浦は自由党の府議会議員だが、反目しているわけではなく、たがいの利害で動くと亀山はいう。「談合ではじまって談合で終わる。地方選挙はね。……市長や府議会議員は市議会議員や町長の支持がないと票が来んから、そらもう、えぐいもんですわ。金は飛び交う、怪文書は出まわる、誰が寝返った、誰がどっちについたと、なにがなんやら分からんとこに割って入って、次はこうしよ、と決めるのが西山と蟹浦ですわ」

「ほな、二年前の府議会議員選挙も結果は見えてたんですか」

「いま思たら、見えてたね」

亀山は窓の外に眼をやった。この男は言葉に抑揚がなく、表情も乏しい。「――選挙というのは睨《にら》み合いでね、出馬しそうなやつを潰すには、名簿も地盤もやる、と騙《だま》すんですわ。そうして油断させといて、裏工作をする。……つまるところ、桝井は利用されたんですな、蟹浦や西山に」

「けど、桝井は出たやないですか、去年の補欠選挙も」

「蟹浦と西山は、桝井と羽田の一騎討ちという図《え》を描《か》いたんです。そしたら陣営が引き締まるし、ほかの候補も出てきませんがな」

「なるほどね。そういうことなんや」

ひとつ分かった。黒岩と蟹浦が新地のクラブで飲んだのも、それだったのだ。

がしかし、黒岩はなぜ麒林会の室井を同席させたのか――。談合ですべてが決まるのなら、室井を連れて行く必要はない。

桝井は談合という図式を知りながら、負けると思っていなかったのではないか――。そこが分からない。まだ裏がある。

「西山光彦は代議士です。実際に動くのは地元秘書ですよね。黒岩恭一郎」

「おたく、黒岩にも会うたんですか」

「横柄で抜け目ない感じでした」

「ハイエナですわ。利権を漁《あさ》るハイエナ。なまじ西山事務所の筆頭秘書という肩書があるだけに、ヤクザやエセ右翼よりまだ質《たち》がわるい」

「亀山さんも黒岩にやられたんですか、役所にいてはったころ」

「適当にあしろうてました。あんなもんを相手にしてたら、ろくなことはない」

黒岩の悪行を記事にしてくれ、と亀山はいい、「それともうひとつ、黒岩の話で思い出したけど、羽田が西山事務所の後ろ楯《だて》で去年の補欠選挙に出たんは、西山の弱みを握ってるからですわ」

「それ、ほんまですか」

驚いた。「西山の弱みて、なんです。スキャンダルですか、事件ですか」

「それが分からんのです」

「亀山さんに分からんことは、ぼくにも分からん。……怪文書のたぐいとちがうんですか」

「いや、根も葉もない話やない。ある人物から聞きました。羽田は西山の弱みをネタに黒岩にねじ込んで、民政党の公認をとったんです」

確かに信憑性《しんぴょうせい》はある。羽田は近畿新聞の記者だった。記者が政治家の醜聞《しゅうぶん》を摑《つか》むのは不思議でもなんでもない。記事の掲載を取引材料にすれば、西山は羽田の要求をのむ。

「ある人物て、誰です」

「有力者ですわ。地元の」

「教えてもらえませんか」

「いえませんな。向こうさんに迷惑がかかる」

亀山は首を振った。いくら訊いても答えないだろう。

「ちょっと、よろしいか」

桑原がはじめて口をひらいた。「去年の暮れ、西山事務所に火炎瓶が投げ込まれたんやけど、知ってますか」

「ああ、あの騒ぎね。瓶が割れんかったたんでしょ」

亀山は知っていた。「ま、耳には入ってきます。狭い地域のことやしね」

「警察は知ってたんですな」

「そら知ってますわ。けど、被害届が出てないもんを事件にするわけにはいかんでしょ。西山光彦ほどの大物を下手に突《つ》つくと署長の首が飛ぶ」

「投げ込まれた理由は」

「さぁ、どうなんやろ。補欠選挙の後始末ができんかったんとちがいますか」

「後始末ね……」

「選挙は投票で終わりやない。当選者はきっちり論功行賞をせなあきません。でないと必ず、トラブルの種を残します」

「けど、火炎瓶を投げるいうのはよほどのことでしょ。下手すりゃ火事になる」

「そのほうがおもしろかったのにね。新聞、テレビのニュースになって」

平然として亀山はいい、「戦前のことですがね、北茨木で士官学校の舎監が立憲民政党の集会場に日本刀で斬り込んだ事件がありましたよ」

「なんと、ヤクザの出入りですな」

「そのときに斬られた集会の世話役が、西山卯市《ういち》というて、西山光彦の祖父ですわ」

卯市は左肩を斬りつけられたが、舎監を取り押さえた。卯市の武勇伝は評判になり、それもあって立憲民政党から出馬し、大阪市会の議員になった。卯市はいつも革紐で左腕を吊《つ》っていたという。

「禍福は糾《あざな》える縄の如しやね。卯市は片腕が不自由になったけど、息子と孫を国会議員にした。北茨木はいまや西山王国ですわ」

「世襲議員てなやつはクズしかおらん。日本は腐ってまっせ」

「桑原さん、クズに票を入れるのは市民です」

「わしは投票なんぞしたことおませんで」

桑原に喋らせていたら、税金も払ったことがないといいかねない。

「亀山さんは復帰せんのですか」二宮は話題を変えた。

「復帰？」

「市長の堤田が退《ひ》いたら、市の幹部に返り咲くんです」

「それはない。可能性はゼロですな」

学校事務長はいい。定時に来て定時に帰れる。生徒の教育や生活指導に関わることもない。亀山はそういって壁の時計を見あげた。「もう、いいですか」

「すんません。為になりました」

「黒岩と蟹浦を叩いてください。期待してます」

「がんばりますわ」

腰をあげた。


車に乗った。エンジンをかける。

「食えんのう、あの豚饅」

桑原は黒縁眼鏡を縁なしに替えた。「なにが、蟹浦に尻掻《ケツ》かれた、じゃ。おどれが桝井に恩売って甘い汁を吸おうとしたんやないけ」

「どういうことです」

「桝井は土木機械のディーラーや。亀山は桝井を議員にして北茨木の公共工事をシノギの種にする肚やったんや」

「さすが桑原さん、ひとの裏を読ませたら超一流ですね」

「それ、褒めとんのかい」

「褒めてますよ」

「わしはおまえの口裏が読めんわ」

桑原はネクタイを外してリアシートに放った。「喉《のど》渇いた。どこぞ喫茶店に行け」

「どうせ、ビール飲むんでしょ」

シートベルトを締めた。「おれは飲みたいのに我慢してますねん」

「あたりまえやろ。ショーファーが酒飲んでどないするんじゃ」

「おれ、ショーファーの意味を調べましたわ。お抱え運転手」

「それがどうした」

「お手当、ください。ショーファーの」

「なんぼや」

「一日一万円」

「そら安い」

「くれるんですか」

「おもしろいのう、二宮くん」

睨まれた。パーキングブレーキを解除する。校門を出て国道に向かった。


着信音――。携帯を開いた。

――はい。二宮です。

――わしや。中川。桑原の携帯が分からんから、おまえに電話した。

――ああ、そうですか。

いま隣で煙草を吸っている、とはいわない。

――ナイフの指紋が割れた。吉瀬《きちせ》和也《かずや》。ヤ印や。

――やっぱり。

――齢は三十二。前科三犯、前歴五回。鳴友会の組員や。

――鳴友会、ですか。

――知ってんのか。

――摂津の鳴友会。川坂の直系ですよね。

――鳴友会の兵隊は百人や。桑原にいうとけ。ヘタ売るな、と。

――ご親切に、ありがとうございます。

――十万円や。

――はぁ？

――ちぃとは感謝せいや。昨日の指紋が今日割れたんやぞ。いつ払うんや。

――それは桑原さんにいうときます。

――待てや。桑原は関係ない。わしはおまえに頼まれたんや。指紋を採ってくれとな。

――そんなん、困りますわ。ゴロツキを殴ったんは桑原さんですよ。

――やかましい。理屈こねんな。とっとと十万、持ってこい。

電話は切れた。

「むちゃくちゃやな」

「誰や。中川か」

「ナイフの指紋が割れた。おれに十万払えといいますねん」

「払うたれや。筋はとおっとる」

「おれはね、桑原さんのことを思て頼んだんですよ」

「唾《つば》飛ばすな、こら。中川はどういうたんじゃ」

「昨日のゴロツキは鳴友会です。吉瀬和也。前科三犯、前歴五回」

「鳴友会……。麒林会とちごたんか」

「鳴友会の枝が麒林会ですわ」

高槻のいずみ会、郷田に聞いた話を思い出した。「鳴友会の会長は鳴尾いうて、若いころは麒林会の客分でした。鳴尾は麒林会を出て鳴友会を作ったんです」

鳴尾は世話になった麒林会の林に恩義を感じている。麒林会を相手にするのは鳴友会を敵にまわすのと同じことだといった。

「中川もいうてましたよ。鳴友会にヘタ売るなと」

「売ったもんはしゃあないやろ。いまさら買いもどしできんわい」

心なしか、桑原の表情が暗い。麒林会だけならまだしも、桑原は鳴友会の組員をふたりも殴って怪我を負わせたのだ。

「なんか、背筋が寒うなってきた。ヤバいですよ」

「極道が怖ぁて尻尾《しっぽ》巻くんかい。とことん行ったろやないけ」

「さすが、桑原さん。俠《おとこ》ですね」

ここで桑原に引かれたら困る。二宮には盾が必要なのだ。「――十万円、ください」

「なんやと」

「中川に払います」

「ふた言めには、金やの」

桑原は札入れを出した。一万円札を五枚数えて抜く。「ほら」

「あとの五万は」

「折れやろ。おまえとわしは」

「すんませんね」

ジャケットのポケットに入れた。なんでおれが礼をいわないかんのや――。

バス通り――。歩道橋の向こうにファミリーレストランが見えた。

「あそこでよろしいか」

「どこでもええ。入れ」

一階パーキングに車を駐め、二階の店にあがった。窓際に席をとり、桑原は生ビール、二宮はココアを注文した。

「ココアみたいな甘いもん、よう飲むのう」

「栄養不足を補いますねん。糖質で」

袋を破ってウェットティッシュを出し、顔を拭いた。「そうや、次はフグ食いましょ。新地かミナミでてっちり。ひれ酒が旨いわ」

「ほんまに堪《こた》えんで。おまえだけは」

「ビール飲んだら、蟹浦んとこに行きますか」

「なんじゃい、やる気やないけ」

「亀山もいうてたやないですか。この後始末ができんことには、おれも危ないんです」

そう、西心斎橋の事務所には寄りつけない。マキにも会えない。そうしてなにより、光誠政治経済談話会とコンサルタント契約を交わした成功報酬が稼げない。

「蟹浦事務所の場所、知ってんのか」

「知りません」

「あほやろ、こいつは」

桑原はスマホを出して画面をいじりはじめた。手首に包帯を巻いているくせに、けっこう速く指が動く。

「器用ですね」

「やかましい」

そこへ、ビールとココアが来た。ココアにはビスケットがついている。桑原はビスケットをつまんで口に入れ、スマホから眼を離さず、ビールを飲む。二宮はココアを一口飲んで砂糖を入れた。

9

三島郡島本町小谷──。蟹浦文夫事務所は阪急水無瀬駅にほど近いグラウンドのそばにあった。自宅を兼ねているのだろう、敷地五十坪ほどの四階建ビルの一階が事務所で、その左にこぢんまりした玄関がある。事務所の入り口には《府政相談　蟹浦文夫》と、古ぼけた看板を掛けている。二宮は車寄せにＢＭＷを乗り入れた。

「眼鏡、替えてください。ネクタイも締めて」

「分かっとるわ。いちいちうるさいやっちゃ」

桑原はシャツのボタンをとめてネクタイを締める。眼鏡も縁なしから黒縁に替えた。

二宮は、来る途中、コンビニで買ったノートとボールペンをレジ袋から出した。

「なんや、それは。ジャポニカ学習帳で取材するんかい」

「しゃあないやないですか。こんなんしかなかったんやから」

ノートとボールペンを持って車を降りた。桑原も降りる。

事務所に入った。誰もいない。こんちは、失礼します──声をかけた。

奥のドアが開いて、女が出てきた。小肥《こぶと》りで顔が丸い。

「ごめんなさい。どちらさまですか」

「さっき電話しました二宮企画の二宮です。『建設界』の取材で来ました」

名刺を差し出した。「こっちはスタッフの桑原です」

「お世話さまです。どうぞ」

パーティションで区切られた応接コーナーに案内された。

「蟹浦は出てますけど、近くですから、すぐにもどります」

「いや、急ぎません。無理いうたんはぼくですから」

「お飲みものはコーヒーでよろしいでしょうか」

「はい、お願いします」

女は吸殻のたまった灰皿を取り、新しい灰皿をテーブルに置いて離れていった。

「誰やろ」

「なにが」

「あの福笑いみたいな顔ですわ。よう似た芸人がいてますねん。吉本に」

「くだらんテレビばっかり見てるんやのう。そんなに暇かい」

「誰やったかな……。気になるなぁ」

「よう分かった。おまえはやっぱり変態や」

「なんで……」

「おまえは福笑いで土偶みたいな女が好きなんや」

桑原は煙草をくわえた。脚を組み、カルティエで火をつける。

二宮はあくびをした。じっとしていると眠くなる。ソファにもたれて眼をつむった。


蟹浦が帰ってきたのは三十分後だった。

「どうも、どうも、すんませんな。お待たせしました」

愛想よくいう。三つ揃いのダークスーツに臙脂《えんじ》色のネクタイ。ネットによると、齢《とし》は六十七だが、七十代にも見える。髪と眉《まゆ》が不自然に黒いのは染めているからだろう。色黒で額が狭く、小鼻が横に張って唇が厚い。いかにも地方ボス、政治ゴロといったアクの強さだ。

「初めまして。二宮と申します」立って頭をさげた。

「二宮企画の桑原です」桑原もいった。

「蟹浦です」

名刺を受けとった。《大阪府議会議員　蟹浦文夫》――。ヤクザの名刺に似て、やたら字が大きい。住所や電話番号は添え物のようだ。

「ま、どうぞ」

勧められて、またソファに座った。ノートとボールペンを出す。

「で、取材というのは」

「『建設界』編集部の依頼で記事を書いてます。地方政治とハコモノ行政について、府議会議長という重責を担われた蟹浦先生のご意見を伺わせていただければ幸いです」

「ハコモノ行政ですか」

蟹浦はソファに片肘《かたひじ》をついて、「むかしは多かったですな。市民ホールや美術館、図書館、体育館、テニスコート、グラウンド……。造ったはいいが、イベントがない。美術作品や図書の購入予算まで手がまわらない。高齢化と少子化で運動施設を利用する市民も減少した。そう、不要とまではいわんけども、無駄ですわな。……税収が減った昨今、その種の陳情はないし、議員はみんなハコモノについて懐疑的ですわ。金の切れ目はハコモノの切れ目やないけど、地方行政のあるべき姿に立ち返ったというべきでしょうな」

「ハコモノ行政が廃れたいま、先生が目指すものはなんですか」

「現状におけるぼくの関心事は福祉と少子化対策です。お年寄りが安心して暮らせる地域社会の構築、社会的弱者に対するセーフティーネットの整備、働く若い母親がストレスなく子供を育てられる環境作り。微力ながら市民のお役に立ちたいと、日々、使命感をもって精進してます」

蟹浦は得意気に講釈するが、まるで内容がない。

こいつ、あほやで――。メモをとるふりをしながら、二宮は嗤《わら》った。先生、先生とへいこらされて図に乗っているやつは頭がわるく、性根もわるい。

「これからはちょっと立ち入ったことをお訊《き》きするかもしれません。よろしいですか」

「立ち入ったこと、というのは」

「地方議会の議員選挙です」

「選挙……」

蟹浦は外を見た。しばらく間をおいて、「二宮さんが書かれた記事は読ませてもらえるんですか」

「もちろんです。掲載前にお見せします。チェックしてください」

「そういうことなら話してもええけど、あんまり生臭いことは……」

「蟹浦先生のお名前は出しません。蟹浦先生を想定させるようなことも書きません。ここはまずい、と思われたら、遠慮なく指摘してください。訂正しますから」

「取材制限してるわけやないんですわ。さっきのハコモノ行政とかは、ぼくの名前も出してもろてけっこうです」

それはおまえ、取材制限やのうて、検閲やろ。……自分に都合のいいことは名前を出せ。そうでないことは出すな――。つまりは売名だ。こいつはやはり腐っている。

「去年の北茨木市の府議会議員補欠選挙ですが、蟹浦先生は桝井義晴氏を応援されたと聞きました。

桝井さんの公約も福祉でしたか」

「そう、福祉でしたな」

「桝井さんは土木機械の販売代理店をしてますけど……」

「それは関係ない。政治に商売を絡めたらあきませんわ」

「蟹浦先生ほどの大物が応援されたのに桝井さんは落選した……。番狂わせですか」

「そのとおり。ぼくもまさか、桝井くんが負けるとは思いもせんかった。いまさら反省してもなんやけど、終盤の梃入《てこい》れが足らんかったんかもしれませんな」

「羽田勇氏が当選した要因はなんやと思われます」

「さぁ、そこがぼくにも分からんのです。番狂わせの所以《ゆえん》ですな」

「羽田は西山光彦の弱みをにぎってたと聞いたんですけど」

「弱み？」

「羽田は近畿新聞の偉いさんやないですか。西山に絡む不祥事か醜聞を握りつぶしたと読むひともいますけどね」

「それはどこで聞かれました」

「某関係者です」

ノートを閉じた。「西山代議士の不祥事をお教え願えませんか」

「初耳ですな」

しれっとして蟹浦はいった。「あの西山代議士に不祥事がね……」

「西山事務所に火炎瓶が投げ込まれましたよね」

「なんですか、それは」

「ご存じないんですか」

「ほんまですか。火炎瓶」

こいつはとぼけている。中学校の事務長が知っていたことを、この狸は知らないという。

蟹浦の顔をじっと見た。視線を逸《そ》らすでもなく、無表情で見返してくる。

「二宮くん、行こか」

桑原がいった。「取材はこれまでや」

「けど、まだ訊くことが……」

「記事分は訊いたやろ。それで書かんかい」

桑原は蟹浦に頭をさげた。「すんまへん。時間をとらせました。原稿は事前にファクスします」

いって、「ほら、立て」あごをしゃくる。

「ありがとうございました」

二宮は立った。蟹浦が睨《ね》めつける。

桑原につづいて、二宮は外に出た。


「反吐《へど》が出る」

桑原はいう。「あれでも堅気や。どつきまわすわけにもいかん。胸がわるい」

「もっと粘ったら、なにか摑《つか》めたかもしれんやないですか」

ＢＭＷに向けてキーのボタンを押した。ロックノブがあがる。

「おまえはしかし、ほんまもんのノータリンやのう。なにがハコモノ行政じゃ。福祉がどうの、少子化がこうのと、肝腎《かんじん》なことはなにも訊いてへんやないけ」

「ほな、桑原さんが訊いてくださいよ。弁舌さわやかに」

「わしはおまえみたいな二枚舌やない。貧相でもない。そこがネックや」

「おれのどこが貧相です」

「教えといたろ。ひとの器量は顔に出るんや」

「子供のとき、よういわれましたけどね。啓ちゃんは器量よしやね、と」

「ほざいとけ。世迷《よま》い言を」

桑原はドアを開けて助手席に座った。二宮も乗ってエンジンをかける。桑原はサイドウインドーをおろして煙草をくわえた。

「西山の弱みて、なんや」

「醜聞、不祥事のたぐいでしょ」

「キーマンは誰や」

「さぁ、誰ですかね」

「黒岩か」

「そら黒岩は知ってるでしょ。西山の地元筆頭秘書なんやから」

「黒岩を攫《さら》うか」

「あほな。黒岩は我々のクライアントで、麒林会を抑えてくれと頼んできたんですよ」

「なんで鳴友会が出てきた」

「そんなこと、知りませんわ」

「羽田を攫うか」

「議員を攫うてどないしますねん。それこそ、手が後ろにまわりますわ」

「おまえはチキンか。あれがあかん、これがあかんとチビりくさって」

「あたりまえやないですか。おれはビビリやからこそ、サバキみたいな危ない稼業をしながら、ここまでやってこられたんです」

そこへ、フッと思い浮かんだ。「事務長の亀山がいうてたやないですか。羽田は西山の弱みをネタに黒岩にねじ込んで、民政党の公認をとったんですよね。そのネタは近畿新聞に掲載するはずやった記事でしょ」

「それがどうした」

「羽田は編集局の次長でした。そんなやつが自分で記事を書きますかね」

「なにをいいたいんや」

「羽田は記者が取材して書いた記事の掲載をとめたんです。おれはそう思いますわ」

「近畿新聞に行こ、てか」

「黒岩や羽田を攫うよりは、よっぽどマシですわ」

「おまえ、新聞記者に知り合いおるんか」

「インテリ関係はさっぱりですね。インテリア業者は知ってるけど」

「訊くだけ無駄やったの。おまえには」

桑原はスマホを操作した。近畿新聞のホームページを出す。

「これや。電話せい」

「電話して？」

「北茨木の選挙に詳しい記者を訊け」

「それはどういう部署です」

「んなことはおまえが考えんかい」

ホームページの代表番号を見て、電話をかけた。

――近畿新聞です。

――すいません。北摂担当の記者て、いてはるんですか。

——エリア報道部でしょうか。

——そう、その部です。

——北摂エリアは支局担当者がおります。

支局はＪＲ摂津富田《とんだ》駅近くにあるといった。

——摂津富田のどのあたりですか。

——住所をいいますからお控えください。

住所を聞いて電話を切った。相手はこちらの名も、電話をかけた目的も訊かなかった。匿名情報が多く寄せられる新聞社の特性かもしれない。

「高槻市稲積《いなづみ》一の二の十六。支局があります」

「上出来や」

桑原は住所をナビに入力した。「ほら、行け」

二宮はバックしてバス通りに出た。


ナビに誘導されたのは摂津富田駅前のロータリーだった。駐車スペースはない。

「どこでもええから、そのへんのパーキングに駐《と》めんかい」

「それがないから困ってますねん」

ロータリーを一周し、来た道をもどった。コインパーキングを見つけてＢＭＷを駐めた。

電柱の住所表示を見ながら《1丁目2－16》へ歩いたが、それらしい建物はなかった。

「おかしいですね」

「聞きまちがえたんとちがうんかい」

「そうやろか……」

交番があった。入って、近畿新聞の支局の所在を訊く。警官は壁の住居地図を示して丁寧に教えてくれた。二宮は交番を出た。

「あの郵便局の隣ですわ」

「新聞の販売店やないけ」

「そやから、分からんかったんです」

古ぼけた瓦葺《かわらぶき》の民家だ。色褪《いろあ》せた青いテントに《毎日新聞》とある。

販売店に近づいた。夕刊の配達時間帯なのか、店前に駐められているのはスーパーカブが一台だけだ。二宮はアルミ戸を引いて、

「こんちは。ここ、近畿新聞の支局ですよね」ゴマ塩頭の男に訊いた。

「支局は二階ですわ。横の階段をあがってください」

男はいったが、「けど、いまはいてませんで。飯食いに出たみたいやし」

「支局員はひとりですか」

「そう。ひとりで元気ようやってますわ」

この販売店の二階を近畿新聞が借りて支局にしているらしい。

「急ぎの用やったら、商店街の『トレビ』に行ったらどうです。飯のあとは、いつも、そこでコーヒー飲んでるし」男は駅のほうを指さした。

「なんていうひとです。支局員」

「篠崎《しのざき》さん」

「男ですよね」

「男です。レンズの細い眼鏡かけてますわ」

「ありがとうございます」

礼をいって、戸を閉めた。

駅前商店街――。『トレビ』はすぐに見つかった。店内に入ると、窓際の席でノートパソコンを覗《のぞ》き込んでいる眼鏡の男がいた。

「篠崎さん？」

声をかけると、男は顔をあげた。若い。三十すぎか。

「支局をお訪ねしたら、こちらにおられると聞きました。二宮と申します」

名刺を差し出した。「『建設界』という月刊誌でルポを書いてるライターなんですけど、取材させていただけませんかね」我ながら、嘘がどんどん巧《うま》くなっている。

「どういった取材ですか」

「北茨木市に渦巻く談合政治と腐敗選挙。それがテーマです」

「最近の『建設界』はそんなルポを掲載してるんですか」意外そうに篠崎はいった。

「掲載は四月です。春の特集号を予定してます」

「わたしに分かることなら、支障のない範囲でお答えしますが」

「それはありがたいです。感謝します」両手を揃えて低頭した。

「そちらの方は」

「桑原といいます。よろしくお願いします」

にこやかに桑原はいった。「わたしはライター志望で、二宮さんに師事してます」

「そうなんだ。なんか、怖いひとかと思いましたよ」

「よういわれます。この傷は、子供のとき、自転車でこけたんです」

桑原は左眉からこめかみにかかる傷痕《きずあと》を指でなぞった。「座らせてもろてもよろしいですか」

「あ、どうぞ、どうぞ」

「失礼します」

桑原は座り、二宮も腰をおろした。桑原がブレンドをふたつ注文する。

「で、取材というのは」

興味をもったのか、篠崎のほうから切り出した。

「正直にいいます。去年の十月の府議会議員補欠選挙で近畿新聞ＯＢの羽田勇さんが当選しました。この立候補に際して、羽田さんは西山代議士の醜聞を取引材料にして民政党の公認を得たという情報を耳にしたんですが、これについて篠崎さんはどうお考えでしょうか」

「おっしゃるとおりです。同じ新聞社のものとしてお恥ずかしい限りですが、羽田は西山のスキャンダルを悪用して議員になりました。新聞記者としてあるまじき、卑劣な行為です」篠崎はあっさり同意した。

「羽田さんは編集局次長でしたよね。自分で取材して記事を書いてたんですか」

「彼は次長待遇の編集委員でした。だから、取材もするし、記事も書きます」

「羽田さんが知った西山の醜聞て、なんですか」

「それが、はっきりしないんです。わたしも追ってはみたんですが」

篠崎は指で眼鏡を押しあげて、「ただ、疑惑はひとつではありません。西山光彦はスキャンダルまみれです」

「教えてください。そのスキャンダルというやつを」ボールペンを手にとり、ノートを広げた。

「西山の私設秘書で、黒岩という男をご存じですか」

「はい、よう知ってます。いっぺん会いました。アクの強いひとですよね」

その黒岩から仕事を請けたのだ。もちろん、おくびにも出さない。

「黒岩はワルです。地元のことはみんな黒岩が仕切っている。西山も黒岩がなにをしているか知っているが、窘《たしな》めたりはしない。……黒岩は西山から金をもらっていないからです」

「給料をもろてないんですか」

「西山は選挙に強いんです。自由党が躍進して民政党の議員が次々に落選した前々回の国会議員選挙でも、西山は対立候補に大差をつけて当選した。だから、秘書が辞めない。だって、そうでしょう。親分が落選したら秘書は失職するんだから。……黒岩は西山の安泰を見越して、給料はいらないから口利きをさせろ、と契約を結んだんです」

「口利きビジネス、ですか」

「おっしゃるとおりです。黒岩は西山の看板を利用して、せっせと稼いでます。そうして大きく稼いだときは西山に上納する。西山は当選五回で閣僚が見えているから、いくらでも金が欲しい。どんなに素行がわるくても、せっせと金を運んでくる秘書はかわいい。ヤクザですよ、ヤクザ。親分が西山で、子分が黒岩。いや、子分というよりは、若頭クラスの大幹部ですね」

篠崎は桑原を前にしてヤクザを云々《うんぬん》する。桑原が二蝶会の若頭補佐だったと知れば、まちがってもこんなことは口にしないのだろうが。

「いくつか、お話ししましょう」

篠崎は椅子にもたれて手を組んだ。「一昨年《おととし》の夏でしたか、三協商事系のディベロッパーが光誠学園大のグラウンドに隣接する山林を造成して五棟のマンションを建てるプロジェクトが持ちあがった。これを嗅《か》ぎつけたのが黒岩で、府の開発事業局へ行って、山を切り崩したら泥や雨水がグラウンドに流れ込む、だから開発なんか認めるな、と脅したんです。府の担当者は困って、ディベロッパー側に、西山事務所に挨拶《あいさつ》に行け、と指導した。これはあくまでも行政指導だから法的拘束力はありませんが、ディベロッパーは突っぱねるわけにはいかない。そこで、ディベロッパーの開発部長が黒岩に会った」

　黒岩は開発部長に、同意書を書くから一億円を寄越《よこ》せ、といった。開発部長は困惑したが、相手が西山事務所でもあり、造成をスムーズに運ぶためには、ある程度の挨拶料は払わざるを得ないと判断し、相応の金を黒岩に渡してことをおさめた――。

「要するに、府の行政指導を利用した悪質な嫌がらせです」

「なるほどね。黒岩は議員秘書の皮をかぶったゴロツキや」

　桑原がいった。「そのシノギで、なんぼほど稼いだんですか、黒岩は」

「金額までは分かりません。三百万や四百万はもらったんじゃないですか」

「いまどき、ほんまもんのヤクザでも、そんなにはとれませんで。給料なしでも充分や」

「ほかのスキャンダルて、どんなんですか」

　二宮は訊いた。桑原に喋《しゃべ》らせていると地が出る。

「裏口入学です」篠崎はいった。

「それはよう聞きますね。議員秘書の口利きで入学させるんでしょ」

「光誠学園大は野球と柔道、チアリーディングの強豪校です。有名大学はどこもそうですが、スポーツ推薦枠がある。西山事務所に頼めば、フリーパスで入学できます」

「その口利きも黒岩のビジネスですね」

「もちろんです」

　篠崎はうなずいて、「光誠学園大の野球部は部員が八十人います。ひとりあたりの部費は月に二万円だから、年間一千九百二十万円が口座に振り込まれて、これを監督が管理する。クラブの金は大学とは関係ないから、すべて監督の自由裁量で使えます」

「監督て、誰です」

「小久保剛《こくぼつよし》。けっこう大物です」

関西Aリーグで優勝三回だという。「小久保もなにかと噂があって、交際が派手です。ドラフトにかかりそうな野球部の有力選手には毎月、栄養費と称する小遣いをやって手懐《てなず》ける。そうして、その選手がプロに行くときは黒岩を代理人に立てて裏金を要求する。小久保と黒岩はしょっちゅう北新地を飲み歩いて、御神酒徳利《おみきどっくり》といわれるほどの密な関係です」

「黒岩のわるさはよう分かりましたけど、西山自身のスキャンダルはないんですか」

いまひとつぴんと来ない。行政指導も裏口入学も、代議士西山光彦のスキャンダルとしては弱い。そう思った。

「羽田は篠崎さんが取材して書いた記事を握りつぶしたことがあるんですか」

「それは特にないですね」

「けど、なにかとよからぬ噂はあった……。そういうことですか」

「羽田は将来、国政選挙に出るという野心を隠しませんでした。だから、西山事務所への食い込みも露骨だったし、黒岩とのつきあいも派手でした」

「羽田は黒岩と個人的なつきあいがあったんですか」

「小久保と同じです。キタやミナミを飲み歩いていたようです」

「羽田の飲み代は新聞の取材費で落ちたんですか」

「そんな経費が落ちるわけないでしょう。羽田は黒岩にたかっていたんです」

「記者と代議士秘書がずぶずぶの関係いうのは、新聞社としてどうなんですか」

桑原がいった。「内規に反するでしょ」

「羽田はいっさい斟酌《しんしゃく》しなかったですね。ずぶとい男です」

吐き捨てるように篠崎はいった。よほど羽田が嫌いなのだろう。

「二宮さんは羽田に会われたんですか」

「まだですわ。会う前に周辺取材して、材料を集めてから攻めるつもりです」

「羽田を叩《たた》いてください。応援します。あの男は記者の恥です」

「いや、ありがとうございました」

頭をさげた。これ以上、訊くことはない。伝票をとって腰を浮かした。

「あとひとつ、よろしいか」

桑原がいった。篠崎はうなずく。

「羽田の周辺で、麒林会とか鳴友会いうのは聞いたことないですか」

「暴力団ですよね」

「麒林会は島本町、鳴友会は摂津のヤクザです」

「わたしの知る限り、その手の噂はなかったです」

「そうですか……」

桑原は頭をさげた。「すんませんな。よかったら名刺をいただけますか」

「あ、どうぞ」

篠崎は名刺を出した。桑原は受けとって礼をいい、腰をあげた。


『トレビ』を出た。コインパーキングへ歩く。

「ひとつ、ひっかかったな」桑原がいう。

「なにが……」

「羽田は西山の弱みをネタに民政党の公認をとった。つまりは西山事務所を脅した男や。それが西山事務所の黒岩とつるんで飲み歩いてたというのは、間尺に合わんやろ」

「そういうたらそうかもしれんけど、狐と狸の化かし合いでしょ。羽田が黒岩の寝首を掻《か》くのは、不思議でもなんでもないと思いますわ」

「ほう、おまえもわしの寝首を掻こうと思たことがあるんかい」

「そんな隙はないでしょ。天下の桑原さんともあろうひとに」

さすがにこいつはよう知ってる。おれの本性を――。

足もとに落ちていた百円玉を拾った。アルミのシールだった。

「それより、どうします、これから」指についた土をチノパンツで拭《ふ》く。

「羽田に会うか」

「どんな腐れか、見学しましょ」

「えらいやる気やの。大阪一のぐうたらが」

「やる気なんかないですわ。けど、これを仕上げんことには金にならん。おれ、去年の十二月から無収入ですねん」

「いっそ、足を洗えや。事務所たたんで、美人局《つつもたせ》でもせい」

「なんでいきなり、美人局です？」

「おまえんとこに悠紀とかいう小生意気な女がおるやないけ。あれと組んで、そこらのスケベおやじを騙《だま》さんかい」

「おれはね、そういうしょぼいことはせんのです」

ムッとした。いうにこと欠いて美人局やと。おまえがせんかい。ぴったりやぞ――。「痩《や》せても枯れても二宮啓之、どぶ板を踏み抜いても前のめりにこけますわ」

「よういうた、二宮くん。おまえはやっぱりヘタレの星や」

コインパーキング――。ＢＭＷに乗った。

羽田勇の事務所は北茨木市の東、高槻市に近い花垣《はながき》にあった。氷室《ひむろ》古墳の壕《ほり》がすぐ裏手に迫るマンションの一階に《府政相談　大阪府議会議員　羽田勇》と書かれた看板が掛けられていた。

二宮はマンションの駐車場にＢＭＷを駐めた。

「羽田、いてますかね」

「さぁな……。おってもおらんでも事務所のようすは見とかんとあかんやろ」

エンジンを切り、車外に出た。マンションの玄関口にまわり、事務所の窓越しに中を覗く。スチールデスクの前に白髪の男がいた。

二宮はドアを引いた。

「こんにちは。羽田先生はいらっしゃいますか」

「どちらさまですか」男は顔をあげた。

「二宮企画の二宮といいます。ライターをしてます。西山事務所の黒岩さんの依頼で、羽田先生に取材をお願いにあがりました」

「黒岩さん……」

男は二宮をじっと見て、「取材というのは」

「北茨木市の行政の現況について、羽田先生のご意見をお聞かせ願いたいんです」

記事は西山事務所の意見公告として後援会冊子に載せたい、といった。「羽田先生は……」

「あいにく、視察に出てます」

明日の昼すぎまで和歌山にいる、という。「お急ぎなら連絡はとれますが」

「いや、急ぎの原稿やないんですけど、先生はどちらにお泊まりですか」

「白浜《しらはま》です。和歌山県議連の先生方との懇親会ですが、宿舎はお教えできません」

腐れ議員の論法では、物見遊山の温泉旅行を〝視察〟というらしい。

「羽田に報告します。お名刺、いただけますか」

「あ、どうぞ」

名刺を交換した。《羽田勇後援会　佐川芳雄《さがわよしお》》とある。

「失礼ですけど、佐川さんは羽田先生が議員になられてからの秘書ですか」

「わたしは羽田の遠縁にあたる者です」羽田の選挙を応援したという。

佐川は六十を越えている。定年でぶらぶらしているのを羽田が拾ったのだろう。

どうです――。桑原を見た。黙って首を振る。

「失礼します。出直しますわ」佐川にいった。

「申し訳ないです。せっかく来ていただいたのに」

「羽田先生によろしくお伝えください」

事務所を出た。

「空振りやったのう」

桑原は空を仰いだ。「ドライブするか」

「白浜？」

「クソ議員がわしらの税金で宴会しとる。コンパニオン招《よ》んでどんちゃん騒ぎや。引きずりまわして海にはめたろかい」

「おれ、久しぶりですわ、白浜」

「おまえ、遊びに行くつもりやないやろな」

「前にもいうたやないですか。おれ、温泉は嫌いですねん」

これはほんとうだ。温泉は湯が熱い。水で埋めたら怒られる。裸のおやじがうろうろしているのもうっとうしい。

「ま、ええわい。わしも白浜は久しぶりや」

「どこか、観光旅館、予約とりましょか」

この季節はクエ鍋《なべ》だ。脂がのって旨《うま》い。フグとはまたちがった上品な味だ。

「おう、おう、おまえが金払うんやったらとらんかい」

桑原はわめいた。「白浜一の旅館をな」

10

茨木インターチェンジから名神高速道にあがり、豊中《とよなか》から阪神高速池田《いけだ》線に入った。環状線を経由して松原《まつばら》から阪和自動車道、南紀田辺《なんきたなべ》インターチェンジを出たときは日が暮れていた。国道42号、県道33号をさらに南下する。

「そろそろ白浜ですよ」桑原を起こした。

「何時や」桑原はシートを立てる。

「六時十分です」

「ホテルに着いたら晩飯やの」

「クエ鍋ですわ」

ホテル『しらはまパークリゾート』を予約した。露天風呂《ぶろ》付き和室で一泊がひとり四万八千円もするが、金にうるさい桑原には三万六千円といっておいた。

霊泉橋《れいせんきょう》、綱不知《つなしらず》湾をすぎ、白良浜《しらはま》に着いた。

『しらはまパークリゾート』は浜を見おろす高台にあった。真っ白な五階建のホテルは百室もあるという。二宮はＢＭＷを地下駐車場に乗り入れた。

「けっこう、高級感あるのう」

「そら桑原さんにふさわしいホテルやないとあかんでしょ」

「おまえと同じ部屋で寝るのが気に入らんな」

「別に襲うたりしませんて」

白浜にその手のホビーパークはあるのだろうか。あっても、金はないが。

駐車場からロビーにあがった。ふかふかのカーペット、高い天井にクリスタルのシャンデリア、レトロなインテリアに風格がある。

フロントへ行き、チェックインして３０２号室のカードキーをもらった。

「教えて欲しいんやけど、和歌山の県議会議員と大阪の府議会議員が懇親会してるホテルはどこかな」桑原が訊いた。

「なんという懇親会でしょうか」

「題目なんかあるんかな。とにかく、議員の懇親会ですわ」

「少しお待ちください。観光協会に問い合わせてみます」

フロントマンは電話をとった。しばらく話をして、「お聞きしたような会合は開催されていないようですが」

「そらおかしい。北茨木の議員が来てるはずなんや」

「会合の名称が分かりましたら、お調べできるんですが……」

「困ったのう、え」

桑原は舌打ちする。二宮はそばに寄った。

「懇親会は口実で、ほんまは女でも連れて遊びに来たんやないんですかね」

「それはちがうやろ。羽田が女連れやったら、そんなややこしい嘘はつかん。秘書にも黙ってるはずや。羽田は政務活動費で落ちる温泉旅行をしとんのや」

桑原はいって、「ちょっと来い」

ロビーのソファに座った。

「電話してみい」

「羽田の秘書に？」

「蟹浦事務所や。蟹浦は今日、事務所におったけど、羽田と同じ府議会議員やろ。白浜で会合があることは知ってるはずや」

「あ、そうか……。さすが、鋭いですね」

カード入れから蟹浦にもらった名刺を出した。携帯を開く。

――蟹浦文夫事務所です。

――あ、どうも。今日、そちらに寄せてもらった、ライターの二宮です。

――はい、お世話さまでした。

――ひとつお訊きしたいんですが、今日、和歌山で大阪の府議会議員と和歌山の県議会議員が会議をしたことはご存じですか。

――それはどういった趣旨のものでしょうか。

――分からんのです。会議のあとは白浜で懇親会と聞いたんですが。

――ちょっと待ってくださいね。議連のスケジュールを見ます。

パソコンのキーを叩く音がした。

――ありました。一月七日、午後一時から田辺市で『大阪・和歌山―議員連合懇話会』。議題は

『地方産業の推進と活性化』で、会議のあとは上秋津《かみあきづ》のみかん農園視察、午後六時半から懇親会となってます。

──それは公的な会合やないんですね。

──議員有志の集まりです。

蟹浦は先約があり、出席しなかったという。

──懇親会の会場は。

──『グランパレスしらはま』となってます。

──そのあとは泊まりですね。

──はい、そうですね。

──了解です。ありがとうございました。

──こちらこそ、今日は取材していただいて感謝しております。

電話は切れた。

「どうやった」

「『グランパレスしらはま』。六時半から懇親会です」

「どいつもこいつも政活費で遊びくさって。市民の血税をなんと思てくさるんや」

税金を払ったことのない桑原が吐き捨てる。

「部屋に行きますか」

腕の時計を見た。「クエ鍋は七時からです」

「食堂か」

「部屋で食うんです」

「豪勢やのう。三万六千円で」

「桑原さんのおかげですわ。贅沢《ぜいたく》さしてもらいます」

立って、携帯をポケットにもどした。


クエ鍋は旨かった。天然物ではないが、白身はさらっとほぐれて磯の香りが口の中に広がった。脂もあっさりしていた。桑原は飲みはじめると食べないので、クエはほとんど二宮が食った。瓶ビールを二本、山崎《やまざき》18年のボトルを半分ほど空けて、心地よく酔った。二つ折りの座布団を枕にして横になる。

「こら、なにを寝とんのや」

「もう飲めません」

「あほんだら。起きんかい。羽田をひっ捕まえるんやぞ」

「お任せしますわ。桑原さんに」

眠い。頭が溶ける。桑原がわめいているが、聞こえない。


お客さま、風邪ひきますよ。お客さま――。声が聞こえた。眼をあける。浅葱《あさぎ》色の着物の仲居がそばにいた。

二宮は起きあがった。丹前は脱げて腰にまとわりつき、浴衣《ゆかた》の裾《すそ》はまくれあがっている。くしゃみをした。

「お布団《ふとん》をお敷きしましょうか」

「いや、よろしいわ」

座卓の上はきれいに片付いていた。桑原は……と見ると、隣の八畳間で布団をかぶっている。

親切心のないやつや。毛布の一枚ぐらい掛けんかい――。

頭が痛い。身体が冷えている。丹前をはおって紐《ひも》を結んだ。

「何時ですか」

「九時半です」

一時間は寝たらしい。

「やっぱり、布団敷いてください。こっちの部屋に」

「お姉さん、敷かんでもええで。起きるから」

桑原がいった。布団の中からこちらを見ている。

「おれ、寒いんです」

「風呂入らんかい。ここは温泉やぞ」

「どうしますか」仲居がいう。

「すんません。布団は自分で敷きます」

「じゃ、お願いします」

仲居は出て行った。白足袋《たび》の裏に足の形がついていた。外反拇趾《ぼし》か。

「風呂入れ。しゃきっとせい」

「桑原さんと露天風呂いうのはね……」

「誰がおまえといっしょに入るんじゃ。病気が感染《うつ》るやろ」

「おれ、治りましたよ。淋病《りんびょう》」

「なんやと、おい」

「病院行ったら、チンチンの先からガラス棒を突っ込まれますねん。あれは痛い。悶絶《もんぜつ》いうのは、あのことですね」

「あほの極みやの。おまえというやつは」

「嘘ですがな。いまは抗生物質服《の》んだら治ります」

むかし、福原《ふくはら》の浮世風呂で淋病をもらったのはほんとうだ。小便をすると、飛びあがるほど痛かった。尿に膿《うみ》も混じっていた。膀胱《ぼうこう》ガンか――。びくびくしながら医者に診せたら、笑われた。数少ない戦歴のひとつだ。

「グランパレスに電話した。羽田は７０６号室に泊まってる」

「行くんですか」

「行く。羽田をどつきまわして西山の弱みを訊く」

桑原はいう。「わしは心得ちがいをしてた。中学の事務長や新聞記者に会うて、まわりくどい話を聞いたんは、おまえの流儀や。……わしもヤキがまわったぞ。羽田をぶち叩いて口を割らせるという発想がなかった」

「さすが桑原さん、お手並み拝見ですわ。流儀を貫いて羽田をいわしてください」

「おまえ、他人事《ひとごと》みたいにいうてへんか」

「行くんでしょ。グランパレスに」

「おまえといっしょにな」

「おれはそういうの、あきませんわ。風邪ひいたみたいやし、今日は遠慮しときます」

また、くしゃみをした。鼻がむずむずする。

「二宮くん、〝亭主の好きな赤烏帽子《えぼし》〟いうの、知ってるか」

「いや、聞いたことないですね」

「わしが〝赤〟というたら鳩も赤。わしが〝白〟というたらカラスも白。わしがくしゃみしたら、おまえは風邪ひくんや」

十一時に出る、と桑原はいった。

十一時――。ロビーに降りた。フロントの地図を見ると、『グランパレスしらはま』は綱不知湾沿いにあり、三キロほど離れていた。タクシーを呼んでもらってホテルを出た。

「グランパレスいうのは、どの程度のホテルなんや」桑原がドライバーに訊いた。

「三つ星です。『パークリゾート』と同じランクですかね」

部屋数は七、八十。全室から海が眺望できるホテルだとドライバーはいった。

五分で『グランパレスしらはま』についた。近くでわるかったな――。桑原は二千円を渡してタクシーを降りた。

正面玄関から館内に入り、ロビーを抜けて、エレベーターで七階にあがった。706号室、二宮はドアに耳をつける。テレビのニュース番組だろうか、男の声が聞こえた。

「いてますわ」

「よし、カチ込も」

「作戦は」

「メッセージや。ベルキャプテンです、といえ」

――と、背後でエレベーターの扉が開く音がした。桑原と二宮は部屋の前を離れる。

エレベーターホールから女が現れた。黒のコートにグレーのマフラー、肩にバッグをかけている。女は立ち話を装う桑原と二宮を一瞥《いちべつ》し、706号室の前に立った。チャイムに指を伸ばす。

「ちょっと待った」

桑原が声をかけた。「あんた、呼ばれたんか。その部屋に」

「なんのことですか」女は警戒した。眼を逸らす。

「いや、呼ばれたんやったらキャンセルや」

「そう……」

女は向き直った。「キャンセル料もらいますけど、いいんですか」

「なんぼや」

「半額です。一万三千円」

「分かった。わしが払うわ」

桑原は女に二万円を渡した。「釣りはいらん。その代わり、手伝うてくれるか」

「なにを……」

「あんたの店は」

「『フラワー』です」

「客は名前いうたか」

「浜田《はまだ》さんです」

「ほな、浜田さんを呼んでくれるか。ドアが開いて顔見せよったら、動画を撮る」

「そんなん、困ります」

「あんたは後ろ姿だけや。顔を撮りたいのは浜田さんや」

桑原はまた、一万円札を女に渡した。

「なんか、変ですね」女は札をバッグにしまう。

「わしらは怪しいもんやない」

桑原はいったが、「——いや、充分に怪しいか」

「探偵さん？　浮気調査」

「そう、正解や。あんたはほんまにええときに来た。ありがとうな」

桑原はスマホをドアに向けた。女はチャイムのボタンを押す。はい、と返事があった。

「フラワーです」

女がいい、ドアが開いた。どうぞ――。男がいう。

「よっしゃ、ＯＫ」

桑原がいった。女はあとずさり、エレベーターホールへ。

男は桑原に気づいて、ドアを閉めようとした。すかさず、二宮は肩から部屋に入る。桑原も入った。バスローブの男が突っ立っていた。

「なんや、あんたら」

「フラワーの送迎係ですわ」

桑原は笑った。「羽田先生、デリヘルの女を買うのも政務活動の一環でっか」

ことが呑《の》み込めないのか、羽田は呆然《ぼうぜん》としている。風呂あがりの濡《ぬ》れた髪、レンズの厚い金縁眼鏡、眉が薄く、眼が細い。甘い匂いがするのはボディシャンプーか。

「わしは桑原、そっちは二宮。雑誌の編集者とライターですわ。来月号は地方議員の醜聞特集ですねん」

桑原はスマホを羽田に向けた。羽田は手をかざして顔を逸らす。

「やめろ。肖像権の侵害やぞ」

「ついでに生存権も抹消しよか。議員特権も」

「業界誌か」

「イエロージャーナリズムや。ま、ゆっくり話をしよ」

桑原は羽田の肩を押して奥へ行った。ライティングデスクの椅子を引き、跨《また》いで座る。

「二宮くん、ビールや」

二宮は冷蔵庫から缶ビールを出して、桑原と羽田に渡した。

「分かった。なんぼ欲しいんや」小さく、羽田はいった。

「さぁね、値段は先生がつけてくれるか」

「十万」

「子供の使いか」

「十五万」

「冗談やろ」

「それ以上は出さん。好きな記事を書け」

「写真が載るで」

「ドアを開けただけや」

「赤い髪の女をホテルの部屋に入れるとこはあかんやろ」

「そやから、十五万というてるんや」

「さすが、元近畿新聞の編集委員や。ものの道理が分かっとるがな」

桑原は立って椅子を蹴《け》った。羽田は避《よ》けたが、ベッドに尻餅《しりもち》をつく。桑原はバスローブの襟をとって引き起こし、股間《こかん》に膝《ひざ》を突きあげた。羽田は腰を折り、床に突っ伏した。

「くそボケ。まだ寝る時間やないぞ」

桑原は羽田の髪をつかんでバスルームに引きずって行った。くぐもった悲鳴と水の跳ねる音がする。二宮もバスルームに行った。

「桑原さん……」

羽田は便器に顔を突っ込み、桑原が頭を押さえていた。羽田は必死で暴れるが、桑原の腕を外せない。

「シャワーや。かけんかい」

二宮はあわててシャワーの水栓をひねった。羽田の頭に水をかける。羽田はグワッ、グワッと便器の中から叫び、水を吐く。

「──分かった。堪忍や」切れ切れに羽田はいう。

「なにが分かったんじゃ、こら」

「二十万……。いや、三十万や」

「このボケ」桑原はなおも頭を押さえつける。

「五十万……」

「いうとるぞ」

「やめましょ」二宮はシャワーをとめた。

桑原は手を離した。羽田は頭をあげて反転し、便器にもたれて喘《あえ》ぐ。

「おれ、喘息《ぜんそく》なんや」

「それがどうした。舐《な》めた口きくさって」

「金を振り込む。口座を教えてくれ」

「じゃかましいわ、こら。わしの訊くことに答えんかい」

「なにを答えるんや」

羽田は咳《せ》き込んで、また水を吐いた。

桑原は羽田の横っ面を張った。水しぶきが飛ぶ。

「くそボケ。このわしにタメグチきくのは百年早いわ」

「あんた、ヤクザか」力なく、羽田はいった。

「いまはちがう。侠道《きようどう》上の不義理で破門になった。箍《たが》の外れた元極道は怖いもんがない。おまえを煮るなと焼くなと、なにをしてもええいうこっちゃ」

桑原は羽田を蹴った。「入れ。湯船に」

「え……」

「聞こえんのか。入らんかい」

また蹴った。羽田はバスタブの縁に手をついて中に入る。

桑原はハンドルをシャワーからバスに切り換え、温度調整を〝水〟にして水栓をひねった。

「冷たい」羽田は膝を抱えた。

「あたりまえやろ。いまは一月じゃ」

「風邪ひくやないですか」

「おまえ、状況が分かっとんのか。裸に剝《む》いてベランダに放り出すぞ」

桑原は怒鳴りつけた。「質問や。答えんかい」

「はい……」

「西山事務所の黒岩は西山から給料もろてへんいうけど、ほんまか」

「事務所から直接にはもらってません」

「どういうこっちゃ」

「黒岩の給料は西山の後援企業から出てます」

「どこや、それは」

「大阪東西急便の関連会社です」

東西急便は二宮も知っている。日本各地の運送会社を吸収合併した、なにかと不祥事の多い宅配運送会社だ。宅配業務では荷物の破損やクレーマー対応などトラブルが多く、警察ＯＢや地方議員と顧問契約を結んでそれらの処理にあたっていると聞く。

「黒岩はその関連会社からなんぼもろとんのや」

「大した額やないと思います。年金程度やと、黒岩はいうてました」

「おまえ、キタやミナミを飲み歩いてたそうやな。黒岩と」

「どこで聞いたんですか」

「小久保や。光誠学園大の野球部監督」

「小久保にも会うたんですか」

「よう喋りよったぞ。部費の流用からドラフトの裏まで」

「くそっ、あいつ……」さも悔しそうに羽田はいった。

「黒岩は年金程度の給料ではやっていけん。ほんまのシノギはなんや。光誠学園大の裏口入学か」

「西山事務所に来る裏口入学の依頼は黒岩がみんな仕切ってます」

「ひとり頭、なんぼや」

「志望者の成績にもよるけど、百万から二百万やないですか」

黒岩はさすがに、その全額を自分のものにすることはなく、一〇パーセントほどの仕切り料をとって、残りを事務所に入れている、と羽田はいう。

「そういうバカ息子から監督が集めた部費は、黒岩にも渡ってんのか」

「そこまでは知りません。監督やヘッドコーチと黒岩の契約でしょ」

羽田はぺらぺらとよく喋る。近畿新聞の記者だったころも、この饒舌《じょうぜつ》でうまく立ちまわっていたのだろう。

水が溜《た》まってきた。羽田は膝を抱えて震える。

「氷や。持ってこい」

いわれて、二宮は部屋にもどった。冷凍庫を開けてケースふたつ分の氷を出し、バスルームにもどってバスタブに入れた。

「こんなもんでは足らん。もっと持ってこい」

二宮はアイスペールを提げて廊下に出た。突きあたりにあるフリーザーから氷をいっぱい出して
バスルームにもどる。それを見て、

「やめてくれ。凍える」羽田が叫んだ。

「上等や。凍えんかい」

桑原は羽田の頭の上でアイスペールを逆さにした。大量の氷がバスタブに落ちた。

「正直にいわんかい」

桑原はつづける。「三協商事のマンション建設で光誠のグラウンドに泥や雨水が流れ込むと、黒岩はディベロッパーを脅した。三百万か四百万を懐に入れたと聞いたけど、ほんまか」

「誰がいったんですか、そんなことを」

「誰でも知っとるわ。北茨木のワルどもは」

「四百万は大げさです。黒岩が受けとったんは、せいぜい二百万でしょ」

「二百万は事務所に入れたんかい」

「入れるわけがない。西山も黒岩のわるさを知って事務所においてるんやから」

「おまえ、黒岩が嫌いなんか」

「あんなやつが好きな人間はいませんよ」

「おまえのことが好きな人間もおらんやろ」

「清濁併せ呑むのがおとなです」

羽田はバスタブの縁に手をかけた。「もういいですか。死にそうです」

「最後の質問や。ちゃんと答えたら、水を湯にしたる」

「血圧が高いんです。血糖値も高い」

「さっきは喘息やというたやないけ」

「身体が弱いんです」

「死ねや。心筋梗塞《こうそく》で。また北茨木で補欠選挙や」

桑原は羽田の頭をつかんで下に押しつけた。羽田は肩まで水に浸《つ》かる。

「やめてください。お願いです」

歯の根が合わないのか、声は震え、歯がガチガチ鳴る。唇は紫色だ。

桑原は羽田を離した。

「おまえは補欠選挙で西山の弱みをネタに民政党の公認をとった。つまりは西山事務所を脅した人間や。せやのに、西山事務所の黒岩と飲み歩いてるいうのは、どういう理由や、え。ちゃんと合点がいくように講釈たれてみい」

「寒い。もうあかん」羽田は呻《うめ》いた。

「あほんだら」

桑原はハンドルをシャワーに替えた。羽田に冷水をかける。

「やめてくれ」

「いわんかい。こら」

「黒岩にネタをもらって、大津《おおつ》医大の理事長の愛人問題を書いたんです」

「大津医大……。私学やな」

桑原はシャワーをとめた。水音がやむ。「黒岩と大津医大の関係は」

「口利きです。裏口入学」

羽田はバスローブの袖《そで》で顔を拭《ぬぐ》った。もう血の気がない。

「医大の裏口入学は桁《けた》がちがうやろ」

「口利き料は少なくとも一千万。裕福な開業医が相手やと、二千万から三千万はとるみたいです」

「入学金と寄付金で三千万。そこへ口利き料と来たら、五千万コースやの」

「さすがに、医大の口利き料は事務所と折半です」

「そこんとこは極道といっしょや。組からおりてきたシノギは折れにする」

桑原はいい、「大津医大の理事長は」

「諸岡《もろおか》です。諸岡時雄《ときお》」

「黒岩はおまえの記事を諸岡に見せたんか」

「諸岡は黒岩に脅されて理事長を降りました」

「最初から解説してみい。編集委員やろ」

「ことの発端は、大津医大の経営不振です」

羽田は震えながら、歯の根が合わない声で話しはじめた――。

大津医科大学は医師国家試験の合格率が低い。高額な寄付金と入学金、年間六百万円もの授業料で経営を維持してきたが、諸岡の株投資の失敗で運営資金に数十億円の穴をあけた。諸岡は旧知の西山に面会し、光誠学園大に援助を求めた。

西山は諸岡の話を聞き、大津医大を光誠学園大の姉妹校にして、将来的には〝光誠学園大医学部〟にしようと画策した。西山は民政党文教族の複数の議員に応援を求め、大津医大の主力銀行である大同銀行に圧力をかけて二十億円を緊急融資させ、大津医大の倒産を回避した。

西山は光誠学園グループの総長、山本隆《やまもとたかし》を使って諸岡に大津医大の経営権を譲渡するよう要求したが、諸岡は突っぱねた。諸岡時雄は大津医大の創設者である諸岡喜一郎《きいちろう》の長男であり、大津医療専門学校、大津保健衛生学園を含めた大津医大グループは諸岡一族が私物化していた。西山は諸岡を追い落とせ、と黒岩に命じた。

黒岩は愛人問題だけでは手ぬるいとみて、ヤクザを頼った。それが摂津の鳴友会だった。

鳴友会は諸岡の愛人問題と株投資による背任横領を材料に諸岡を脅迫したが、諸岡はなおも抵抗し、唐突に理事長の座を長男の聡史《さとし》に譲った。それで大津医大理事長の愛人問題は消滅し、加えて諸岡は民政党文教族のボスである外村《そとむら》派 領袖《りようしゆう》の外村泰孝《やすたか》に助けを求めた。外村が諸岡からいくらもらい、西山をどう説得したかは分からないが、結果的に光誠学園大による大津医大の吸収計画は頓挫《とんざ》した――。

「黒岩ははっきりいわなかったけど、成功報酬として、たぶん二千万……いや、三千万円を鳴友会に払うというてたんです」羽田は長い話を終えた。

「なんと、それがほんまの裏かい」

「黒岩の言い分は、光誠学園大医学部がなくなったから、成功報酬は払わない、ということです」

「鳴友会は極道やぞ。はいそうですか、と退《ひ》くわけないやろ」桑原はまた、シャワーの水をかける。

「寒い。凍える。死にそうや。堪《こら》えてください」

バスタブの水と氷は溢《あふ》れ、羽田はもう震えることすらできない。半眼を閉じ、唇は紫を通り越して青い。棺桶《かんおけ》に横たわった死人の顔だ。

「鳴友会は誰が動いてるんや」

「知りません。ヤクザの内部のことは」

「麒林会が西山事務所に火炎瓶を投げ込んだんは、鳴友会が尻《ケツ》掻いたからか」

「そう。そのとおりです」

羽田はいったが、「あかん。痺《しび》れてきた。脚の感覚がない。凍傷や」

「このボケ……」

桑原は舌打ちした。「湯や。湯にしたれ」

いわれて、二宮は温度調整ダイヤルをひねった。四十五度にして、水栓から湯を出す。

「つづきや。いわんかい」

「なんの話でしたかね」

「惚《ぼ》けとんのか、こいつは。火炎瓶や」

「ああ、火炎瓶を投げ込んだんは麒林会です」

「んなことは分かっとるわい」

「黒岩は投げ込まれると知ってたんです」

「なんやと……」

「確証はないけど、それが真相やと思てます」

「そういや、黒岩は麒林会の若頭の室井とつきあいしてたな。火炎瓶も発火せんかった」

「西山事務所が火炎瓶を投げ込まれた……。黒岩は西山事務所がヤクザに脅されてると世間にアピールして、鳴友会を抑えようとしたんです」

「室井も火炎瓶で鳴友会に顔が立つと、そういうことかい」

「黒岩は初め、鳴友会が犯人だと、わたしにいってました。ところが案に相違して、西山事務所は麒林会とトラブってるという噂が広がった。……だってそうでしょ。黒岩はいつも麒林会に選挙の票集めを頼んでるんやから」

「するとなにかい、この揉《も》み合いは麒林会と西山事務所やのうて鳴友会と西山事務所か」

桑原は舌打ちする。「黒岩のボケ、どえらいペテン師やのう」

「策に溺《おぼ》れたんですよ。西山の看板を笠《かさ》に着て、横柄に好き放題やってきた。代議士秘書の矜持《きょうじ》はかけらもない。……そう、所詮《しょせん》は頭がわるい。ちょっと煽《おだ》ててやったら、ぽろぽろ喋る。これは内緒やけどな、と酔うた顔で話しはじめるのが、黒岩という男の本性です」

「なるほどな。それで分かった。鳴友会のクソどもが出てきたわけが」

桑原はミナミで鳴友会の組員とやりあったことを考えているらしい。

「ひとつ、よろしいか」

二宮はいった。「黒岩はおれに麒林会を抑えてくれと頼んできた。その理由はなんやと思います」

「あなた、ヤクザですか」

「ちがいますよ。おれは素っ堅気で、桑原さんもいまは堅気です」

「そうか、そういうことか」

羽田はうなずいた。「黒岩はたぶん、真相を隠して鳴友会に対抗できる人材を探してたんです。それもヤクザでは困る。ヤクザがヤクザを抑えたら、また抑えたヤクザに強請《ゆす》られる。黒岩はあなたたちの技量を見て、鳴友会と話をつけさせる考えやったんでしょ」

「なかなか、ええ絵解きをするやないけ」

桑原がいった。「おまえは優秀な記者やった。取材もできる。けどな、書いた記事は新聞に載せんかい。議員てなもんは人間のクズやぞ、え」

「ひとにには生き方がある。とやかくいわれる憶《おぼ》えはない」

「えらい強気やのう。さっきまで、死ぬや、凍傷や、と泣いてたんは、どこのどいつや」

水栓から湯気が立ちのぼり、羽田の顔色が少しもどっている。

「よう分かった。ありがとうな」

桑原は羽田の頭をひとなでした。「行くぞ」と、二宮にいう。

「ちょっと待ってください」

二宮はいった。羽田に向かって、「さっき、金を振り込むとかいうてましたよね。五十万。口座を教えますわ」

「こら、チンピラみたいな真似すんな」

桑原に耳をつかまれた。引きずられてバスルームを出る。

「痛いやないですか」

「やかましい。撤収じゃ」

廊下に出た。ドアが閉まる。

「五十万ぐらいもろたらええやないですか。政活費でデリヘル呼ぶような腐れ議員なんやから」

「二宮くん、わしはな、セコいサバキはせんのや」

桑原は背を向けて、「くそったれ、スーツが濡れたわ」

静まりかえった廊下を、肩を揺すりながら歩いていく。

11

朝――。二階のカフェテリアに降りた。マネージャーに朝食券を渡し、案内されて席に座った。窓から鉛山湾《かなやまわん》が一望できる。この季節、沖合に浮かんでいるのはイカ釣り漁船だろうか。凪《な》いだ海。遥《はる》か遠くにタンカーも航行している。

「ええ眺めですね。ひねもすのたりのたりかな」

「おまえ、ときどきおかしいのう」

桑原は手をあげてウェイトレスを呼び、ビールを注文した。運転する気はさらさらないらしい。

二宮は立って、料理を皿にとった。ボイルドソーセージ、ローストビーフ、スクランブルエッグ、ロールキャベツ、サラダ、フライドポテト、クロワッサン、コーンスープ、ミルク、オレンジジュース、パイナップルジュース——。何度も行き来して、テーブルはいっぱいになった。

「おまえ、そんなにぎょうさん食えるんかい」

「不思議にね、食えますねん」

「おまえの大食いは、わしがおるときだけやろ」

「条件反射ですかね。桑原さんイコール食欲ですわ」

「なんぼでも食え。払いはいっしょや」

ビールが来た。桑原は二宮のソーセージをつまんでビールを飲む。

「おれも飲みたいな。ビール」

「飲まんかい。ジュースを。十杯でも百杯でも」

「顔が黄色になりますわ」

「おまえは黄色人種や」

まるでおもしろくない。こいつのルーツは但馬《たじま》の不良少年だから、大阪人の笑いのセンスがない。韜晦《とうかい》とか諧謔《かいぎゃく》という言葉は逆立ちしても理解できないだろう。

食うだけ食って、先に部屋にもどった。腹が膨れると瞼《まぶた》が重い。ひとつあくびをして、また布団に潜り込んだ。


十一時——。チェックアウトした。桑原は精算書を見て怪訝《けげん》な顔をしたが、黙ってクレジットカードを出した。

「桑原さんのクレジットカードて、自分の名義ですか」

「あたりまえやろ。わしがサインするんやから」

「けど、組織のひとはカード作れんでしょ。暴排条例」

「いちいちうるさいやつやのう。わしがサインして、よめはんの口座から落ちるんや」

「家族カードですか」

「知るかい。よめはんに訊け」

駐車場に降りた。ＢＭＷに乗る。

「守口に帰るんですよね」

「おう。着替えをする。靴も濡れた」

「おれの事務所に寄ってもよろしいか。ようす見たいし」

「好きにせい。つきおうたる」

別につきあって欲しくはない。こいつはビールを飲んだから運転できないのだ。

エンジンをかけた。シートベルトを締める。桑原はデッキに『Ｂ・Ｂ・キング』を挿した。

「それって、ブルースですか」

「『スリル・イズ・ゴーン』。わしのお気にや」

「スリルは去った、ですか」

「わくわくする気持ちが失《う》せた、や」

「さすがですね。インテリや」

「どこの世界に、こんな怖いインテリがおるんじゃ」

こいつは案外に自分を知っている。ローンウルフ・イズ・ゴーン——。

四ツ橋筋の月極駐車場——。アルファロメオの隣にＢＭＷを駐めた。いつも空《あ》いている区画だからかまわないだろう。

アメリカ村の外れまで歩き、福寿ビルに入った。メールボックスから郵便物を出し、五階にあがって事務所に入った。いつもならマキがいて、〝ケイチャン　マキチャン〟とうれしそうに鳴きながら二宮の肩に飛んでくるのだが、マキはいない。福島の悠紀の家に預けた。なにかしら、胸に穴があいたような気がした。

「寂《さみ》しいな」

「なんやと」

「いや、部屋が冷えてるし」

エアコンの電源を入れた。ガガッと軋《きし》んで風が吹き出す。元は白いエアコンだが、煙草のヤニで茶色になっている。フィルターを掃除したのは去年の夏だったろうか。

ファクスが一枚、来ていた。母親の悦子から。大きな字で〝2月5日午後2時　法事です　来てください〟とある。母親は二宮の携帯番号を知っているが、かけてくることはない。いつもファクスで用件だけを知らせてくる。

デスクに座り、郵便物を見た。千年町のスナックと水道局からだ。どうせ両方とも請求書だから、封も切らずに後ろのソファに放った。

桑原は冷蔵庫から発泡酒を出し、ソファに腰をおろした。

「これはなんや。水道の督促状か。水道代ぐらい払うたれや」

「二カ月や三カ月、払わんでも水道はとまらんのです。命にかかわるライフラインなんやから」

「最低やの、こいつは。公共料金の支払いは国民の義務やろ」

税金を払うほうが国民の義務やないか――。思ったが、いわない。

「おれには優先順位がありますねん。賭場《とば》のトロ、飲み代、おふくろからの借金」

「おまえ、まだ盆に出入りしてんのか」

「その盆がなくなりましてん。西成署に摘発されて」

賭場がなくなったのはよかった。あれば通っている。持ち金がなくても廻銭《かいせん》で賭《か》けられるから。

「いままで、なんぼスッたんや」

「さぁ……。マンションの一部屋は溶かしましたね。新築の2LDK」

「その金で親孝行しようとは思わんのか」

「時すでに遅し。自分が倒れかけてますわ」

そう、サバキでまとまった金が入ったときは、おふくろを温泉に連れて行こうと思ったこともある。……が、札束を手にすると足が賭場に向いてしまった。勝てばもっと増やしたい、負ければ取りもどしたい。

「せやけど、おれ、ギャンブル依存症やないです。サラ金だけは絶対に行かんと決めてるから」

「それが自慢かい。大した決め事や」桑原はせせら笑った。

「なにが楽しいんやろ。負けても負けてもかかっていく」

「いっぺん、頭の蓋《ふた》外して脳味噌《のうみそ》洗うてもらえ」

「死んだ親父の血ですかね。おれ以上に賭け事が好きやった」

父親の孝之《たかゆき》もしょっちゅう博打《ばくち》をしていた。家に若い者を集めて花札をしているのを、二宮は部屋の隅に座って飽かず眺めていた。啓坊、次はなに切る？　いまは二蝶会の若頭の嶋田によく訊かれたものだ。牡丹《ぼたん》――。二宮がいうと、嶋田はそのとおりにした。嶋田は弱かったが、たまに勝つと、遊園地や競艇場に連れていってくれた。小学校三年の学級新聞に〝将来の夢はボートレーサー〟と書き、学級懇談のとき、母親は担任の女の先生に〝おたくはどういう家庭教育をしているのか〟と訊かれた。ボートレーサーが夢で、どこがわるいんや――。いまなら啖呵《たんか》のひとつも切れるが、あのころは二宮もいたいけな子供だった。小肥りであんパン顔のヒステリックな担任は、どこでどうしているのだろう。まともな男と結婚できたとは思えないが。

チャイムが鳴った。桑原と眼を合わせる。出てみい——。桑原はいった。

立ってインターホンのボタンを押した。

——はい、どちらさん。

——宅配便です。

ドアのほうへ行こうとして、ハッと気づいた。宅配のドライバーが〝宅配便です〟と答えたことはない。いつも来るのは〝宅急便〟か〝佐川急便〟だ。

——荷物はなんです。

——書類です。

——依頼人は。

答えがない。インターホンのマイクを塞《ふさ》いで桑原を見た。

「どうします」

「さぁな……」

「鳴友会かな」

「かもしれんの」

桑原はいって、「道具ないか。ゴロツキをどつきまわす道具」

「包丁は」

「そら、ちぃとまずいやろ。刺しどころがわるかったら死んでしまう」

「斬りつけたらええやないですか」

「いつから極道になったんや。おまえが斬らんかい」

「そのソファの下に鉄筋がありますわ」

ダンベル代わりにしようと、解体現場から拾ってきた〝リブ鋼〟と呼ばれる節のついた鉄筋だ。直径三十ミリ、長さ二十センチのが二本ある。

桑原はソファの下を探って鉄筋を出した。振る。

「重いな。けっこう」

「一キロはあるでしょ」

「よっしゃ。入れたれ」

「ええんですか」

「かまへん。話《ナシ》をつけたる」

桑原は鉄筋をズボンのベルトに差し、上着で隠した。

「チャカ持ってたらどうします」

「おまえは堅気やろ。チャカてな符牒《ふちよう》を使うな」

「持ってたらヤバいですよ、拳銃《けんじゆう》」

「いまどきのゴロツキが昼間っからチャカを持ち歩いてるわけない」

「けど、ナイフは」

「四の五のいわんと開けんかい」

二宮はドアのそばに行った。気配がある。まだ廊下にいるようだ。

「どちらさん」

訊いた。返事がない。帰ったのか。

音がしないように、少しずつラッチをスライドさせた。少し、ドアを引く。

いきなりドアが開いて拳《こぶし》が来た。危うく避けてあとずさる。入ってきたのはふたりだった。

「なんじゃい、おまえら」桑原がいった。

「おいおい、もう一匹おるがな」

背の低いほうがいった。がっしりしている。ダークスーツにノーネクタイ、短い髪をディップで固めている。

「こいつやろ。桑原とかいうのは」

もうひとりがいった。長髪、眼鏡、ぞろりとしたステンカラーコートのポケットに両手を突っ込み、へらへら笑っている。

「おまえら、どこのもんや」桑原が訊いた。

「どこでもええがな……と普段はいうけど、隠すこともないわな」

長髪がいった。「鳴友会や。舎弟が世話になったの」

「吉瀬かい」

「ほう、どこで聞いた」

「摂津の鳴友会。シノギは雑多。いまどき、極道は流行《はや》らんぞ」

「流行らんから、おまえはやめたんかい」

長髪は二宮のデスクに尻をのせた。「ちがうやろ。おまえは破門された。俠道に不義理あり、や」

「どんな不義理か知ってんのかい」

「滝沢《たきざわ》組と込み合うたんや」

「よう知っとんのう。わしも有名人か」

「な、桑原よ、おまえはもう極道やない。ここでぶち殺してもええんやで」

「ぐだぐだと、よう喋るのう。誰や、おまえ。名前ぐらい、いえや」

「田井《たい》や」

「タイ……。そっちはヒラメかい」桑原は短髪を見た。

「このボケ」短髪は前に出た。

「やめんかい」

長髪がいった。「こいつは当銘《とうめい》。気が短いから気をつけろや」

「そうかい。田井と当銘で舞い踊りでもしてくれや」

「舐めとんのか、こら」

当銘はまた一歩、前に出た。桑原は動かない。冷めた顔でじっと当銘を見る。

こいつら、慣れてる──。二宮は思った。これがヤクザの脅しのフォーマットだ。当銘が暴力装置、コントロールするのが田井。兄貴分の田井が当銘を使って相手を脅し、交渉を有利に進める。堅気や半堅気にはフォーマットが通用するかもしれないが、このふたりは桑原という男を知らないのだ。破門されようと絶縁されようと、桑原の本質は変わらない。

「ひとつ教えてくれや」

桑原がいった。「吉瀬はなんでわしらを尾《つ》けたんや」

「待てや。あいつは名前をいうたんか」

「いうた。組の名乗りもした。わしらがチビると思たんやろ」

嘲《あざけ》るように桑原はいった。「躾《しつけ》がわるいぞ。吉瀬にいうとけ。名乗りを軽う見るな、と」

「おまえはミナミで舎弟を殴った。わしはケジメをとりにきた」

「おもろい。どういうケジメや」

「おまえ、西山事務所の黒岩になにを頼まれた」

「大したことは頼まれてへん。麒林会に金を渡してカタをつけてくれといわれただけや」

「選挙の票集めかい」

「その清算や。若頭の室井は首を振りよった」

「二百や三百の端金《はしたがね》でチャンチャンはないやろ」

「面倒見がええのう、え。鳴友会は枝のシノギにまで口を出すんかい」

桑原は笑った。「わしも調べたがな。おまえら、黒岩に頼まれて、大津医大の諸岡を脅しにかかったそうやな」

「どこで聞いたんや、こら」田井は真顔になった。

「大阪府警。四課や。連れがおる」

「おまえと吉瀬がゴロまいたとき、出てきた刑事か」

「四課の中川さんや。鬼より怖いぞ」

「中川な……。憶えとこ」

「おまえら、黒岩になんぼの貸しがあるんや」

「なんじゃい、こいつは。わけの分からんことばっかりほざきくさって。吉瀬と山根《やまね》の見舞金、出さんかい」

「ほう、あの弱造は山根いうんか」

「ぶち殺すぞ、こら」

当銘がわめいた。「黙って聞いてたら調子にのりくさって。はぐれの半端ヤクザが」

「怖い、怖い。なんぼ払うたら堪忍してくれるんや」

「麒林会に一千万。吉瀬と山根に五百万や」

田井がいった。「黒岩に頼めや。千五百万、出してくださいと」

「そらおまえ、相手がわるいぞ。元二蝶会の桑原さんが極道にカマシ入れられて腰まげてたら、お天道《てんと》さんの下を歩けんがな」

「このガキ……」

当銘がいった。桑原はゆっくり間合いをつめる。

「気分がわるいのう」

低く、桑原はいった。「組を放り出された極道は脅され放題か」

「よう分かっとるやんけ。くそボケが」当銘がいう。

「くそボケ、な……」

瞬間、桑原は踏み出した。鉄筋を振りおろす。当銘はブロックしたが、グシャッと鈍い音がして肘《ひじ》がまがった。当銘は悲鳴をあげ、デスクにぶつかって床にころがる。桑原はところかまわず当銘を蹴《け》る。靴先が鼻に入って血が飛び散った。

桑原は振り向いて田井にいった。

「やるんかい。おまえも」

田井は当銘を見おろして、なにもいわない。

「やる気がないんやったら、このクソを背負《せたろ》うて去《い》ねや」

「おどれ、鳴友会に手ぇ出してタダで済むと思とんのか」田井は桑原を睨《ね》めつけた。

「タダで済まんのやったら、なんぼかくれるんかい、え」桑原は田井に近づく。

「このケジメはとるぞ」

「おまえがとらんかい」

「こいつ……」田井は拳《こぶし》をかまえた。

桑原はツッと前に出た。田井は少し退《ひ》く。

「辛抱たまらんのう」

「なんやと……」

「おまえみたいな口張り極道がな」

いうなり、桑原の左ストレートが田井の顔に入った。田井は尻《しり》から床に落ち、鼻を押さえてうずくまる。指のあいだから鮮血がしたたった。

「立てや、こら」

桑原は田井を蹴った。「そこのヒラメを連れて帰らんかい」

田井はよろよろと立ちあがった。当銘を抱え起こして、引きずるようにドアのほうへ行く。二宮は走って、ドアを開けた。

「憶《おぼ》えとれよ……」

田井は小さくいい、当銘に肩を貸して廊下に出た。ふたりがエレベーターに乗るのを見て、二宮はドアを閉め、錠をおろした。

「おれはもうあかん。逃げますわ。鳴友会の組員を四人もいわして、仕返しがないわけない」心底、悔やんだ。このイケイケの疫病神とつるんだことを。

「おたおたすんな。成り行きの喧嘩《けんか》やないけ」

桑原は鉄筋をテーブルにおき、ソファに座って左の拳をなでている。

「ほんまにそう思てるんですか。成り行きの喧嘩で済むと思てるんですか」

「そら、ちぃとはヤバいのう。あいつらにも極道の面子《メンツ》があるやろ」

「今度こそ撃たれますよ、後ろから」

「そのときはおまえも道連れや」

「冗談やない。喧嘩をしたんは桑原さんで、おれは見てただけです」

「んな理屈がとおるとでも思とんのか。何年、サバキをしとんのや。相手は極道やぞ」

「どうするんです。逃げますか。モンゴルあたりに」

背筋が寒い。背後でパンッと音が鳴ったとたん、眼の前にシャッターが降りるのだ。「なんの親孝行もせんままに、先立つ不孝をお許しくださいはごめんですわ」

「ごちゃごちゃと泣き言の多いやっちゃ」

桑原は煙草をくわえた。「しゃあない。若頭に電話せい」

「嶋田さん、ですか」

「話があるからそちらへ行きますと、そういえ」

「桑原さんは」

「わしもいっしょや」桑原はカルティエのライターで煙草に火をつける。

二宮は携帯を開いた。嶋田の携帯番号を出して発信ボタンを押す。すぐにつながった。

――おう、啓坊か。

――明けましておめでとうございます。お元気ですか。

――こないだ痛風が出て、やっと治まったとこや。ちょうどええ。飯でも食うか。

――ありがとうございます。その前にちょっと相談があるんですけど。

――なんの相談や。

――実は最近、桑原さんと仕事してます。

――ほう、桑原と……。なんの仕事や。

――代議士の西山光彦。そこの地元秘書に頼まれて桑原さんと動いてるんですけど、摂津の鳴友会とトラブってしまいました。桑原さんが四人ほど怪我さしたんです。

――なんや、あいつは。おとなしいにしとけというたのに。

嶋田の口調は怒ったふうでもない。

――それで、いまからそちらに行ってもよろしいですか。

――かまへん。わしは組におる。

毛馬の二蝶会ではなく、赤川《あかがわ》の嶋田組にいると嶋田はいった。

――ありがとうございます。いまから出ます。

――桑原もそこにおるんか。

――いえ……。

桑原を見た。手を横に振った。

――いまはおれひとりです。桑原さんに連絡して、いっしょに行きますけど。

――ほな、桑原にいうんや。わしが相談ごとを聞いたら、啓坊のシノギは嶋田組のシノギにもなる。その定《き》めは知ってるな。

――分かってます。よろしくお願いします。

電話を切った。

「嶋田さんがいうてました。おれが相談をした時点で……」

「折れやろ。んなことは分かってる」

桑原は舌打ちして、「わしらはクライアントで若頭はフィクサーになる。それが極道業界の決めごとや」

「それでええんですね。稼ぎが半分になっても」

「背に腹はかえられん。わしも命は惜しいわい」

初めて弱気な顔を桑原は見せた。そう、この男はもう〝二蝶会の桑原〟ではない。世の中に怖いもののなかった桑原もパワーバランスを無視しては生きられないのだ。

「ほな、行くか」桑原は腰をあげた。

「ちょっと待ってください。床を拭《ふ》かんと」

当銘と田井の血が点々と落ちている。

「おまえ、潔癖症か」

「ちがいますけど」

「んなもんはほっといたら乾く」

桑原は煙草を吸いながら事務所を出た。


旭区赤川、嶋田組――。嶋田のレクサスの隣にＢＭＷを駐《と》めた。

「いつから会うてないんですか、嶋田さんに」

「去年の秋や。破門になってから会うてへん。電話の一本もしてへん」

「おれ、嶋田さんには口ではいえん世話になってます」

「なんや、おまえ。わしが若頭に文句をいうとでも思とんのか」

「そうは思てませんけど……」

「心配せんでもええわい。わしは若頭のことを恨みに思てへん。若頭は必死になって、わしを庇《かぼ》うてくれた」

「おれ、嶋田さんが好きですねん」

「なんじゃい、おまえは。堅気が極道を好きやというな」

車を降り、事務所に入った。スーツ姿の木下がいる。桑原と二宮を見てにこりと笑い、待ってはります、といった。

二階にあがり、木下がドアをノックした。返事が聞こえて中に入る。嶋田はソファに座ってパイプをくゆらしていた。

「ええ香りですね」

「このところ、喉《のど》の調子がわるいんや。紙巻き煙草を減らそと思てな」

パイプのけむりは肺に入れない、と嶋田はいう。「ま、座れ。なに飲む。ビールか、水割りか」

「コーヒーもらえますか。車やし」

「おまえは」桑原に訊《き》く。

「わしもコーヒーにします」

それを聞いて、木下は部屋を出ていった。

「失礼します」二宮と桑原は頭をさげて嶋田の向かいに腰をおろした。

「相談ごというのを聞こか」嶋田は桑原を見た。

「鳴友会と込み合うてますねん」

「それは聞いた。鳴友会は直参やぞ」

「発端は西山光彦事務所と三島の麒林会の揉《も》めごとですわ。黒岩いう西山事務所の秘書に仕事を頼まれて、あちこち走りまわってるうちに鳴友会が出てきよったんです。……四人ほど、ボロにしてしまいました」

「相変わらずやのう。相手見て喧嘩せいや」

嶋田は笑う。「その西山事務所と麒林会の揉めごとて、なんや」

「北茨木の西山事務所に火炎瓶が投げ込まれたんです。発火はせんかったけど、麒林会の仕業やと地元では噂されてます」

去年の府議会議員補欠選挙の票集め、黒岩と麒林会の若頭室井との関係、当選した羽田と落選した桝井、それらの人物像を交えながら、桑原は事情を説明したが、大津医大にまつわる話は口にしなかった——。

「吉瀬、山根、田井、当銘……。わしがいわした鳴友会の組員です」

「そいつらはチンピラか」嶋田は訊く。

「田井は幹部やと思いますわ」

「麒林会は鳴友会の枝やろ。枝のシノギに幹が出張るのはどういうわけや」

「鳴友会の会長の鳴尾は、若いころ、麒林会の林に世話になってました」

「分かった。鳴友会との手打ちはわしが表に出る。おまえは身体を躱《かわ》しとけ」

「おおきに。すんまへん。よろしゅう頼みます」

「しかし、おまえもええ加減にせないかんぞ。極道相手にゴロまくな」

「極道が大きな顔でカマシ入れてきよったら、つい手が出てしまいますねん」

「それをやめとけというとんのや。上で話つけても、抑えの利かんチンピラが多いんやぞ」

「よう分かってます。肝に銘じときますわ」桑原は真顔でいう。

「まわりを見んかい。おまえみたいなイケイケで渉《わた》っていけるご時世やないんや」

「それは身に沁《し》みて分かりました。代紋、外して」

「やっぱり、おまえもひとの子やの」

「どうなんやろ……」

　桑原は首筋をなでながら、「いつも、このあたりがスースーしてますねん」

外を歩くときは後ろが気になる、地回りがたむろしているようなところには近づかない、ガンをつけられそうなときは下を向く、といった。

「まぁ、待っとけ。折を見てオヤジにいうたる。おまえの復縁をな」

「お言葉ですけど、わしは森山のオヤジが頭におるあいだは復帰する考えはありませんわ。若頭が代をとったら、いの一番に馳《は》せ参じます」

「そういうことを口に出すから、おまえはオヤジに嫌われたんや。まがりなりにも、あのひとは組長やぞ」

「組長にも分がありますわな。組のてっぺんに座ってられる貫目というやつが」

「もうええ。滅多なことはいうな」

嶋田は制して、二宮のほうを向いた。「啓坊、なに食う」

「へっ……」

「今晩、新地へ行くんやろ」

「おれ、なんでもええです。嶋田さんの食いたいもんやったら」

「ほな、フグやな」

「若頭、わしもフグ、好きでっせ」桑原がいった。

「そうかい。ほな、ついて来んかい」

「わし、今年はまだ食うてへんのですわ。フグてな高いもんは」

「いうとけ。今年はまだ八日やぞ」

六時に北新地の『竹香《たけか》』――。嶋田はいった。

そこへノック。木下がポットとカップをのせたトレイを持って入ってきた。

「すんません。遅うなりました。『はなおか』に出前を頼んでたんで」

「おう、『はなおか』のブレンドは旨《うま》いわ」

嶋田はいい、木下はテーブルにカップを並べていく。

「おまえも飲め。座って」

「ありがとうございます」

木下はサイドボードの扉を開けてカップを出し、コーヒーを注ぎ分ける。こんなふうにガードにも優しいところが嶋田にはある。

「オヤジはな、引退したいんや」ぽつり、嶋田はいった。

「それは風の便りに聞いてますわ」

と、桑原。木下が桑原にいったのだ。「月の義理がきついんですやろ」

「むかし、直参が引退するときは奉加帳がまわってきた。慰労金や。一億ほど集まったらしいけど、いまは五千万がええとこやろ」

「上等やないですか、五千万。森山のオヤジが若頭にいうたんですか。引退したいと」

「わしだけやない。山名《やまな》にもいうてるらしい」

山名は組持ちの幹部だ。一度、挨拶《あいさつ》したことがある。京橋《きようばし》に事務所をかまえていて、組員は嶋田組より多い十五、六人か。

「それで、山名はどうなんです」

「色気たっぷりやな。オヤジとよう飲んどるわ」

「若頭《こ》を差しおいて、なんですねん。あの茶坊主が」

「媚び諂《へつら》いと分かってても、尻尾《しつぽ》振ってくる犬はかわいいもんや」

「ボーッとしてたら足すくわれまっせ。味噌《みそ》すり坊主に」

「所詮《しよせん》は金やろ。オヤジはわしと山名を天秤《てんびん》にかけてる」

「ほんまに情けないわ」

桑原はコーヒーをすする。「そら、オヤジはがっぽり貯め込んでるからよろしいで。けど、下のもんはどうですねん。山名が代とったら、金持ってこい、金持ってこいと、そればっかりでっせ」

「わしもそれが見えてるだけに、うっとうしいんや。オヤジの本心を訊くわけにもいかんしな」

嶋田も桑原も時代遅れの武闘派ヤクザだから、喧嘩が強くても金儲《かねもう》けはもうひとつだ。跡目がどうのこうのと、ふたりはいっているが、いずれヤクザが食えない時代が来る。二宮のサバキも、もってあと二、三年だろう。

「若頭もシノギを考えたらどうですねん。金融と倒産整理だけでは先細りでっせ」

「そんなことは先刻承知や。若い者《もん》も食わしてやらんといかんしな」

いって、嶋田は木下を見る。木下は小さくうなずいた。

「辛気臭い話はやめよ」

嶋田はパイプをテーブルにおき、コーヒーにミルクを落として、「おまえ、このごろどないしてんのや」桑原に訊く。

「どないしてるて……。たいがい、家にいてますわ」

「こっちのほうは」嶋田は小指を立てる。

「たまに行ってまっせ。口が堅《かと》うてパンツのゴムが弛《ゆる》い女」

「わしも最近、執心してる女がおるんや。今晩、連れてったる」

「そらよろしいな。楽しみや」

いつもの与太話がはじまった。

12

眼が覚めた。上体を起こして首をまわす。頸椎《けいつい》がコキコキ鳴った。頭の芯《しん》に靄《もや》がかかっている。布団《ふとん》を出てトイレに行き、洗面台の鏡で顔を見た。瞼《まぶた》がたれ、頬が削《そ》げて無精髭《ひげ》が伸びている。男の髭は名刺です――。毛虫みたいな顔のデザイナーがテレビでいっていたのを思い出した。

鼻の下とあごを残して髭を剃《そ》った。マンガの泥棒のようだが、似合っていなくもない。しばらくこの顔で行くと決めた。

冷蔵庫から発泡酒を出して台所の椅子に座ったとき、布団のそばの携帯が鳴った。腕の時計を見る。もう十一時だ。

どうせ桑原やろ。とることはない――。

発泡酒を飲んだら、靄が薄れてきた。昨日は新地本通の『竹香』という料理屋で天然物のてっちりを食い、『グリフィン』というクラブに行ったのだ。見るからに高そうなクラブで、ホステスが二十人ほどいただろうか。嶋田のお気に入りのエミというホステスは三十すぎで、スタイルはいいが、眼と眼の離れたセミのような顔をしていた。嶋田は若いころから女の趣味がわるい。

『グリフィン』を十一時前に出て『クレメンテ』というスナックに行ったあとは、ほとんどなにも憶えていない。たぶん、店で呼んでもらったタクシーに乗って、この部屋に帰ってきたのだ。一張羅のフライトジャケットとチノパンツ、靴下も脱いで寝ていた。タダ酒というやつは飲みすぎてしまうから身体によろしくない。

また携帯が鳴った。しつこい。発泡酒片手に寝室へ行き、携帯を開いてみたら、藤井あさみだった。あわてて着信ボタンを押す。

――はいはい、二宮です。

――あら、おはようございます。藤井です。……二宮くん、いまどこ。

――アパートやねん。大正の。

――今日は、会社は？

――ちょっと体調がわるうて、休むつもりなんやけど。

――そう。そしたら、しかたないね。

――在庫の出し入れか。

――うん。パッキンがふたつとどいたから。

——わるいな。またにしてくれるか。今月は留守にしてることが多いから、倉庫代、要らんわ。

事務所には近づけない。鳴友会がまた顔を出す。

——倉庫代は払います。契約やし。……その代わり、合い鍵《かぎ》作ってくれへんかな。

藤井が勝手に出し入れするという。

——ごめんやけど、それはちょっと考えさして。

藤井が鳴友会にバッティングしたら騒動になる。二宮企画も強制退去だ。

——二宮くんのアパートて、大正のどこ。

——千島や。バス停から東に入った『リバーサイド・ハイツ』。ウサギ小屋や。

——『リバーサイド・ハイツ』ね。

——それより、飯食わへんか。

——だって、体調わるいんでしょ。

——いや、藤井とやったら食える。

——ごめん。今日は忙しいねん。また誘って。

電話は切れた。なんやねん、愛想のない——。

携帯を放って、また布団に入った。ひとつあくびをして眼をつむった。


マキが飛んできた。鳴いている。ユキチン　スキスキスキ——。ちがうやろ。悠紀ちんやない。啓ちゃんや——。ソラソウヤ　ソラソウヤ——。ごはん食うたんか——。手を伸ばしたら、マキは飛んだ。どこ行くんや——。立とうとしたが、立てない。そこで眼が覚めた。

「夢か……」

枕もとの煙草をとった。二本しかない。くわえてライターを擦ったらガスが切れていた。

しゃあない。買いに行くか。ついでに煙草も買お——。布団を出て台所へ行き、コンロの火で煙草を吸いつけた。小便をしようと流し台の前に立ったとき、くぐもった話し声が聞こえた。外廊下に誰かいる。隣の部屋のバーテンか。ときどき女を連れ込むブサイク野郎だが、いまは夕方だからバーテンは出勤したはずだ。耳を澄ましたが、いくらアパートの壁が薄いとはいえ、話の内容までは聞きとれない。

瞬間、ハッとした。外にいるのは鳴友会のゴロツキだ。麒林会かもしれない。二宮が外に出たとたん、男ふたりに囲まれて、いわれるのだ。ちょっとつきあえ、と。

気配を殺して寝室にもどった。チノパンツを穿《は》き、ポロシャツの上にフライトジャケットをはおる。箪笥《たんす》の抽斗《ひきだし》から金——二十万円ほど——を出してポケットに入れ、裏の掃き出し窓を開けてベランダに出た。手すりを跨《また》ぎ越してブロック塀の上に立ち、隣の空き地に伝い降りた。駐めていたアルファロメオに乗り、ドアをそっと閉める。エンジンをかけてバックし、空き地を出た。

一方通行路を迂回《うかい》してアパート前の道路を走った。二階の外廊下の端に男がふたり立っている。ひとりは迷彩柄のパーカ、ひとりはグレーのダウンジャケットを着ている。もうまちがいない。ふたりは二宮を攫《さら》うために待ち伏せているのだ。

二宮はそのまま走って大正通に出た。ロメオを左に寄せて煙草屋の前に停め、桑原に電話をする。いくらコールをしても出ない。アドレス帳を検索して『キャンディーズⅡ』にかけた。

——はい。カラオケ『キャンディーズ』です。

——真由美さん？　二宮です。

——あ、二宮さん、なにか。

——桑原さんの携帯に電話してるんやけど、つながらんのです。どこにいてはるんですかね。

——知らないんです。いつも鉄砲玉で、わたしが電話すると嫌がるし。

——そこをまげて電話してもらえませんか。真由美さんの携帯からかけたら、桑原さん、出ると思うんです。

——どういえばいいんですか。

——ぼくの携帯にかけるようにいうてください。

——はい、分かりました。

——ありがとうございます。

電話を切った。車を降りてライターつきのマルボロを買う。五百円で釣りが来た。

車にもどって煙草を吸った。これからどうする——。

もうアパートにはもどれない。事務所にも行けない。塒《ねぐら》を奪われ、寄る辺を失《な》くした〝家なき子〟だ。

しかし、鳴友会の連中はなんでおれのアパートを知ってるんや——。

考えても合点がいかない。鳴友会に西心斎橋の事務所は知られていても、アパートまで突きとめられることはないはずだ。

そうか。藤井あさみか——。

さっき、訊かれたのだ。二宮くんのアパートはどこ、と。

『リバーサイド・ハイツ』。ウサギ小屋や——。なんの警戒もせずに答えてしまった。藤井から長原、長原から黒岩、黒岩から麒林会、鳴友会に流れたとしか考えられない。

くそっ、あの女——。高校のクラスメートだと親しげに近づいてきたが、後ろで糸をひいているのは長原だろう。そもそも藤井と長原はできているにちがいない。

なにが合い鍵をくれ、や。金輪際、渡すかい——。

携帯が鳴った。桑原だ。着信ボタンを押す。

——なんや、こら。
——いきなり、なんや、こら、はないでしょ。
——こら、なんや。
——アパートにややこしいのがふたり来ました。たぶん鳴友会です。
——それがどうした。攫われて逆さに吊《つ》るされてんのか。わしは助けに行かへんぞ。
——おれはね、いまロメオに乗ってますねん。
——必死のパッチで逃げたんかい。
——裏のベランダから飛び降りて、頭打って大きなタンコブができましたわ。
——おもろい。顔も打てや。
——嫌味をいうために電話してきたんですか。
——あほんだら。よめはんがおまえに電話せいというたからじゃ。
——いま、どこです。桑原さん。
——どこでもええやろ。
——身体を躱したんですか。嶋田さんにいわれて。
——若頭は関係ない。静養しとんのや、静養。
——どこの温泉です。白浜ですか。有馬《ありま》ですか。
——温泉やない。マンションや。
静養が聞いて呆《あき》れる。こいつはやはり、身を隠しているのだ。
——おれ、行くとこないんです。ホテル代もないし。
——行き倒れんかい。線香の一本ぐらいあげたる。
——なんとかしてください。このとおりです。部屋の片隅においてください。

鼻からけむりを吐き、舌を出した。

――おまえというやつは、泣き言と金くれしかないんやのう。分かった、分かった、泊めたる。

――どこのマンションです。

――横淵町《よこぶちちょう》や。都島の。大阪拘置所の東に大きな団地があるやろ。

――ありますね。マンション団地。『ベルパークシティ』やったかな。

――その団地の南に児童公園がある。

公園の向かいの『エルフラット』というマンションの１０２号室、と桑原はいった。

――気が向いたら来いや。押入で寝させたる。

――すんません。これから行きますわ。

シートベルトを締めて走り出した。


大川《おおかわ》沿いの道を北上し、横淵町の『ベルパークシティ』を南へ行くと、桑原に聞いた児童公園があったが、辺りにそれらしいマンションは見あたらない。

公園のまわりを一周し、公衆トイレのそばにロメオを駐めた。公園の欅《けやき》や銀杏《いちょう》は葉を落とし、閑散としている。

なんか、見憶えがあるな――。

ふと気づいた。道路の斜向《はすむ》かい、鉄工所の隣に二階建のアパートが見える。古ぼけたプレハブのアパートは確か、『パレ横淵』だ。

三年ほど前、奈良東西急便をめぐるトラブルでヤクザに狙われ、セツオに匿《かくま》ってもらったのが『パレ横淵』だった。まさか、桑原はセツオのヤサにころがり込んだのか。

車を降りた。軒の傾いたクラックだらけのアパートへ歩く。近くに行くと、ブロック塀に《エルフラット》と、ペイント書きの表札が取り付けてあった。どうやら大家が替わったらしい。磨《す》りガラスの戸を押して中に入った。玄関といえるほどのスペースはなく、廊下の両側に部屋が並んでいる。

102号室の前に立ち、プリント合板のドアをノックした。返事がない。

「桑原さん、二宮です」いった。

「おう、待て」

声が聞こえて、錠が外れる音がした。

「お邪魔します」

部屋に入った。桑原は台所の椅子に座っている。「ここ、セツオくんのアパートですよね」

「セツオは上や」桑原は天井を指さした。

思い出した。セツオの部屋は202号室だった。

「どこか適当なヤサを探せと、セツオにいうたら、一階の部屋が空いてる、といいよった」

セツオは破門された桑原と距離をおいていたはずだが、断り切れなかったのだろう。

「セツオが大家に交渉した。敷金、礼金なし。日割りの家賃でええらしい」

桑原は台所を見まわした。「一日千五百円。このボロ部屋がな」

「安いやないですか」

「どこが安いんじゃ。月四万五千円やぞ」

桑原の感覚はおかしい。白浜のホテルは一泊がひとり四万八千円だった。

「ボーッと突っ立ってんと、あがらんかい」

三和土《たたき》に靴を脱ぎ、あがった。1DK――。四畳半ほどのダイニングキッチンに、奥が六畳の和室。間取りは二宮のアパートとそう変わりないが、狭い。根太が腐っているのか、Pタイルの床がでこぼこしている。

「しかし、殺風景ですね」

みごとにモノがない。冷蔵庫もダイニングボードも、鍋釜《なべかま》のたぐいも。「布団、ありますよね」

「なんやと」

「おれ、押入で寝るんでしょ」和室に眼をやった。

「炬燵《こたつ》でもどこでも、好きなとこで寝んかい」

「炬燵なんか、ないやないですか」座布団の一枚もない。

「おまえはこの部屋やない。セツオんとこで寝るんや」

「ちょっと待ってください。おれはセツオくんと寝るんですか」

「おまえはうるさい。寝言はいう、歯ぎしりはする、足が臭い」

「水虫ですねん」

「そばに寄るな」

シッシッと、桑原は手を振った。「それでおまえ、鳴友会のチンピラはどうしたんや」

「まだ張ってるかもしれませんね。おれの部屋を」

「なんでおまえのヤサが知れたんや」

「そこですわ、不思議なんは」藤井あさみにアパートを訊かれた、といった。

「鼻毛を読まれとんのや、鼻毛を。おまえは鼻の穴がデかい」

「レンコン、ですわ」

「なんや、それ」

「おれのニックネームです。小学校のころは鼻の穴が正面向いてました」

「そら、ハンサムやのう」

桑原はいって、「長原とかいう瓢簞《ひょうたん》を叩《たた》くか。おまえの連れや」

「あんなやつは連れやない。ただの腐れ秘書ですわ」

「長原に電話せい。市内に出てこいというんや」

「どういいましょ」

「おまえが考えんかい」

携帯を出した。長原の番号を検索して、かける。

——はい。長原です。

——二宮です。折入って相談したいことがあるんやけどな、麒林会のことで。

詳しいことは会って話したい、といった。

——めんどいやろけど、こっちへ出てきてくれるか。

——二宮の事務所へ行ったらええんか。

——いや、ミナミで飯食お。

——五時に支援者に会う約束があるんや。七時すぎには行けるけど。

——分かった。七時すぎに宗右衛門町の交番前。待ってるわ。

電話を切った。

「なんで、交番の前にしたんや」

「警戒心が薄れるでしょ」

「勝手なやっちゃ」

桑原はいって、「上に行って、セツオに挨拶しとけ。部屋におるわ」

「この近くに酒屋か煙草屋ありますか」

「公園の向こうにコンビニがあったな」

背中に聞いて、部屋を出た。

アルファロメオをコインパーキングに駐め、コンビニでメビウスを一カートンと缶ビールの六本パックを買った。『エルフラット』にもどって二階にあがり、202号室をノックする。中に入ると、セツオは赤いジャージをはおり、炬燵に入ってデスクトップのパソコンを眺めていた。

「おめでとうさん。久しぶりやね」

「ああ、ほんまやな」

セツオは顔をあげた。「桑原さんに聞いたんか」

「泊めてもらえ、ていわれたから」

「ま、あがりぃな」

「これ、土産」

あがって、台所のテーブルに煙草とビールをおいた。セツオのいる和室は炬燵のまわりに、マンガ本、カップラーメン、弁当の空き容器、焼酎《しょうちゅう》の空き瓶、発泡酒の空き缶、Tシャツ、ジーンズ、靴下などが散乱し、畳の見える隙間もない。壁際のテレビの両脇にはDVDケースが山と積まれ、その横にはカメラが数台とノートパソコンがある。

「まだ、やってるんかいな。盗撮」

「おれのシノギやからな。けど、売れへんわ」

ネットでタダの画像が流れはじめてからは、裏ビデオ屋もほとんど壊滅状態だという。

セツオは渾名《あだな》を〝便所コオロギ〟といい、デパートやスーパーの女性トイレに入っては盗撮をし、画像をDVDにコピーして裏ビデオ屋やアダルトグッズショップに売っている。一度、通報されてデパートの警備員に捕まり、現場に来た婦警のスカートまで覗《のぞ》いたというから性根が据わっている。

「おれ、明日から組当番や。一週間ほど帰って来ぇへんし、炬燵で寝ても、布団を敷いても、好きに寝たらええわ」

「ありがとう。世話になります」

「けど、なんでこんなとこに来たんや」

「西心斎橋の事務所と大正のアパートに鳴友会のチンピラが来て、行くとこがなくなったんや」

「そうか。桑原さんもそんなことというてたな。鳴友会と込み合うてるて」

「あのひと、どうなるんや。二蝶会いうバックがなくなって」

「けっこうヤバいで。代紋あってこその極道やもんな」

「命、とられるんか」

「とられても不思議やないな」

桑原は拉致《らち》され、死体は埋められて、事件にもならないだろうという。

「嶋田さんに会うたんや。鳴友会と話はするというてくれたけどな」

「若頭は面倒見がええ。桑原さんのことがかわいいんや」

「それはおれも思うわ」

缶ビールをパックから抜いた。よく冷えている。「桑原さん、金詰まりなんか」

いつも札びらを切っていた桑原が、白浜のホテルをチェックアウトするときは真由美のクレジットカードを出していた。

「もうあかんやろ。桑原さんは整理がシノギやったもんな」

倒産整理は組からまわってくる。それが桑原にはなくなった、とセツオはいう。「ヤクザてなもんは斜陽産業や。おれも先がない。いまさら足を洗うても、行くとこないしな」

行くところがないのではない。セツオもそうだが、ヤクザには額に汗して働く意欲がないのだ。

けど、おれもいっしょやで——。二宮は嗤《わら》った。大して勤労意欲はないし、流されるままに生きてきた。金が入れば博打《ばくち》をし、なくなれば母親に金をせびる。この十年、つきあった女はいないし、親しい友だちもいない。

「セツオくんはいくつや」

「三十三」

「おれは三十九やで」

「へーえ、若う見えるな」

「おれの鼻の穴、大きいか」

「いや、普通やで」

「そうやろ。おれもそう思てるねん」

缶ビールのプルタブを引いた。「セツオくんも飲めや」

「おう、そうやな」

セツオは立って台所に来た。

セツオは椅子に座り、缶ビールを手にとった。二宮の顔をじっと見る。

「さっきから、なんかちがうと思てたけど、あんた、髭生やしてんのか」

「そう。生やしてんねん。若者のトレンドや」

「三十九にもなって、若者はないやろ。けど、似合うてるわ」

「そうか。ありがとう」

「髭が濃いと頭が禿《は》げるで」

ビールを飲みながら、セツオはあごをなでる。よく見ると、しょぼしょぼの髭が伸びている。セツオは顔が生白く、眉毛《まゆげ》も薄い。頭は坊主刈りだが、額が広い。

「セツオくんも禿げそうやな」

「それや。親父も祖父《じい》さんもツル禿げやったし、おれもそろそろヤバいかもな」

「おたがい、髪のあるうちに女を確保したいな」

「いっしょにすんなよ、おい。おれは女に不自由してへんがな」

だったら盗撮なんかしなければいい。ヤラセでどんなショットでも撮れるのだから。そもそも、この部屋を見ればセツオに女がいるとは思えない。

そこへ、ノックもなしにドアが開いた。煙草をくわえた桑原が入ってきて、

「なんや、ふたりして仲良うビール飲んでんのか」

「旧交を温めてますねん」と、二宮。

セツオが立って、桑原に椅子をすすめた。桑原は座って缶ビールをとり、

「ちょいと相談や。ひと芝居、打つぞ」

「なんのことです」

「おまえ、宗右衛門町の交番前で長原に会うんやろ。そのあと、事務所に長原を誘い込め」

「おれの事務所はあきませんわ。鳴友会が張ってるかもしれません」

「かまへん。わしとセツオがガードしたる。木下もいっしょや」

「どういうことです」

「長原を攫うんや」

「そんなあほな……」

「ほんまに攫うんやない。おまえは事務所に長原を入れるんや。あとはわしが段取りしたる」

「読めませんね。話の筋が」

「よう聞け。わしは長原に顔を知られてる。セツオと木下が大芝居を打つんや」

「桑原さん、おれ、芝居なんかできませんよ。小学校の学芸会でもセリフなんか憶えられへんかったのに」セツオがいった。

「誰がおまえに役者になれ、いうた。おまえは地のままの極道でええんや」

「極道、ですか……」

「長原の前でキレて見せたれ」

桑原は缶ビールを飲んで、「よう冷えとる。ツマミは」二宮に訊く。

「買うてません」

「気の利かんやっちゃで」

桑原は椅子にもたれて脚を組み、芝居の筋を話しはじめた。


七時二十分――。相合橋の交番前に長原が来た。ダークグレーのウールのコート、黒のズボンにビジネスシューズ、趣味のわるいモスグリーンのマフラーを首に巻いていた。

「なに食う」

「てっちり食いたいな」

「てっちりやったら、法善寺《ほうぜんじ》に旨い店があるけど、ちょっと高いで」

「ひとり、なんぼや」

「二万円くらいかな。ひれ酒を二、三合飲んで」

長原に奢《おご》ろうという気はないらしい。「――ほな、行こか」

「おれ、てっちりよりうどんすきがええな」てっちりは高いと思ったらしい。

「うどんすきやったら、笠屋町の『浪花庵《なにわあん》』やな」

「おう、そこ行こ」

長原はいって、「二宮は、店、よう知ってるな」

「そら、ミナミはおれの地元《シマ》や」

北へ向かって歩きだした。長原もついてくる。

「仕事、順調か」

「桑原さんがやってる。まだ報告は聞いてへん」

「話もないのに、おれを呼んだんか」

「ま、おまえといっぺん飲みたかったんや。高校のころの話をしながらな」

「ま、おまえとはあんまり親しなかったしな」

　長原は不服そうにいい、「あのひと、ヤクザか」

「桑原さんか……。元ヤクザや。去年、毛馬の二蝶会を破門された」

長原は知っていながら探りを入れてくる。

「破門て、なんか不始末があったんか」

「さぁな……。おれもよう知らんのや。あの業界のことは」

「けど、こないだ会うたときはビビッたで。目付きは鋭いし、こめかみのとこに傷があったやろ」

「あれは若いころの喧嘩やと聞いた。ヤッパで切られたらしい」

「ヤッパて、なんや」

「匕首《あいくち》。ドスともいう」

「おまえ、詳しいな」

「そら、長いことサバキしてるからな。業界用語も憶えるわ」

こうるさいやつだ。いちいち答えるのがめんどくさい。なにが悲しいて、こんな嫌味たらしいやつとうどんすきを食わんとあかんのや――。

「黒岩さんからなにか聞いてるか。麒林会との手打ち」

「あのひとはそういう話はせん。ヤクザと関わるのは、おれも怖いしな」

「おれはヤクザと関わって飯食うてるんやで」

「おまえもえらいな。この逆風の中で」

「どういう意味や」

「暴対法と暴排条例。反社は追いつめられる一方やろ」

こいつ、殴ったろか。反社の麒林会と交渉せいというてきたんはおまえやろ――。

「しもた。おまえと飯食うんやったら、藤井も呼んだらよかったな」

「藤井は普通の女やで。生臭い話はできんわ」

「おれは普通の男とちがうんか」

「そんな意味でいうたんやない。気ぃわるうしたんやったら、すまんな」

「怒ってへん。おれのシノギは普通やない。それはよう分かってる」

笑ってみせた。こいつはほんとにめんどくさい。

笠屋町。ビルの庇《ひさし》に赤提灯《あかちょうちん》を吊るした『浪花庵』が見えた。


九時前――。長原とふたりで熱燗《あつかん》の二合徳利《どっくり》を四本空けたところへ携帯が振動した。開いて着信ボタンを押す。

――なにしとんのや。

――あ、どうも。お世話になってます。

立って座敷を出た。スリッパを履いてトイレへ行く。

――いま、長原といっしょです。笠屋町でうどんすき食うてますねん。熱燗飲んで、ちょっと酔うてます。

——いっちょまえに熱燗なんぞ飲むな。さっさと出んかい。

早く長原を連れてこい、と桑原はいう。

——桑原さん、どこです。

——福寿ビルの前の喫茶店や。

——ああ、『くつろぎ』ね。ブレンドが旨いですやろ。

——んなことはどうでもええ。待っとんのやぞ。

——鳴友会、張ってませんか。

——ややこしいのはおらん。早よう来い。

——はい、はい。いまから出ますわ。

電話を切った。座敷にもどる。

「出よか。次、行こ」

「おれはもうええ」

長原は腕の時計を見る。「明日も仕事や」

「もう一軒だけ、つきおうてくれ。ここの払いはおれが持つし」

「そうか。そら、ごちそうさんや」

「アメ村のスナックに行きたいんや。そこの悠紀ちゃんいう子がな、パンツを脱いでくれるんや」

「なんやて……」

「こないだ、約束したんや。おフランスのブラとパンツをプレゼントしたら、穿いてるパンツと交換や。脱ぎたての匂いつきやぞ」

「おまえ、変態か」

「どこが変態や。誰でも脱ぎたてパンツは欲しいやろ」

「悠紀ちゃんいう子はきれいんか」

「めちゃ、きれいや。齢《とし》は二十七。ダンスのインストラクターでミュージカルにも出てる。Tバックのほかほかパンツ、頭にかぶってみたいやろ」

「パンツもええけど、その子が見たいな」

「ほな、ついて来いや」

くそったれ。鼻の下を伸ばしくさって——。

仲居さんを呼んで、勘定書を頼んだ。


悠紀ちゃんにプレゼントする下着は事務所においてあるといい、福寿ビルに入った。エレベーターで五階にあがり、ドアに鍵を挿して中に入る。照明を点《つ》けた。

「ま、座ってくれ」

エアコンの電源を入れ、冷蔵庫から発泡酒を出して長原の前においた。二宮はロッカーの前に立ち、「——あれ、おかしいな。錠がかかってる」

ロッカーの中にラッピングをした下着の箱がある、といった。

「ちょっと待ってな。キー探すから」

デスクやレターケースの抽斗を開けた。中をがさがさ探していると、チャイムが鳴った。「こんな時間に誰やろ」

二宮はドアを開けた。スーツを着た木下とセツオが立っている。

「なんや、あんたら」

「おまえか。二宮たらいうのは」

木下に肩を押されてあとずさった。セツオも入ってきてドアを閉める。

「こいつか。桑原は」

セツオが長原を見た。長原はあわてて手を振り、

「ちがいます。ぼくは客です」

「客が赤い顔してビール飲んどんのかい。ぶち殺すぞ」

セツオは長原に歩み寄る。

「やめてくれ。そのひとは客や」二宮はいった。

「ちがうな。こいつはヤクザや。極道面しとる」

「あんたら、何者や」

「じゃかましい。殺すぞ」

セツオは上着を広げてベルトに差していた匕首を抜いた。模造刀だが迫力がある。セツオは長原のマフラーをつかんで引き寄せた。

「おまえ、桑原やろ」匕首をかまえる。

「ち、ちがいます」

長原の顔から血の気が失《う》せた。「ぼくは長原というて、政治家の秘書です」

「黒岩の子分か」

「西山事務所のスタッフです」

「おいおい、ちょうどええがな。こいつは西山の秘書やぞ」

セツオはにやりとして、「どないする」と木下に訊く。

「ついでや。攫お」木下がいう。

「待ってくれ。そのひとは関係ないんや」

いった瞬間、木下の拳が顔に入った。ガツッと衝撃。二宮は尻から床に落ちた。鼻の奥から温《ぬる》いものがあがってくる。鮮血だ。木下は手加減しなかった。

「来い、こら」

セツオは長原の襟首をつかんで首に匕首の刃をあてた。怯《おび》えきった長原は抵抗せず、ほとんど気を失いかけている。

「待て」

木下はいって、長原に近づいた。「おまえ、黒岩の子分やな」

「そうです」長原は声を絞り出す。

「黒岩は極道を舐《な》めとる。おまえを攫うて落とし前をつける」

「待ってください。黒岩は金を払うというたはずです」

「なんぼじゃ」

「一千万」

「んな端金《はしたがね》で済むと思とんのか」

「払うのは西山事務所の金だけやない。黒岩の金も入ってます」

「おまえ、知っとんのかい。大津医大の揉み合いを」

「聞いてます。黒岩も困ってます」

「極道を走らすだけ走らせといて知らんふりはないぞ、こら」

「せやから、一千万は払います。黒岩さんが」

「うちは桑原とかいう極道崩れに四人もいわされた。ひとりは頭が割れて入院しとんのやぞ。大津医大のケジメに一千万。それと桑原の首を差し出さんかい」

「桑原はヤクザです。知り合いでもない。ぼくの好きにできません」

「舐めとるな」

セツオがいった。「こいつら、ブチ殺して海に沈めるか。黒岩もチビるやろ」

「桑原を差し出したら堪忍してくれるんですか」すがるように長原はいう。

「くそボケ。桑原の首なんぞ犬の餌にもならんわ」

木下がいった。「金や、金出せ。桑原の落とし前や。大津医大のケジメと合わせて三千万、西山事務所から出さんかい」

「そんな大金、無理です。ぼくの一存では」

「そうかい。ほな、黒岩を殺《と》る」

「え……」

「黒岩はヒットマンにやられる。京都の『てるや』や。極道を安う見るんやないぞ」

「安うなんか見てません。黒岩と話をしてください」

「こいつはあかんぞ。しぶとい」

セツオがいった。「攫お」

「助けてくれ」

長原は叫んだ。セツオは鼻面を殴りつける。長原はソファごと後ろに倒れた。

「やめてくれ」

二宮はいった。「代議士秘書に手ぇ出してどないするんや。損得を考えろや」

「なんやと、このガキ」木下が来た。

「黒岩と桑原はおれが話をつける。桑原は金を持ってへん。金は黒岩に出させる」

「ほんまに話をつけるんやのう」

「つけるというたらつける。ここはおれの顔を立てて帰ってくれ」

「おまえ、ええ根性やのう」

「根性なんかない。おれは堅気でヤクザのしきたりは知らんけど、筋道は立ててきたつもりや」

「その筋が立たんかったらどないするんじゃ」

「ヒットマンを寄越《よこ》せや。黒岩を殺《や》れ」

「どないする」木下はセツオに訊いた。

「そうやの。今日はこれぐらいにしといたろか」セツオは匕首を鞘《さや》にしまった。

「あんたら、名前は」二宮は訊いた。

「AさんとBさんや」

「鳴友会か」

「まぁな」

木下はデスクのメモ帳に電話番号を書いた。「猶予は三日や。おまえのいう筋道が立ったら、電話せいや」

「三日というのは、十二日がタイムリミットか」

「そういうこっちゃ」

「十二日は祝日や。銀行が開いてへん」

「ほな、十三日や」

木下は背を向けて、セツオとふたり、事務所を出ていった。

ドアに錠をかけ、ソファを起こして長原を座らせた。長原も鼻血を滴らせている。二宮は流しの布巾《ふきん》を濡《ぬ》らして長原の鼻にあててやった。

「ひどいめにおうたな」

「ほんまや……」

掠《かす》れた声で長原はいった。「寿命がちぢんだ」

「大津医大の揉み合いて、なんのことや」

「知らん。黒岩に訊け」長原はとぼける。

「鳴友会は大津医大と揉めてるんか」

「知らんというたやろ。みんな黒岩がやってるんや」

「鳴友会に一千万払うと、黒岩はいうたんか」

「そうらしいな」

「桑原に頼んだんはまちがいやったらしい。あの男は組を破門されて自棄《やけ》になってる」

「鳴友会のやつらを四人もやったんは、ほんとかな」

「あいつは大阪一のイケイケや。ヤクザなんぞ屁《へ》とも思てへん。……黒岩さん、危ないぞ」

「京都の『てるや』とかいうてたな」

「ヒットマンや」

一昨年の冬、京都山科《やましな》で生鮮食品スーパーチェーン『てるや』の社長が出勤前の駐車場で射殺された事件があった。社長は暴力団とのトラブルを抱えていたと取り沙汰《ざた》されたが、実行犯は分からず、その背景も警察はつかめていないようだ。事件は迷宮入りを噂されている。

「黒岩さんはヤクザのほんまの怖さを知らんのや。あいつらは闇に紛れて拳銃《けんじゅう》を弾《はじ》く。ついさっきまで機嫌よう歩いてたんが、次の瞬間には死体になってるんや」

「おれはもう分からん。どないしたらええんや」

「明日、ふたりで黒岩さんに会お。善後策を講じるんや」

「分かった。朝いちばんに事務所に来てくれ」長原はうなずいた。

「悠紀ちゃんのスナック、行くか」

「あほなこといえ。おれは帰る」

長原は立ちあがった。流しで顔を洗い、嗽《うがい》をする。

「おまえ、疫病神や」

「なんやと……」

「おまえとおったら、ろくなことないわ」

「それはこっちのセリフじゃ」カッとした。ここは我慢だ。

「ほな、な」

長原は出て行こうとする。

「待てや。ひとりで出たら、さっきの連中が待ち伏せしてるかもしれんぞ」

いうと、長原の足がとまった。

「おまえもいっしょに出ようや」

「分かった。おれもヤクザは怖い」

洗面所に行き、タオルで顔を拭いた。血がついた。

長原を連れて事務所を出た。


木下、セツオ、桑原は『くつろぎ』にいた。木下はコーヒー、セツオはビール、桑原は水割りを飲んでいる。

「どうやった」桑原が訊く。

「思いきり脅しときましたわ」窓際の席に座った。

「信じてたか」

「たぶんね」

「しかし、問題は黒岩からどう金をとるかやな」

「考えてないんですか」

「とりあえず芝居は打った。あとは成り行きや」

「成り行きで殴られたらかなわんですね」

木下を見た。手を合わせて頭をさげている。

「堪忍したれ。鼻血のひとつも出さんとリアリティーがないやろ」

鼻血はとまったが、眼の奥がジンジンしている。脳の血管が切れたかもしれない。

「黒岩は大津医大の始末で、一千万、鳴友会に払うみたいですね」

「その話はこいつらに聞いた」

「長原がそういうてました」

「腐れの羽田に聞いた話はほんまやったな」

桑原は笑う。「大津医大の一千万と、わしの首の二千万。けっこうデカい切り取りになるで」

「明日の朝いちばん、西山事務所に行って黒岩に会います」

「わしも行く。整理はわしのシノギや」

「ここでこんなことというのもなんやけど、六四でお願いします」

「なんや、それ」

「六割、四割です。アガリの四割をください」

「おいおい、聞いたか。こいつの頭は銭勘定だけやぞ」木下とセツオに、桑原はいう。

「このシノギはもともと、おれが請けたんです。こんがらがって、なにがなんやら分からんようになってるけど、いったんリセットして、アガリの四割。鼻血代込みでお願いします」

「なんぼでもやる。おまえが六割とれ」

「ほんまですか」うれしい。

「その代わり、セツオと木下のギャラはおまえが払うんやぞ。嶋田の若頭に渡す折れもおまえが払わんかい」

なんぼや──。余計にこんがらがってきた。そもそも黒岩からいくらとれるかも分からない金を六掛けにして、嶋田に半分を渡すと三割だ。セツオと木下には十万、二十万では済まない。

「なにを黙っとんのや。三千万の四割、わしは千二百万。おまえは千八百万とって精算せんかい」

千八百万の半分を嶋田に渡すと、残りは九百万。セツオと木下に百万ずつやると、七百万になるが……。

「いままでの経費はみんな、桑原さんの払いですよね」

「眠たいことぬかすな。おまえが請けたシノギやろ。おまえが出さんかい」

「なんぼぐらいです」

「さぁな、二百や三百は使うたやろ。まとめて、おまえに請求したるわ」

七百万ひく三百万は四百万だ。桑原は千二百万で、二宮は四百万。間尺に合わない。

「すまんのう、二宮くん。ごちそうさん」

桑原は椅子にもたれて水割りを飲み、煙草のけむりを吹きあげる。「これからの経費は、おまえの財布や」

「おれの財布て、かき集めても四、五十万です」

「街金、闇金、なんぼでも紹介したる」

「そんな怖い金、要りませんわ」

「ほな、賭場《とば》へ行かんかい。盆屋の廻銭《かいせん》を引っ張れ」

「闇金より怖いやないですか」

「講釈たれやの、こいつは。たった四、五十万で胴元するてか。臍《へそ》が茶を沸かすとはこのことや」

「おれ、やっぱり、四割でええですわ。プロデューサーは桑原さん。おれはスタッフ」

「じゃかましいわ。どこの世界にスタッフが四割もとる仕事があるんじゃ」

桑原の表情が険しい。これ以上いうと殴られる。セツオと木下も笑っていない。

二宮は手をあげた。マスターがこちらを見る。レッドアイを頼んだ。

「おまえ、それ飲む前に事務所にもどれや」桑原がいう。

「へっ、なんで……」

「おまえが西山事務所と交わした契約書や。麒林会に話をつけたら二百万もらうと、書面にしたもんがあるんやろ」

「ああ、覚書ね。ありますわ、事務所のキャビネットに鍵かけて」

長原がファクスで送ってきた覚書だ。一枚に住所、氏名を書き、認印を捺《お》して西山事務所に郵送した。

「明日、それを持って北茨木へ行く」

「なんで覚書が要るんですか」

「売るんやないけ。腐れデブの黒岩に」

「なんぼで……」

「二宮くん、質問はええんや。事務所に行って覚書を持ってこい」

桑原は不機嫌そうに手を振った。

13

一月十日——。桑原をアルファロメオに乗せ、北茨木に着いたのは八時半だった。西山事務所に入ると長原がいて、さもうっとうしそうにこちらを見る。マスクをつけているのは鼻の腫《は》れを隠すためだろう。

「黒岩さんは」

訊いたが、長原はなにもいわず、立って奥のドアをノックした。

別室に入ると、黒岩はソファに座ってマグカップのコーヒーを飲んでいた。

「おはようございます」

「ま、どうぞ」

いわれて、黒岩の向かいに腰をおろした。桑原はコートを脱ぎ、マフラーをとって、

「黒岩さんよ、あんた、わしの首に二千万払うというたらしいな」すごむようにいった。

「いきなり、なんですか。二千万？　分からんですな」

「この男から聞いたんや。昨日の晩、長原がそういうたと」

「なにか勘ちがいしてませんか」

黒岩はマグカップをテーブルにおいた。「わたしは長原から、あなたが鳴友会の連中を四人も病院送りにしたと聞きました。二千万はその慰謝料でしょう」

「そこはちょっとちがうな。わしは四人をどつきまわしたけど、入院したんはひとりだけやで」

「ひとりでも四人でも、ヤクザと喧嘩したのはあなただ。わたしには関係ない」

「話がおかしいな。このシノギはあんたがわしに頼んだんとちがうんかい」

「わたしはね、麒林会と話をつけてくれといったんです」

「な、黒岩さん、わしはあんたのせいで鳴友会の懸賞首になってしもた。西山事務所から金を出したりぃな。でないと、わしは殺られるんやで」

「あなたのやり方が乱暴すぎたんじゃないんですか。麒林会はまだしも、鳴友会と揉めてくれとは頼んだ憶えはない」

抑揚の乏しい口調で黒岩はいう。内心はともかく表情には余裕がある。

「大津医大のケジメに一千万、わしの首の代わりに二千万、西山事務所が払うと、長原が鳴友会にいうたんや」

「長原でなくても、ヤクザに脅されたらなんでもいうでしょう」

「わしはあんたに頼まれて麒林会を抑えにかかった……。しかし、あちこちで話を聞いていったら、筋のとおらんことだらけや」

桑原は脚を組み、煙草をくわえた。金張りのカルティエで火をつける。「な、筆頭秘書さんよ、裏はバレとんのや」

「裏……。なにが」

「火炎瓶を投げ込まれたんは、あんたと麒林会の狂言や。端《はな》から発火する仕掛けにはなってへん。あんたがほんまに揉めてんのは鳴友会や」

「さっきから聞いていていたら、妙なことをいいますね。大津医大とか鳴友会とか」

黒岩はスーツのボタンを外した。ハンカチを出して額の汗を拭く。「いったい、なにがバレたんですか」

「いちいち説明せんと分からんのかいな」

「分かりませんね」

黒岩は桑原から視線を逸《そ》らさず、ソファの肘掛けに寄りかかった。桑原がどこまで知っているか、探ろうという顔だ。

「大津医大の元理事長、諸岡時雄、知ってるよな」桑原はけむりを吐く。

「知ってますよ。西山の知人だ」

「諸岡は株投資の失敗で、大津医大の運営資金に数十億の穴をあけた。諸岡はあんたのボスの西山に泣きついて、結果的に倒産は免れたけど、西山の狙いは大津医大を光誠学園大医学部にすることやった――」

桑原は府議会議員の羽田から聞いた、光誠学園グループによる大津医大の吸収計画を詳細に語った。「――あんたは西山から諸岡を追い落とせと命令された。そこであんたは、近畿新聞の羽田に諸岡の愛人問題を書かせた。その記事と株投資による背任横領をネタにして諸岡を脅迫したんや」

「なるほど。よくできた話ですな」他人事《ひとごと》のように黒岩はいう。

「諸岡はそれでも抵抗した。あんたは手ぬるいと見て、摂津の鳴友会を走らせた。諸岡は長男の聡史に理事長の座を譲って、光誠学園大医学部は頓挫《とんざ》したというのが、ほんまの舞台裏や」

黒岩は黙っている。桑原の話に嘘がなく、想像した以上に詳しいと知ったようだ。

「あんたも汚いで。鳴友会には成功報酬として三千万を払うというときながら、大津医大の吸収がポシャったからと、契約をババにした。……な、黒岩さんよ、鳴友会はあんたの首をとろうと、かまえとんのやで」

黒岩は答えず、また額を拭《ぬぐ》った。動揺しているふうでもない。

「あんたもなかなかのタマやのう。極道を使うて極道を抑える。自分ではうまいこと立ちまわってるつもりやろけど、極道いうやつは暴力が看板や。わしもあんたも、このままでは殺られるんや」

「だったら、どうすればいいんです」

黒岩はいった。「あなたの考えは」

「鳴友会の言い分を聞くんや。大津医大の始末に一千万、わしがボロにした四人の落とし前に二千万。それで、わしとあんたは機嫌よう息ができるというこっちゃ」

桑原は黒岩に人さし指を向けて撃つふりをした。黒岩は桑原をじっと見て、

「西山は政治家だ。政治家がヤクザに金を出せるわけがない。一円たりともね」

「あんた、おもしろいの」

桑原は笑った。「いうてることとしてることが、尻の穴とマンホールやで」

「ものはいいようですな」

黒岩も笑う。「そんなにちがうんですか」

この男は食えない。桑原も抑えている。ある意味、二宮は感心した。

「あんた、大津医大への裏口入学の口利き料を事務所と折半してるそうやな」

桑原はつづける。「ひとりあたま二千万から三千万。何億ほど貯め込んでるんや、え」

「ばかばかしい。医大の裏口入学は昭和の時代ですよ」

「鳴友会に三千万、払うたれや。それぐらいの金は痛うも痒《かゆ》うもないやろ」

「意味が分からんですな。あなたがいってることは」

「そうかい」

桑原は笑い声をあげた。「ええ根性や。あんたのことを見くびってた。おたがい、夜道は歩かんようにしよな」

「桑原さん。うちは政治家事務所だ。変な噂が立つようなことはできないんです」

「契約解除や。わしは手をひく。はじめにいうたサバキ料の二百万、払うてもらおか」

「待ってくださいよ。二百万は成功報酬でしょう。麒林会と話がついたときの」

「麒林会とおまえはグルやないけ」

桑原は声を荒らげた。「成功報酬もくそもない。わしは二宮企画のコンサルタント料として二百万を要求しとんのや」

「分かった。それは払いましょう。後腐れなし、でね」

今月末、二宮企画の口座に振り込む、と黒岩はいった。

「聞こえんな。契約はいま解除したんや。いま払うてもらおかい」

「そんな金は……」

「ないとはいわさんで。代議士事務所に五百万や一千万の現金がのうてどうするんや。子飼いの議員どもが無心に来るやろ」

桑原はスーツの内ポケットから覚書を出した。広げてテーブルにおく。「このとおり、覚書は返す。二百万、もらおか」

黒岩は覚書を一瞥《いちべつ》した。

「これで、あなたとうちはなんの関係もない。そういうことですな」

「おう、そのとおりや」桑原はうなずく。

「いいでしょう」

黒岩は立って、応接室を出て行った。

「ええんですか。たった二百万で」二宮はいった。

「ごちゃごちゃいうな。あのボケはわしらと縁を切りたいんや。これ以上、鳴友会と揉めるのはかなわんと、そう思とる」

「そら分かりますけど、二百万は……」

「舐めんなよ、こら。紙切れ一枚が二百万なら上等やろ。このわしがこれで手を打つとでも思とんのかい」

「いや、思てません」

「ほな、黙っとれ。きっちり仕上げたる」

「あの、ひとつ確認したいんやけど、この前……月曜日、ここに来たとき、アガリは七三にすると、桑原さん、いいましたよね」

「なんのこっちゃ、え」

「二百万の三割、六十万もらえませんか」

「また、銭勘定かい。特技〝おねだり〟と顔に書いとけ」

「おれ、ほんまに困ってますねん。去年の売上は……」

「やかましい。稼ぎがないんやったら働け。インチキコンサルでカスリとるだけが能やないぞ」

「六十万、ください」ここで退いたらシノギにならない。殴られても。

桑原は二宮を見た。

「おまえ、髭生やしとんのか」

「そうです。新年から」

「ネズミみたいやの」

「ありがとうございます。……あの、分け前は」

「しつこいのう。十万や」

「子供の年玉やないですか」

「年玉を十万ももらうネズミがおったら連れてこい」

「せめて五十万。このとおりです」手を合わせた。

「おまえがいったい、なにをしたんや。いうてみい」

「いろいろ、しました。さっきの覚書を交わしたんはおれやし、長原相手に芝居して、木下に殴られたんもおれですわ。前歯がぐらぐらしてますねん」

「ひとの褌《ふんどし》で相撲とりくさって。五十もくれとは、よういうたの」

「桑原さんあってのおれですわ。いっしょにおったら怖いもんがない。ほんま、感謝してます」

煽《おだ》ててやった。こいつは尻尾の先が三角になった悪魔だが、見栄《みえ》で生きているから、下手に出れば金は出す。

「ま、ええわい。三十や」

「もう一声」

「おちょくっとんのか、こら。ぐらぐらの前歯が折れるぞ」

桑原の声が低くなった。危ない。

「了解です。三十万。助かります」

くそっ、丸め込まれた気がしないでもない。

黒岩がもどってきた。茶封筒を持っている。ソファに座り、

「二百万です」覚書の横に封筒をおいた。

桑原は封筒をとって中を覗いた。

「確かに」

「もう二度と、お会いすることはないですな」念を押すように黒岩はいった。

「こっちも願い下げや。あんたは暑苦しい」

桑原は立ち、コートをはおった。

アルファロメオに乗った。

「すんません。三十万、ください」

「うるさいのう。やるいうたらやる」

桑原は茶封筒から札束をひとつ出して帯封を破り、三十枚を数えて二宮の膝《ひざ》のあいだに放った。

「おまえが請けたサバキはこれでチャラや。分かったな」

「分かってますて」

たとえ三十万でも、ないよりはいい。勤め人なら手取りで一カ月の収入だ。

エンジンをかけた。札をジャケットのポケットに入れる。

「どうします。アパートに帰りますか」

「コーヒーや。どこでもええから、そこらの喫茶店に入れ」

「酒は飲まんのですか」

「朝はコーヒーにトーストやろ」

「そのコート、温《ぬく》そうですね。ウールですか」

このあいだ着ていたヴェルサーチとは、同じ黒だが襟の形がちがう。

「カシミアや」

「カシミアはウールとちがうんですか」

「ごちゃごちゃとどうでもええことを訊くな。カシミアは山羊《やぎ》、ウールは羊やろ」

「ちなみに、ブランドは」

「ロロピアーナや」

「お値段は」

「やかましい。とっとと運転せい」

桑原はシートを倒した。

新御堂《しんみどう》筋沿いのコーヒーハウスでモーニングセットを食い、大阪市内に入った。赤川の嶋田組へ行くという桑原を南森町《みなみもりまち》で降ろし、二宮は『エルフラット』にもどった。預かった合い鍵で部屋に入ると、セツオはいなかった。そういえば、セツオは今日から組当番だった。

炬燵に入り、リモコンをとって、テレビの電源を入れた。地上波の番組はモーニングショーと再放送のドラマしかなく、BSに切り換えると、こちらは買物番組ばかりで、「公共の電波をバッタ屋が買い占めてどうするんや」と、思わずいってしまった。買物番組すなわち、百パーセント・コマーシャルだろう。

テレビとお話をするようになったらお終《しま》いだから、電源を切った。身体が温まると眠くなる。座布団を枕に横になったところへ、携帯が振動した。非通知ではないが、未登録の番号だ。

――はい、もしもし。

――啓ちゃん、わしや。

――ああ、有田さん。おはようございます。

有田土建の有田だった。

――昨日、一昨日《おととい》と事務所に電話してもつながらんから、啓ちゃんの名刺を探して携帯にかけたんや。

――すんません。このところ、外に出ることが多いんです。

――啓ちゃん、うちの牧野を紹介してくれとかいうてたよな。

――ああ、牧野さん。よう憶えてます。脚のきれいなひと。

――急な話やけどな、今日の晩、空いてるか。

――デートですか、牧野さんと。

——そういうことや。

——もちろん、空いてます。ふさがってても空けます。

——ほな、時間と場所や。いうてくれ。

——ミナミの日航ホテル。一階のティールーム。六時でどうですか。

——分かった。牧野に伝えとく。

今日は土曜日だから、牧野は昼すぎに退社する、と有田はいった。

——牧野さん、おれのこと、憶えてくれてたんですね。

——おもしろそうなひとですね、とかいうてた。

——どこか予約しますわ。フレンチかイタリアン。

有田に礼をいって電話を切った。思わぬ餅《もち》が棚から落ちてきた。そう、炬燵に横になって眼をつむったとき、電話が来たのだ。果報は寝て待て、はほんとうだった。

脚のきれいな牧野さん、どんな顔やったかな——。思い出そうとしたが、ぼやけている。齢はけっこう食っていた。バツイチで子供がいないというのは聞いた。酒も飲むらしい。話が合いそうだ。思えば十年ぶりの素人さんとのデートだ。黒いストッキングの脚が眼に浮かんだ。

セツオの裏ＤＶＤをひっかきまわして〝人妻〟〝熟女〟ものを選び、デッキにセットした。リモコンをあれこれ操作して再生する。二宮の好みの、スレンダーな女だ。熟女という設定だが、三十すぎだろう。最近のＡＶ女優はレベルが高い。

少し音量を絞り、携帯の電源を切った。

六時十分前、日航ホテル一階のティールームに入った。レジ近くのソファで人待ち顔の女と眼が合った。

「牧野さん？」

「はぁ？」

「失礼。まちがいました」

よく見ると、女はホステスふうで、テーブルには灰皿があった。同伴の待ち合わせだろう。

窓際のソファに腰をおろした。外を眺める。銀杏並木のイルミネーションが華やかだ。御堂筋の梅田《うめだ》から淀屋橋《よどやばし》は『春のエリア』で基調色がピンク、淀屋橋から本町《ほんまち》は『夏のエリア』でブルー、本町から心斎橋は『秋のエリア』でイエロー、心斎橋から難波《なんば》は『冬のエリア』でホワイト――。御堂筋イルミネーションは冬の風物詩として、毎年、継続して実施されると、新聞で読んだ憶えがある。

二宮さん、と声をかけられた。振り向くと白いコートの女が立っていた。

「牧野さん……」

「こんばんは」

「どうぞ、座ってください」

あわてていった。牧野はコートを脱ぐ。グレーのセーターにチェーンのネックレス、黒のスカート、スエードのアンクルブーツ――。

「センスがいいですね」

「おしゃれして来ました。せいいっぱい」にっこりする。

「牧野さん、お名前は瑠美さんですよね。名前もおしゃれや」

「そうですか。ありがとうございます」

おたがい、ぎごちない。なにから喋《しゃべ》るか、懸命に考える。

「ぼく、オカメインコ飼うてます。マキといいますねん」

「あら、似てますね。わたしの名字と」

「きれいな鳥です。牧野さんといっしょで」

いったが、反応はない。インコと比べたのはまずかったか。

「飲みもの、頼んでないんです。なににしますか」

「コーヒー、いただきます」

ウェイトレスを手招きし、コーヒーとビールを注文した。

「今日はイタリアンを予約しました。鰻谷の『ロレンツォ』」

高級店だが、フレンチよりは安い。「イタリアンはお好きですか」

「はい、好きです。ワインが美味《おい》しいですよね」

「ほんまですね。ぼくもワインが好きです」

ワインはめったに飲まない。体質的に悪酔いしやすいし、味も分からない。

話しながら牧野を観察した。ふんわりウェーブした栗色の髪、化粧は濃いめだが、目鼻だちは整っている。齢は四十一と有田から聞いた。胸は思っていたより大きくて、Eカップ、いやFカップか。首の色が白いから、乳首はピンクのような気がする。昼前に観た〝熟女〟の麗《うらら》ちゃんが頭に浮かんだ。

「有田さんのとこへ挨拶に行ってよかったです。まさか、牧野さんと食事ができるやて、今年は正月からツイてますわ」

「会社に来られたとき、二宮さんはまじめそうなひとやったなって、思い出したんです」

それはそうだろう。いっしょに行ったのが桑原だ。あの男が隣にいれば、腐りかけのゾンビでもまともに見える。

コーヒーとビールが来た。ミルクを注ぐ牧野の指が細くて長い。

「きれいな手ですね。肌理《きめ》が細こうてシミひとつない。ネイルサロンとか行きはるんですか」

「これは自分で塗りました」

つけ爪はしないという。「でも、冬は荒れるんですよ。水仕事なんかすると」

「ゴム手袋、使わんのですか」

「二宮さん、よう知ってはるんですね。お料理とかするんですか」

「お料理ね……。去年の夏、そうめん茹《ゆ》でよと思たら、鍋《なべ》の柄がとれてましたわ」

「外食ばっかりしてたら、栄養が偏りますよ」

「ほんまにね。二十歳のときに実家を出てから、手料理なんか食うたことないです」

あんたの作るもんが食いたい――。暗にそういった。牧野は外を見て、

「あのイルミネーション、寄付を募ってるんですよね」

「へーえ、そうですか」

「でも、銀杏《いちょう》の木は迷惑ですね。夜は眠りたいのに」

「冬は冬眠してるんとちがうんですか。春にそなえて」

安物のテレビドラマのような会話だが、洒落《しゃれ》た話題が思いつかない。「――最近、おもしろい映画、見ましたか」

「映画は見ないんです」

「そうですか……」話の接ぎ穂がない。

「二宮さん、アメリカ村に事務所があるんですか」

「アメ村の外れですわ。福寿ビルいう、崩れかけのビルの五階です」

「社員さんは何人ですか」

「ひとりだけです。渡辺《わたなべ》いう若いスタッフが」

嘘ではない。悠紀にはたまにバイト料を渡している。せいぜい二、三万円だが。

「いいですね。アメリカ村の事務所って」

牧野は二宮のビールを見て、「二宮さん、晩酌とかしはるんですか」

「晩酌……。家ではあんまり飲みません」

「お家《うち》はマンションですか」

「集合住宅です、賃貸の。大正区の千島」

まるで話がはずまない。スナックやゲイバーでは嫌がられるほど喋《しゃべ》るのだが。

牧野に気づかれぬよう時計を見た。まだ六時二十分だ。『ロレンツォ』の予約は七時だから、まだ四十分もある。

ビールを飲みほした。ウェイトレスに手をあげて、もう一杯、とグラスを指さした。

14

吐き気がして眼が覚めた。立とうとしたが、立てない。這《は》ってトイレに行き、便器に抱きついて吐いた。黄色っぽい胃液が出ただけだった。

洗面所の水をコップに入れ、無理やり飲んで、また吐いた。這って部屋にもどると、炬燵《こたつ》のまわりにDVDが散乱していた。

またブラックアウトしたんや。ワインはあかんていうたやろ――。

炬燵に入り、薄汚れた天井を見ながら記憶をたどった。鰻谷の『ロレンツォ』だ。コース料理とフルボトルの白ワイン、赤ワインを一本ずつ注文し、乾杯して飲みはじめた。二本を空にして、ロゼを頼んだあたりから霞《かすみ》がかかっている。そう、牧野瑠美はワイン好きだった。注いでは飲み、注いでは飲みのハイピッチで、二宮も負けじと飲んだ。

あのロゼが終わりやないやろ――。また赤ワインを頼んだような気がする。

ウワバミやで、あの女は――。化け物のように強かった。酒のせいで離婚したのかもしれない。

次、行きましょか――。『ロレンツォ』を出て笠屋町へ向かったあたりでシャッターがおりた。

あとはなにも憶《おぼ》えていない。

ハッと気づいてズボンのポケットを探った。札はある。数えると四十万しかなかった。もともと持っていたのが二十万に、桑原からもらった三十万がポケットに入っていたのだ。

十万も使うたんかい――。携帯の着信履歴を見た。桑原から何度もかかっている。それはどうでもいい。

発信履歴を見ると、悠紀にかけていた。

どういうことや――。リダイヤルボタンを押した。

――おはよう、啓ちゃん。起きたん？

――おれ、悠紀に電話したか、昨日の晩。

――なにをいうてんのよ。わたしを呼んだやんか。寂《さみ》しい、寂しい、て。

――悠紀は来たんか。

――これやわ。ほんまにもう、なにも憶えてへんのやね。

悠紀は呼びつけられて、旧新歌舞伎座裏の『みかりん』へ行ったという。

――啓ちゃん、カラオケしてたで。ちあきなおみの『喝采《かっさい》』。あんまりお上手やから、わたし、拍手してしもたやんか。

――そうか、ちあきなおみか。『紅《あか》とんぼ』も歌うたかもな。

――およねちゃんにチンチン触られて、気持ちええ、とか叫んでたよ。

――へーえ、およねに前を掘られたか。

――もう、あほらしなって、わたし、二時に帰ったわ。

――悠紀は何時に行ったんや、『みかりん』に。

――十一時半。

――おれ、ひとりやったか。

――ひとりやから、わたしを呼んだんやろ。

――わるい。ぴくぴく反省する。

――ちゃんとアパートに帰ったん？

――帰った。憶えてへんけど。

――ひとつ貸しやで。

――分かった。今度、『ロレンツォ』に行こ。

――ロレンツォでもフィレンツェでも、好きにして。

電話は切れた。

炬燵のそばに脱ぎ捨ててあったジャケットのポケットを探った。丸いコースターが出てきたが、『ロレンツォ』のものではない。グレー地に白文字で《TALSA》とある。

そうか。ロレンツォのあと、タルサに行ったんか――。

南警察署近くのバーだ。吹き抜けの天井が高く、全体がモノトーンで造りが洒落ている。コースターを裏返すと、ボールペンで《090－5326－89××　まきのるみ》と書かれていた。

おいおい、電話してくれということやないか――。頼んで書いてもらったのか。それとも、おれに気があるのか。そのあたりが微妙だ。

腕の時計を見た。十時半だ。脚のきれいな瑠美ちゃんは家にいるだろう。

携帯のボタンを押した。

――はい、牧野です。

――おはようございます。二宮です。

――あ、二宮さん。昨日はどうもごちそうさまでした。

――声がかわいいですね。電話の声。

――そうですか。

また、いらぬことをいった。電話でない声はかわいくないということではないのだが。

――おれ、酔うてしもて。失礼はなかったですか。

――ううん。そんなことないですよ。楽しかったです。わたし、男のひととお酒飲んだの、久しぶりでした。

――そらよかった。また飲みましょか。フレンチ行って。

――あら、いいんですか。

――こんどはつぶれんようにします。

――つぶれるって……。しっかりしてはりましたよ。

――そう見えるんです。『ロレンツォ』のあとは憶えてないんですわ。

――ごめんなさいね。わたし、先に帰ってしまったから。

――『タルサ』までいっしょやったんですよね。ポケットにコースターが入ってました。

何時に出たか、訊《き》いた。十一時にいっしょに『タルサ』を出て、タクシーに乗った、と牧野はいう。そのあと、二宮は旧新歌舞伎座裏まで歩いて『みかりん』に行ったらしい。

――いま、なにしてはるんですか。

予定がなければランチでも、と探りを入れた。

——これから洗濯します。一週間分の。

牧野のパンツを眼に浮かべた。レースのTバック。色は黒。ガーターのホックを外して、白い脚からストッキングをとり、膝《ひざ》から内腿《うちもも》へと指をすべらせる。

少し勃起《ぼっき》した。妄想が広がる。

——二宮さん、どうかしたんですか。

——いや、なんでもない。今日は晴れやし、洗濯日和ですわ。

——また、誘ってくださいね。

——はい。こちらこそ。……それで、あの、お昼はまだですよね。

返事がない。電話は切れていた。

あほか、おまえは。なにが洗濯日和や。せっかくの日曜やのに、もっと早ように晩飯食お、といわんかい——。

セツオのDVDをひっくり返して〝人妻〟〝熟女〟ものを選んだ。DVDデッキの電源を入れてディスクを挿す。テレビのリモコンをとったとき、玄関のドアが開いた。驚いて振り返る。

「なにしてるんや」

黒いスーツの悪魔が立っていた。

「いや、テレビでも見よかと思て」

リモコンをおいた。「玄関、開いてたんですか」

「開いてたから入ってきたんやろ」

「そうか。鍵《かぎ》もかけずに寝てたんか」

「なんで、わしに電話せんのや。なんべんもかけたんやぞ」

「そうですか。知らんかった」

「何時に帰った」

「憶えてないんです。飲みすぎて」

「これや。こいつはちょっと眼を離したら遊びに出よる」

「デートしたんです。十年ぶりに」

「相手はなんや。人間か」

「素人さんですわ。気立てのええ」

「気立てのええ素人が、おまえと飲むわけない」

「いったい、なんですねん。朝っぱらから」

「飯や。腹減った」

「ひとりで食うたらええやないですか」

「孤食はあかんやろ。わしが独りで行くんは、朝の喫茶店と図書館だけや」

「図書館……。変わったとこ行くんですね」

「おまえは知識に対する敬意と欲求がないんか」

「図書館へ行ったら、知識と敬意が身につくんですか」

「森羅万象、世の中のすべてのことがらは本の中にある」

そういえば、桑原の内妻の多田真由美から聞いたことがある。あのひとが家にいるときは法律本とかノンフィクションとか、むずかしい本ばかり読んでます、と。こいつの悪知恵は天性のものだろうに。

「ほら、行くぞ。ストーブ切らんかい」

「よう気がつくんですね」

「やかましい。喋るな」

桑原は煙草をくわえて外に出る。二宮は靴下を拾って穿《は》いた。

タクシーで梅田に出た。グランフロント大阪の蕎麦屋《そば》に入り、桑原は鴨《かも》南蛮とだし巻きと瓶ビール、二宮は昼定食を頼んだ。連休とあって、店内は客でいっぱいだ。

「桑原さんは、蕎麦とうどん、どっちが好きですか」

「どっちでもええ。夏は蕎麦、冬はうどんや」

「いまは冬やのに、蕎麦食うんですか」

「うどん屋がなかったから、蕎麦屋に入ったんですわ」

「おれはやっぱり、うどんですね。大阪人はうどんですわ」

「ごちゃごちゃとどうでもええ講釈たれて、ほんまによう喋るのう」

「喋りながら考えるんです。森羅万象を」

そこへ、ビールとグラスがふたつ来た。二宮は手を伸ばす。

「なにしてるんや、こら」

「ビール、飲むんやないですか」

「おまえは飲んだらあかん。ショーファーや」

「どういうことですか」

「黒岩を攫《さら》う」

「へっ……」

「勝負をかけるんや。ぐずぐずしてたら、バレる」

セツオと木下を鳴友会の組員に仕立ててひと芝居打ったことを、桑原はいう。「明日の晩や。黒岩を攫う。今日はこれから黒岩のヤサを探るんや」

「ちょっと待ってくださいよ。黒岩のヤサをどう探るんです」

「このあと、おまえの車で北茨木へ行く。西山事務所を張って、黒岩が出てきよったら、あとを尾《つ》ける。今日は日曜やから、まっすぐ家に帰るやろ」

黒岩が事務所にいることは電話をして確かめた、と桑原はいう。

「桑原と名乗って確かめたんですか」

「あほか、おまえは。後援者です、というたんや」

「なんでも抜け目がないんですね」

「抜け目やない。抜かり、といえ」桑原はグラスにビールを注ぐ。

「黒岩は何時に事務所を出るんです」

「んなことまで訊けるかい。今日は事務所を張るんや」

いやな予感がした。張り込みをするのはこのおれや。こいつは横で寝てるにちがいない――。

だし巻きが来た。二宮はつまんで口に入れる。

「行儀がわるいぞ。箸《はし》を使わんかい」

「これ、旨《うま》いですね。茶を飲みながら食うだし巻きは格別の味ですわ」

嫌味でいった。


北茨木――。西山事務所を見とおせる四つ角の近くにアルファロメオを駐《と》めた。桑原はシートベルトを外し、シートを倒した。

「寝るなよ。黒岩が出てきよったら、起こせ」

「夕方まで出てこんでしょ」

インパネの時計を見た。二時前だ。くそっ、日暮れまでに、まだ三時間はある。

CDデッキに『山口百恵《やまぐちももえ》』を入れた。曲が流れはじめる。

「きれいやったのう、百恵ちゃん。あれがほんまのディーバや」

「なんです、それ」

「歌姫や。引退公演は最高やったぞ」

「行ったんですか。東京まで」

「髪に花飾りをつけてたやろ。あれを投げたんや、客席に。拾うたんはわしや」

「へっ、そらすごいわ」

「嘘や」桑原は笑う。「おまえをおちょくってたらおもしろい」

「はいはい、そうですね」

煙草を吸いつけた。桑原のほうにけむりを吐く。

「こら、けむたいやろ」

「自分も吸うやないですか」

「他人のけむりは嫌いなんじゃ」

桑原はわめいて、ウインドーをおろした。

三時――。四時――。西山事務所にひとの出入りはあるが、黒岩は出てこない。桑原は横で寝息をたてている。
こいつは眼鏡をかけて寝るんか――。桑原は眼鏡をよく替える。十本近くは持っているだろう。わしの視力は〇・七や。眼鏡なんぞかけんでも運転できるんや。そんなことを聞いた憶えがある。たまに黒縁眼鏡をかけるのは、左眉《ひだりまゆ》からこめかみにかけた傷を隠すためかもしれない。

五時すぎ——。禿頭《はげあたま》のデブが事務所から出てきた。黒岩だ。肩にコートをかけ、手にアタッシェケースを提げている。

「桑原さん、起きてください」

「ん……」

「黒岩です」

事務所の前に駐めてあった白いクラウンに、黒岩は乗った。ヘッドランプが点《つ》く。クラウンは外に出て南へ走り出した。

二宮はクラウンを追った。桑原はシートを起こす。

「どこ行くんや」

「家に帰るんでしょ。アタッシェケース持ってたし」

「あのデブ、運転できるんやのう」

「そらできるでしょ。たまには西山の送り迎えもせんとあかんやろし」

クラウンとの距離を詰めた。こちらは赤のアルファロメオだが、ヘッドランプを点けているから目立たないだろう。

クラウンは国道171号に出た。右折して箕面《みのお》のほうへ向かう。

「新御堂筋から大阪市内に入るんですかね」

「んなことは分からん。黒岩に訊け」

クラウンは新御堂筋に入ったが、千里《せんり》中央で右折した。中国自動車道に沿って国道2号を西へ走る。豊中市をすぎ、伊丹《いたみ》市に入った。

「まさか、おい、飛行機に乗るんやないやろな」

「伊丹空港は、さっきのバイパスを左ですわ」

クラウンは猪名川《いながわ》にかかる軍行橋《ぐんこうばし》を渡った。ＪＲ福知山《ふくちやま》線の高架をくぐり、交差点を左折する。ナビを見ると、付近の地名は〝北伊丹〟となっている。

クラウンは住宅街に入り、速度を落とした。二宮は離れて徐行する。クラウンは右のウインカーを点滅させて、白いマンションに入っていった。

「これがデブのヤサかい」中に入れ、と桑原はいう。

五分ほど待って、マンションの敷地に入った。地下駐車場に降りる。けっこう広い。車が五十台ほど駐められている。黒岩の白いクラウンは〝Ｅ－５〟の区画に駐まっていたが、車内に人影はない。黒岩は部屋にあがったようだ。

「何号室ですかね」

「さぁな……。あそこに駐めろ」桑原は指をさす。

スロープ脇にロメオを駐め、車外に出た。地階出入り口はオートロックで、中には入れなかった。

「上や。来い」

桑原につづいてスロープをあがった。正面の壁に《クレドール北伊丹》と、ステンレスプレートが埋め込まれている。一階の玄関もオートロックだった。

「しゃあない。待と」

車寄せのそばに立ち、桑原とふたりで煙草を吸っているところへ、スーツ姿の男が近づいてきた。ポケットからカードを出す。

「すんません。ここに黒岩さんいう部屋はありますかね」

桑原が訊いた。男は振り向いて、

「さあ……。分かりませんが」首をかしげる。

「このマンション、分譲ですよね」

「いや、賃貸です」

男はコントローラーのレンズにカードをかざした。自動ドアが開く。桑原と二宮は男につづいてマンション内に入った。

新築して間がないようだった。エントランスホールの床は石、壁は煉瓦《れんが》タイル張りだが、天井が低く、高級感はない。メールボックスを見ると、八階建の各フロアに十数室がある。そこに〝黒岩〟というネームプレートはなかった。

「どういうこっちゃ、え」

「代議士の地元筆頭秘書が賃貸に住んでるのはおかしいですね」

マンションの規模からすると、一部屋は2DKか1LDKだろう。黒岩の家族が住むには狭い。

「あのボケ、ここに女を囲うとるな」

「それ、正解ですね。おれもそう思いますわ」

「おまえ、ここで張れ。デブは夜中までに降りてくるやろ」

桑原はホールの奥を指さした。客用応接スペースだろう、鉢植えの向こうにソファとテーブルがおいてある。

「桑原さんはどうするんです」

「わしは地下の駐車場で張る」

こいつはまた寝るつもりなのだ。面倒なことはみんなおれにやらせて。

「ふたりで駐車場を張ったらええやないですか。黒岩はどうせ、クラウンに乗って本宅に帰りよるんやから」

「ほう、おまえもたまにはまともなこというやないか」

まともやない。おまえが勝手なんや――。

「降りましょ。下に」

エレベーターで地階に降りた。駐車場に出てロメオに乗り、エンジンをかけてヒーターを入れた。

「おまえ、買い出しに行ってこいや。来る途中にコンビニがあったやろ」

「行くのはええけど、黒岩が降りてきたらどうするんですか」

「そのときはわしが尾ける」

「おれは置いてきぼりやないですか」

「電車賃ぐらい持ってるやろ」

「よういいますね」

「ホットコーヒーのブラック。ナッツとサンドイッチ。ナッツはピーナツやない。アーモンドかカシューナッツや」

「桑原さん、買い出しは金が要るんです」

「いちいち細かいやっちゃ」

桑原は札入れから千円札を三枚抜いた。「釣りはいらん。とっとけ」

「太っ腹ですね」たった三千円——。

札を持ってスロープをあがった。


コンビニで買ってきた週刊誌を読んでいるうちに眠ってしまったらしい。起きんかい——。桑原の声で眼が覚めた。

「デブが降りてきよったぞ」桑原はルームランプを消した。

「あれはなんですねん」

黒岩の後ろに女がいた。ファー付きのダウンコート、ジーンズにムートンブーツ。茶髪を後ろにまとめた顔に見憶えがある。

「あの腐れデブ、温泉にでも行きよんのやぞ」

コート姿の黒岩は手ぶらだが、女はボストンバッグを提げている。

「荷物が少ない。今日、明日と連休やし、一泊か二泊するんやろ」

「ここで攫うんですか」

「あほぬかせ。女が騒ぐやろ」

黒岩はクラウンにキーを向けてロックを解除した。女は後ろのドアを開けてバッグを載せ、助手席にまわって乗り込んだ。クラウンのヘッドランプが点き、発進する。クラウンがスロープをのぼりきるのを待って、二宮も走り出した。

「あの女、どこかで見たような気がするんですけどね」

「新地や。『グランポワール』のママ。あとで挨拶《あいさつ》に来たやろ」

思い出した。あのときは頭をサザエのように結って、着物を着ていたのだ。

「さすがに、女はどんなんでも憶えてるんですね」

「どういう意味や、それは」

「いや、おれは女を、できそうか、できそうでないかで判断しますねん」

「おまえにとっては、大阪中の女ができそうでないやろ」

「それはない。おれは昨日、素人さんとデートしたんです」

「ご同慶の至りやのう。その女としたら報告せいや。祝儀をやる」

「祝儀て、なんぼ」

「一万円」

「どえらい太っ腹ですね」

「どつくぞ、こら。調子にのりくさって」

クラウンは軍行橋を東に渡り、府道113号を北上した。神田《こうだ》出入口から中国自動車道へあがる。

「どこ、行くんですかね」

「この時間から遠くは行かへん。温泉やったら有馬やろ」

こいつはなんでも決めつける。唯我独尊だから。

クラウンは宝塚をすぎ、西宮山口《にしのみやまぐち》ジャンクションを経由し、西宮山口南で高速をおりる。県道98号を南下して有馬に入った。

「桑原さんのいうたとおりや。有馬に来ましたわ」

クラウンは太閤《たいこう》橋をすぎ、温泉街に入った。道路の両側に観光旅館とホテルが建ち並んでいる。『花筏《はないかだ》』というホテルのゲートを、クラウンはくぐった。

「ここでええ」

桑原はいった。二宮は車を左に寄せて停める。

「フロントに行って、デブが何泊するか訊いてこい」

「訊いて、答えてくれますかね」

「頭を使えや。おまえは大阪一の口先男やろ」

いちいちうっとうしいやつだ。二宮は車を降りた。

自販機で煙草を買い、一本吸ってから『花筏』に入った。カーペット敷きのロビーは広い。黒岩と女がフロントにいるのを見て、咄嗟《とっさ》にソファに座った。新聞をとって顔を隠す。

黒岩と女はチェックインを終え、フロア係の先導でエレベーターに乗った。二宮は外に出て、車のところにもどった。

「桑原さん、スマホで『花筏』の電話番号を調べてください」

「なにするんや」

「訊くんです。黒岩が何泊するか」

車に乗った。桑原はスマホをスクロールして『花筏』を検索する。

少し待って、二宮は電話をかけた。

――有馬温泉『花筏』でございます。

――いま、チェックインした黒岩です。

――黒岩さま、ありがとうございます。なにか、ございましたでしょうか。

――いや、この部屋が気に入ったんですわ。それで、もう一泊、延長できんかなと。

――と、おっしゃいますと、十三日の夜もお泊まりということでしょうか。

――あ、そうか。今日は十一日の日曜か。連休で勘ちがいしてましたわ。今日と明日の二泊のままでお願いします。

――承知しました。お泊まりは二泊。予定どおり、十三日にお発《た》ちになるということでよろしいでしょうか。

――けっこうです。チェックアウトは。

――十二時でございます。

――すんませんな。ややこしいことというて。

電話を切った。

「二泊です。今日の日曜と、明日の振り替え休日」

「おまえを見直した。二枚舌やない。三枚舌や」

桑原はまじまじと二宮を見る。「コンサルなんぞやめて、オレオレ詐欺をせい」

「それ、よろしいね。桑原さんが金主で、おれは掛け子、セツオくんが受け子ですわ」

「やかましい。おまえみたいな〝金くれ虫〟はいらんわい」

桑原はいって、「撤収や。大阪に帰る」

「せっかく有馬まで来たのに、どこか旅館に泊まりましょうな。コンパニオン呼んで、どんちゃん騒ぎしましょ」

「そうかい。どんちゃんでもドンジャラでも好きにせいや。わしは帰る」

「こないだは白浜に泊まったのに、おとなしいに寝たやないですか」

「これや。ちょいと甘い顔したら図に乗りくさって。わしはすることがあるんじゃ」

するとこと？　どうせ、女の部屋に行くつもりなのだ。顔に書いてある。

「どっちや、帰るんか、帰らんのか」

「はい、はい。帰ります」

シートベルトを締めた。


嶋田に話があるという桑原を赤川で落として、二宮は『エルフラット』に帰った。セツオはいない。今日も組当番だろう。

ヤクザというやつは無職渡世だが、セツオのような下っ端には仕事がいっぱいある。ルーティンの組当番、組長や若頭の運転手、用心棒、幹部のシノギの手伝い、それらをこなしつつ、義理とか会費と称する上納金を入れないといけないし、その金が工面できない下っ端は、身体で払え、と上から強制される。抗争で対立組織の事務所に発砲したり、組幹部に犯罪容疑がかかったとき、罪をかぶって身代わりに出頭したりするのだ。

ヤクザは斜陽産業だから、なり手がない。ひとむかし前は暴走族が人材供給源だったが、ヤクザでは食えないと知られ、彼らは半グレのままでいる。ヤクザも半グレも犯罪で食っているのは同じ──ヤクザは闇金融や覚醒剤《かくせいざい》、半グレは違法ドラッグや偽電話詐欺など、主たるシノギは微妙にちがう──だが、縛りが少ないだけ、半グレのほうがシノギには有利だろう。暴対法や暴排条例など、いまはヤクザにだけ法の網がかかっているが、いずれは半グレにも網はかかる。どちらにしろ、まともに働かないやつは消えていく。それでいい。それがまっとうな世の中なのだから。

しかし、黒岩や羽田や蟹浦はまともか。西山は選良か──。ちがう。ヤクザよりまだわるい。議員歳費や政活費を掠《かす》めとり、利権漁《あさ》りに狂奔しながら、先生、先生と呼ばれて床の間にふんぞり返っている。そう、議員や秘書というやつは人間のクズだ。クズのくせに税金を納めている市民を下に見て、えらそうにものをいう。

腹も立たない。クズをのさばらせてるのは、票を入れるおれらなんや──。

冷蔵庫を開けると、このあいだ買ってきたビールが二本、残っていた。炬燵に入って飲む。テレビをつけて横になったところへ、携帯が振動した。

──はい。

──啓ちゃん、なにしてんの。

──ビール飲んで、テレビ見てる。

──いま、どこ。

──アパート。大正。

──ほんまに?

──嘘ついてどうするんや。炬燵に入って、ほっこりしてる。

──ほら、やっぱり嘘やわ。

──なんで。

——啓ちゃんのアパート、炬燵なんかないやんか。
——買うたんや、こないだ。
——マキちゃん、啓ちゃんが適当なこというてるよ。
——マキがおるんか。そこに。
——肩にとまって、くつろいでる。
〝チュンチュクチュン　オウッ〟と鳴き声が聞こえた。
——マキ、啓ちゃんですよ。元気ですか。ご飯、食べてますか。
〝ソラソウヤ　ソラソウヤ　ゴハンタベヨカ〟マキは鳴く。
——マキ、もうちょっと待ってな。お迎えに行くからな。
マキに会いたい。膝にのせて頭をなでたい。
——わたし、晩ご飯、まだやねん。今日はお母さん、初釜《はつかま》で京都にお出かけやし。
——それはなんや、おれと晩飯をともにしたいということか。
——しょってるわ。マキちゃんの声を聞かせてあげよと思て電話したんやないの。
——うれしいな。持つべきものは従妹《いとこ》や。行こ。晩飯食いに。
——ワインが飲めるとこがいいわ。
——ワインな……。あれはブラックアウトするからな。
——どうするの。食べに行くの。
——行くに決まってるやないか。万難を排して行くがな。
——ほな、九時。道頓堀の『ロア』。
——分かった。いますぐ出る。
ビールを飲みほして部屋を出た。

15

　また飲みすぎた。頭がガンガンする。『ロア』で悠紀に会い、ワインは飲みたくないので、法善寺の『白川《しらかわ》』へ行った。造りとにぎりを食いながら大吟醸の五合瓶を空け、千年町の『タルサ』に流れて、悠紀はワイン、二宮はバーボンを飲んだ。勢いがついてシャンパンのハーフボトルを頼んだ気もする。スタートが遅かっただけに、『タルサ』から笠屋町の『チャイルド』へ行ってカラオケをし、さすがに眠くなって外へ出たときは四時が近かった。タクシーで悠紀を福島に送りとどけ、『エルフラット』にもどったのは五時前だった。啓ちゃんも齢《とし》なんやから、正体なくなるまで飲んだらあかんねんで──。悠紀は強い。同じように飲んでいたら、二宮のほうが確実につぶれる。悠紀と牧野はどっちが強いんや──。両手に花で、ふたりに勝負させてみたい。ワインなら牧野、ビールとウイスキーなら悠紀か。ま、そんなことはどうでもいい。昨日はブラックアウトしなかった。

　起きてトイレへ行き、台所の椅子に座って煙草をくわえた。玄関ドアが叩《たた》かれ、「起きんかい、こら」と声がする。立って、錠を外した。

「なんべんも電話したんやぞ」

　桑原は靴を脱いであがってきた。「おまえの携帯は不携帯か」

「マナーモードにしてたんです」

「マナーのないやつがするな」

　桑原は立ったまま、「何時やと思とんのや」

「ああ、三時すぎてますね」

腕の時計を見た。十時間も眠ったらしい。

「支度せい。有馬へ行く」

「おれ、二日酔いですねん」

「また飲んだんか」

「一昨日《おととい》、昨日と連続デートですわ」

「嘘ぬかせ。見栄《みえ》張りくさって」

「ひとりは三十路《みそじ》、もうひとりは二十歳《はたち》。ガラケーが壊れてるし、写真は撮ってませんけどね」

いったが、その気はない。桑原は有田土建で牧野を見たし、悠紀も知っている。

「なにが三十路と二十歳じゃ。いっぺん見たら石になるような化け物やろ」

「それって、髪の毛が蛇の女ですよね」

なにかの映画で見た。上半身は人間だが、腰から下は蛇だった。

「メデゥーサや。ゴルゴンともいう。知らんのかい」

「モンスターとしては、ようできたキャラや。おれ、ヴァンパイアも好きですねん」

「おまえと似とるわ。昼間寝て、夜起きる。棺桶《かんおけ》の中に土入れて、その上で寝んかい」

「なんでもよう知ってるんですね。メデゥーサからヴァンパイアまで」

「おまえが訊くから教えたったんやろ」

別に訊いてはいない。興味もない。こいつはとにかく知ったかぶりをする。

「ほら、行くぞ」

「黒岩を攫うんですか。有馬で」

「そういうこっちゃ」

「有馬に行くのはええとして、飯食うてから行きませんか」

「ほんまに、こいつはめんどくさいわ」

桑原は椅子に座った。「五分待つ。支度せんかい」

「どうやって攫うんです、黒岩を。女がいっしょやのに」

「二宮くん、わしは指揮官で、おまえは兵隊や。兵隊は命令どおりにしたらええ」

桑原の口調が変わった。ぐずぐずしていると首を咬《か》まれて血を吸われる。二宮は寝室にもどってジャケットを着た。


中国自動車道のサービスエリアで和定食を食い、有馬に着いたのは七時だった。コインパーキングにロメオを駐め、車内で二宮は缶コーヒー、桑原は炭酸水を飲む。

「何時に決行するんですか」

「九時ごろや。段取りではな」

「段取りて、作戦があるんですか」

「ある。セツオと木下が穴掘ってる」

「どういうことです」

「黒岩を埋めるんやないけ」

「生き埋めにして脅すんですか。三千万、寄越《よこ》せと」

「人間、首まで土に埋めたらなんでもいうことを聞く」

「セツオくんと木下が黒岩を脅すんですか。鳴友会のヤクザ役で」

「そこはちょいとちがう。わしが脅すんや」

「頭がこんがらがってきた。黒岩がトラブってる相手は鳴友会ですよね」

「その鳴友会と込み合うてんのが、わしやないけ」

「セツオくんはいま、組当番でしょ」

「当番よりシノギや。若頭の許しをもろた」

「昨日、嶋田組に行きましたよね。有馬からの帰りに」

「若頭に話を聞いたんや」

嶋田は鳴友会会長の鳴尾に会い、組員と桑原の喧嘩《けんか》について手打ちを持ちかけた、と桑原はいう。

「鳴尾は川坂の直参や。若頭のことを下に見てる。手打ちをしたかったら金を積め、と若頭にいいくさった」

「なんぼです、その金は」

「これや」桑原は片手を広げた。

「五百万ですか」

「若頭は二百までは頭に入れてた。五百は呑《の》めん。考えてきますと、その場は引きさがった」

嶋田に恥をかかせてしまった、と桑原はいった。「桑原は渡世の不義理で破門された。そんなやつをなんで庇《かば》うんや、と鳴尾はいうたらしい。若頭は答えにつまった。鳴尾は若頭の足もとを見よったんや」

「値引き交渉はできんのですか。五百を三百にしてくれ、とか」

「鳴尾は直参やぞ。いったん口に出したことを曲げるかい」

桑原が二蝶会の組員なら五十万、百万の治療費で話がつくだろうが、いま桑原は堅気だ。ヤクザが堅気にやられたとなると、端金《はしたがね》ではすまない――。

「桑原さんが五百万を用意できんかったら、どうなるんです」

「殺《と》られるやろ。四の五のいわずに」

桑原は頭を指で突く。「脳味噌《のうみそ》が飛び散るんや。女を連れて機嫌よう歩いてるとこを、後ろから弾《はじ》かれてな」

「しかし、鳴友会が桑原さんを殺したら、五百万はとれんやないですか」

「極道の面子《メンツ》や。手打ちをせん限り、わしはいつまでも標的《まと》にかけられる」

口では軽くいうが、代紋を失った桑原の弱みが見てとれる。いまの桑原にまとまった金はない。五百万を鳴尾の膝前に積むには、『キャンディーズⅡ』を売り払うしかないだろう。

そう、桑原は崖《がけ》っぷちに立っている。だからこそ、恥をさらして嶋田に助けを求めているのだ。

「セツオくんと木下はどこに穴掘ってるんですか」

「落葉山《おちば》や。笙渓寺《しょうけいじ》いう無住の寺がある」

穴を掘り終えたら、木下から連絡がある、と桑原はいう。

「どうやって黒岩を攫うんです」

「おまえが攫うんやないけ」

「へっ……」

「よう聞け。段取りを教えたる」

桑原はポケットから拳銃《けんじゅう》を出した。鈍色《にびいろ》のオートマチック。木下がいつも持ち歩いているトカレフのモデルガンだと二宮は気づいた。


九時十分――。『花筏』の駐車場にうずくまっている桑原のスマホが鳴った。

「――おう、そうか。分かった。いまから、やる」

桑原はいい、スマホをポケットにもどした。「電話せい」

二宮は『花筏』の番号を押した。

――お電話ありがとうございます。有馬温泉『花筏』です。

──山本《やまもと》といいます。そちらにお泊まりの、西山事務所の黒岩さんの部屋につないでくれますか。

──黒岩さまですね。承知しました。

電話が切り替わり、コール音が鳴った。

──黒岩です。

──フロントの山本と申します。黒岩さまのお車は白のクラウンで、〝大阪　353　さ　09－××〟でおまちがいないでしょうか。

──そうです。なにか？

──助手席の窓が割れていると、警備員から連絡がありました。まさかとは思いますが、車上荒らしの可能性があります。キーをお持ちになって、駐車場へ降りてきていただけませんでしょうか。

──分かりました。すぐに行きますわ。

電話は切れた。黒岩は二宮の声に気づいていなかった。

「来ます」

桑原とふたり、柱の陰に隠れた。

少し待って、エレベーターの扉が開き、黒岩が現れた。茶色のツイードジャケットに黒のズボン。クラウンに近づき、助手席にまわって車内を覗《のぞ》き込む。

桑原が柱の陰から出た。振り返った黒岩の額にトカレフを突きつける。黒岩は竦《すく》んだ。

「キー、寄越せや」

「なんだ、やないやろ。わしは桑原で、おまえは腐れ秘書の黒岩や」

「なんだ、君は……」

桑原は黒岩の襟首をつかんだ。「出さんかい、キーを」

黒岩はズボンのポケットからキーホルダーを出した。桑原はクラウンのロックを解除する。

「ほら、乗れ」

「断る」

「そうかい。ほな、弾くしかないな」

桑原はトカレフの銃口を額から喉《のど》もとに滑らせた。引鉄《ひきがね》をひく。黒岩は引き攣《つ》った。

「いまのは空《から》や。次は実弾が出る」

「分かった。撃つな。いうとおりにする」

歯の根が合わないのか、黒岩の声は聞きづらい。クラウンに寄りかかって、いまにも倒れそうだ。

桑原は二宮にキーを放り、リアドアを開けて黒岩を押し込んだ。二宮は運転席に乗り込んでエンジンをかける。パーキングブレーキを解除して地下駐車場をあとにした。


落葉山につづく急勾配《こうばい》の坂をあがった。舗装《ほそう》が途切れ、なおものぼっていくと、三叉路《さんさろ》に行き着いた。左や、と桑原がいう。

車の轍《わだち》をたどって雑木林のあいだを抜けた。遠くヘッドランプの先に瓦《かわら》屋根が見える。笙渓寺だ。枯れ葉と雑草の積もった境内にクラウンを乗り入れた。

「女に電話せい」

桑原がいった。「いま、トヨタのディーラーにおる。これから、車を修理工場に持って行く、と」

「なにをいってるんだ」黒岩がいう。

「女が心配するやろ。おまえが帰ってこんかったらな」

「君は、まさか……」

「なんじゃい、蚊が鳴くような声やのう。おまえを殺っても得することはないわい」

「分かった。落ち着け」

「落ち着くのはおまえやろ、この蛸坊主《たこ》が。……事務所の経費で新地を飲み歩いて、おまけにママと温泉旅行とは、ええご身分やのう。西山にチクったろかい」

「見たのか」

「おまえは伊丹のマンションに『グランポワール』のママを囲うてる。月々のお手当はなんぼや、え。おまえの懐から出とんのかい」

桑原はいって、「電話せい」

黒岩のこめかみにトカレフを突きつける。黒岩は震える指でスマホをスクロールし、発信キーに触れた。

「――ああ、おれだ。いま、トヨタのディーラーにいる。――そう、ウインドーを交換する。――いや、盗《と》られたものはない。――先に寝ててくれ」黒岩はいって、電話を切った。

「役者やのう。ええセリフまわしや」桑原は笑って、「降りんかい」

銃口で黒岩の肩を押したが、黒岩は動かない。

「なぜ、こんなところで降りるんだ」掠れた声でいう。

「おまえを埋めるんやないけ」

「待て。待ってくれ。話がちがう」

「なにがちがうんじゃ、こら」

「おれを殺しても得することはないといっただろ」

「そらそうやろ。わしは渡世の義理と金勘定で生きてきた。……けどな、おい、極道にはケジメをとらなあかんときがあるんや」

「やめろ。やめてくれ」

「じゃかましい」

桑原の肘《ひじ》が黒岩の喉もとに入った。黒岩は呻《うめ》き、咳《せ》き込む。

桑原はドアを開けた。黒岩の襟首をつかんで引きずりおろす。

二宮も車を降りた。地面にへたり込んでいる黒岩を懐中電灯で照らす。小便を洩《も》らしたのか、ズボンが濡《ぬ》れている。

「立たんかい」

桑原は黒岩の尻《しり》を蹴《け》った。腰が抜けた黒岩は立てない。

「黒岩さん、いうとおりにせんと、ほんまに殺されるで」

黒岩を引き起こして脇に肩を入れた。こっちや、と桑原がいう。

黒岩を抱えて本堂の裏にまわった。窪地《くぼち》に二メートル四方の穴があいている。掘り起こした土にシャベルが刺さっていた。

穴の縁に黒岩を座らせた。穴の底に懐中電灯を向ける。男がふたり、横たわっていた。

「聞いてるやろ、長原から。二匹とも鳴友会のチンピラや」

桑原は土を蹴った。穴に落ちて男たちの頭にかかる。「金曜の夜、こいつらは二宮の事務所で長原を攫おうとした」

黒岩はなにもいわない。顔は蒼白《そうはく》、肩で息をしている。

「おどれのせいで、わしはこいつらに殺られかけた。……やられたら、やり返す。わしは鳴友会の組員をふたりも殺ってしもた」

「許してくれ。わるかった。このとおりだ」黒岩は地面に両手をついた。

「いまさら土下座してても遅いわい。下手に極道を走らせるから、こんなザマになるんじゃ。おまえをここで殺る。この二匹といっしょに埋める。そしたら、鳴友会も標的《マト》にかける相手がおらんようになる」

桑原は脚を広げて腰を据え、黒岩の顔に銃口を向ける。

黒岩は掠れた悲鳴をあげた。仰向《あおむ》きになり、肘と尻で後ろにずりさがる。

「桑原さん、あかん」

二宮は桑原とのあいだに割って入った。

「退《ど》け。退かんかい」

桑原に蹴られた。パンッと乾いた発射音。火花が走った。

黒岩はへなへなとくずおれた。

「わるかった。わるかった……」呆《ほう》けたようにいう。

「どうわるかったんじゃ、こら」

「教えてくれ。どうしたらいい」

「金じゃ」

「金……」

「わしはこいつらを埋めて飛ぶ。フィリピン、タイ、ベトナム……。二度と日本の土を踏むことはない」

「分かった。金を払う。三千万だったな」

「あほんだら」

桑原はまた撃った。「五千万じゃ。おどれがこの二匹を殺ったんやぞ」

「あかん、桑原さん。この男はヤクザやない」二宮はとめた。

「おまえは黙っとれ。ふたり殺るのも、三人殺るのもいっしょじゃ」

「分かった。払う。五千万」すがるように、黒岩はいった。

「それでええんじゃ。おどれは五千万で自分の命を買うた。そう思え」

「よかったな、黒岩さん。命拾いした」

黒岩のそばにかがんだ。「あんたは殺人の共犯やけど、死体さえ埋めたら大丈夫や。おれも絶対に喋らへん」

黒岩がしがみついてきた。泣いている。哀れなものだ。

「立て。こら」

桑原は黒岩の腕をつかんで立たせた。二宮のほうを向いて、

「おまえは埋めんかい。車ん中で待ってる」

黒岩を引きずるように境内へ歩いていった。


「もう、ええで」

声をかけた。穴の底でセツオと木下が起きあがった。

「寒い。凍えそうや」

セツオは頭の土を払う。「服も湿ってる」

「けど、迫真の演技やったで」笑いをこらえた。

「演技もくそもあるかい。震えるのを我慢するので必死やった」

ふたりは穴からあがってきた。

「吸うか」

煙草を差し出した。ふたりは一本ずつ抜き、二宮もくわえて火をつけた。

「黒岩のボケ、ちぢみあがってたな」セツオがいった。

「小便チビったんとちがいますか」

と、木下。「かっこよかったわ、桑原さんのカマシ。あんなふうに脅しあげるんですね」

「桑原さんにあんだけカマシ入れられてチビらんやつは、頭が溶けとるで」

頭が溶けているのはこのふたりだろう。桑原の脅し文句がかっこいい、ときた。いかにもヤクザの思考だが、頭の溶け具合なら桑原のほうが一枚上だろう。そう、桑原には恐怖心というものがない。拳銃を向けられようと、ナイフを突きつけられようと、あの男の怯《おび》えた顔は見たことがない。

「しかし、深い穴を掘ったもんやな」懐中電灯を向けた。

「桑原さんは背丈より深い穴を掘れというたけど、無理でしたわ。木の根っこが絡まってて往生しました」木下がいう。

「あれ、ほったらかしでええんか」

「そら、埋めもどさなあかんやろ」セツオがいって、二宮を見る。

「おれが埋めるんかい」

「シャベルはひとつしかないんや」

「そういうことやろな」

空を仰いでけむりを吐いた。


穴を埋めもどして土を均《なら》すのに一時間以上かかった。手はマメだらけ、汗みずくだ。木下にアルファロメオのキーを渡し、シャベルを持って境内にもどる。桑原はクラウンのリアシートにもたれ、黒岩はその隣に虚《うつ》ろな顔でうずくまっていた。

「終わりました」ドアを開け、運転席に座った。

「ちゃんと埋めたんか」

「きれいなもんですわ。落葉をいっぱい撒《ま》いときました」

死体は未来永劫《えいごう》見つからないだろう、といった。

「ほな、行こかい」

「どこ行くんです」

「ラブホや。シャワーを浴びたい」

ドライブイン方式のラブホテルでツインベッドの部屋なら、三人でも咎《とが》められないだろう、と桑原はいう。

「この車の中で夜明かししたらええやないですか」

「わしはな、靴脱いで足を伸ばさんと寝られんのや」

桑原の考えは読めている。一晩中、二宮に黒岩の見張りをさせる気なのだ。

「ほら、行け」

中国自動車道で吹田《すいた》にもどり、付近の適当なラブホテルに入れ、と桑原はいった。

16

一月十三日、火曜——。

七時半に桑原を起こした。黒岩は隣のベッドで寝ているのか起きているのか、動かない。

「朝飯、食いませんか」

「そうやの」

「これ、ルームサービス」メニューを渡した。

桑原はサンドイッチとオニオンスープ、コーヒー、二宮はカツカレーとコーヒーにした。黒岩にも注文を訊いたが、首を振った。

二十分後にドアがノックされ、トレイを受けとった。三名さまですね——。入室時にロビーのカメラで見ていたのだろう、従業員はいったが、追加料金は請求されなかった。

桑原とふたりで朝食をとり、服を着た。二宮のジャケットとチノパンツは箕渓寺裏の山土でひどく汚れていたが、固絞りのタオルで拭《ふ》くと、目立たなくなった。

「銀行の通帳は家にあるというたよな」

桑原が黒岩にいう。「よめはんはなにしとんのや」

「九時ごろ、家を出る。犬の散歩だ」

「何時にもどるんや」

「十時すぎ」

散歩のコースにドッグカフェがあり、いつもそこでモーニングサービスを頼む、と黒岩はいった。

「このごろの犬は洒落とるのう。モーニングを食うか」

「ドッグメニューがあるんだ」

「なに犬や」

「フレンチブルドッグ」

「おまえと同じ顔やないけ」

桑原はにやりとして、「ほな、出よかい」

八時半、部屋代を精算して国道171号沿いのラブホテルを出た。

箕面市小野原《おのはら》——。整然と区画された住宅地の緑地の近くに黒岩の家はあった。敷地は百坪以上、コンクリート打ち放しの塀越しに白い陸屋根《ろくやね》が見える。

「えらい豪邸やないけ。ええ稼ぎをしとるんやのう」

「…………」黒岩は黙っている。

「犬小屋は」

「玄関前の左にある」

それを聞いて、二宮は緑地のそばにクラウンを駐め、車外に出た。歩いて黒岩の家に近づく。門扉のあいだから玄関先を覗くと、ケージの中に犬はいなかった。クラウンのところにもどり、

「出てますわ。犬の散歩」と、いった。

桑原は銃をベルトに差し、上着のボタンをとめて、黒岩を降ろした。後ろにぴったり随《つ》いて黒岩の家に歩く。

「まさか、よめはんのほかに誰かおるいうことはないやろな」

「それはない。うちはふたり暮らしだ」

「子供、おらんのか」

「娘がいる。名古屋で働いてる」

「どっちに似たんや」

「なにが」

「顔や」

「家内だ」

「そら、よかったのう。よめに行ける」

邸内に入った。芝生の庭にゴルフネットが張ってある。そばにボールがいくつもころがっていた。

「ゴルフするんかい」

「よく喋るんだな」

「沈黙が怖いんや」桑原はせせら笑った。

黒岩は玄関ドアに鍵を挿して開けた。玄関は広い。石張りの三和土《たたき》、フローリングのホールに段通を敷き、屋久杉《やく》らしい衝立《ついたて》をおいている。

「ええ趣味や。うちの組長の家みたいやぞ」

桑原は靴を脱ぎ、廊下にあがってスリッパを履く。「通帳は」

「書斎だ」

仏頂面で黒岩はいい、廊下の左の部屋に入った。書斎兼応接室だろう、壁一面の書棚の向こうにローズウッドのデスク、手前に革張りの応接セットがある。

「けっこうな書斎やのう。神棚と提灯《ちょうちん》と虎の剝製《はくせい》を飾れや」

桑原はソファに腰をおろして煙草をくわえた。

「ここは禁煙だ」

「そうかい」

桑原は煙草を吸いつけた。サイドボードの絵皿に手を伸ばしてテーブルにおく。

「色鍋島《なべしま》だぞ」

「それがどうした」

桑原はわざとらしく絵皿に灰を落とす。「ぶつくさいわんと通帳出せや」

黒岩は奥へ行った。桑原も立ってデスクのそばに行く。

黒岩はデスクの後ろのキャスターキャビネットを脇に寄せた。壁に金庫が埋め込まれていた。家庭用には不似合いな大型金庫だ。

「いうとくけど、ここで警報が鳴ったら、おまえは二度と娘に会えん。孫の顔を見ることもない。ええな」

「たった五千万で死ぬほどバカじゃない」

黒岩は金庫の前にかがみ、ダイヤル錠を操作して扉を引いた。中に現金はなく、三通の銀行通帳と印鑑を出してデスクにおいた。

桑原は大同銀行箕面駅前支店の通帳を広げた。

「六百十三万……。五千万には足らんな」

「ひとつの銀行にまとめて金を預けはしない」

「へっ、いうとけ」

桑原はまた、通帳を広げた。三協銀行北茨木支店の残高が三百三十一万円、共和《きょうわ》銀行箕面支店の残高が四百九十万円だった。

「全部でなんぼや」二宮に訊く。

「えーっと、六百足す三百足す五百で、千四百……。千四百三十万ほどですかね」

「舐《な》めんなよ、こら」

桑原は黒岩の眼鏡をとって床に放った。ジャケットの襟をつかみ、眉間《みけん》に銃口を突きつける。

「わしが何人殺ったと思とんのや」

「ま、待て。ここに全額があるとはいってない。事務所にある。東洋《とうよう》信託銀行の通帳が」

「このボケ……」

桑原は銃を振りあげたが、殴りつけはしなかった。黒岩に傷を負わすと、連れ歩けなくなる。そのあたりは冷静だ。

「嘘じゃない。資産の大半を株と投信にまわしているんだ」

「東洋信託の残高は」

「四千万はある」投資信託の時価総額だという。

「笑わせんなよ、こら。おまえみたいな欲たかりの資産が、たった五千四百万かい。この家はどこのどいつが建てたんじゃ。新地の女を囲うてんのはおどれやろ。……一億か、二億か、三億か。それぐらいは隠してるはずや」

「君は誤解している。わたしは議員じゃない。秘書の収入はたかが知れている」

「ああいえばこういうのう。このタコが」

桑原は黒岩を突き放した。黒岩はあとずさり、眼鏡を拾う。

「くそったれ、集金じゃ。西山事務所に行こかい」桑原は銃をベルトに差す。

「いつ行くんです」

「銀行で金おろしてから行くんやないけ」

「それはヤバいでしょ。昼間に行ったら、長原やほかの秘書がいてます」夜まで待とう、といった。

「この爺《じじい》は昨日の夜から修理工場に行ったきりやぞ。二十四時間も攫うたままにできるかい」

「ほな、どうするんです」

「やかましい。黙っとれ。考える」

「ぐずぐずしてたら、よめはんが帰ってきますよ」

「分かってるわい。やいやいいうな」

桑原は考えて、「クラウンをとってこい。ガレージに入れるんや」

「シャッター、閉まってましたけど」

「わしが開ける」

「車をガレージに入れて、どうするんです」

「こいつの死体を積むんやないけ」桑原は黒岩を見る。

「桑原さん……」

「ごちゃごちゃぬかすな。車をとってこい」

桑原が黒岩を殺すはずはない。それは分かっている。が、黒岩をどうするのだろう。

「なにをボーッと突っ立っとんのじゃ。行かんかい」

桑原は怒鳴った。二宮は書斎を出た。

近くに駐めていたクラウンに乗り、黒岩の家にもどった。ガレージのシャッターは閉じている。そばで待っていると、五分ほどしてシャッターがあがった。中に毛布を抱えた桑原と、黒岩が立っている。

「入れんかい。バックで」

ステアリングをいっぱいに切り、バックした。ガレージに入り、車を降りた。

黒岩は口に布テープを貼られていた。両手首にもテープが巻かれている。

「トランクや。開けろ」

リモコンキーのボタンを押した。トランクリッドがあがる。

「乗れ」

桑原は黒岩の腕をとり、押した。黒岩は抵抗せず、尻からトランクに入って横になる。桑原は黒岩の足をそろえてテープを巻き、毛布をかけた。

「気が利きますね」

「凍死しよったらかなわん。タ、ニ、マ、チ、には優しいせんとな」

桑原はトランクリッドをおろして、「よっしゃ。車、出せ」

クラウンをガレージから出した。シャッターが降りはじめる。それをくぐって桑原は出てきた。

助手席に乗る。

「阪急の箕面駅に行け」

「どっちです」

「171号線を西や。あとはナビを見んかい」

北へ向かって走り出した。犬を連れた女が歩いてくる。ピンク色のスウェット上下に白のダウンジャケット、赤いぽんぽんのついたニット帽。女はクラウンに視線を向けもせず、すれちがった。

「いまの、黒岩のよめはんですよね」

ピンクのセーターを着せられた犬はフレンチブルドッグだった。

「世も末やのう。犬に服着せてどうするんや」靴下も穿かせろ、と桑原は哄《わら》う。

「ゴム引きの靴下がよろしいね。地下足袋《じかたび》みたいな」

「そういうくだらんことを考えるのはおまえだけや」

靴下を穿かせろというたんは、おまえやろ――。思ったが、口にはしない。時間の無駄だから。

「けど、間一髪やった。よめはんと鉢合わせしたら騒動でした」

「黒岩の夫婦は冷えきってる。デブがどこでなにしてようが知ったこっちゃない」

「なんでも決めつけるんですね」

「若頭んとこがそうや。あこのよめはんは猫を三匹も飼うてて、若頭が糞《ふん》の砂を替えるんや」

「ほほえましいやないですか」

「若頭はな、よめはんに頭があがらんのや。外にブサイクな女を何人も作ってきたからな」

嶋田に聞かせてやりたい――。

「桑原さんとこの真由美さん、きれいやないですか。もったいない」

「もったいないとは、どういう意味や」

「いや、桑原さんにはすぎた女やなと……」

「もういっぺんいうてみい、こら」

「よう怒りますね」

「おまえの言いぐさが気に入らんのじゃ」

桑原はオーディオボタンをいじくる。「黒岩のやつ、CDも入れとらんわ」

「ラジオにしたらどうです。ニュースになってるかもしれませんわ。民政党代議士、西山光彦の秘書、失踪《しっそう》か、と」

「おまえというやつは、ほんまに他人事《ひとごと》やのう」

「生きる知恵です。小市民の」

「おまえは小市民やけど、知恵はない」

国道に出た。カーナビのディスプレイの端に箕面駅が見えてきた。

コインパーキングにクラウンを駐めた。

「暗証番号、聞きましたよね」

「クロイワや」

「へっ……」

「9・6・1・8」

「そんな、あほみたいな番号でええんですか」

「憶えやすいやろ」

「あの、手数料は」

「なんやと」

「おれが金をおろすんですよね。ヤバいやないですか」

「どこがヤバいんじゃ。数字書いて判捺《お》すだけやないけ」

「振り込め詐欺でも、いちばんリスキーなんは出し子です」

「五万や。やる」

「桑原さんともあろうひとが、たったの五万ですか」

「どこの世界に金おろすだけで五万もとるやつがおるんじゃ。時間給を考えてみい、時間給を」

「全額をおろすのは不自然やし、六百万でよろしいね」

「おう、それでええ」

　桑原とふたり、車を降りた。少し歩いて大同銀行箕面駅前支店に入る。

　二宮は預金引出申込書に〝¥6，130，000〟と書き、〝黒岩恭一郎〟と署名して黒檀《こくたん》の印鑑を捺した。桑原はロビーのシートに座って二宮のようすを見ている。

　待ち番号が呼ばれ、窓口に行った。通帳と申込書を差し出す。高額のお取引なので暗証番号をお願いします、といわれ、端末機のボタンを〝9・6・1・8〟と押した。窓口係に不審な素振りはなかった。

　しばらく待って、案内係がそばに来た。黒岩の名を確認し、こちらへ、という。二宮は案内係に随いてパーティションに囲まれた別室に入った。年輩の行員がテーブルの向こうに座り、帯封つきの札束が積まれている。

「黒岩さま、六百十三万円です。お確かめください」

「けっこうです」

　札束は六つある。十三万円はその横だ。

「それでは」と、行員は紐《ひも》つきの紙袋を広げた。こちらに確かめさせるように六つの札束を袋に入れ、その上に十三万円を重ねた。

「お世話さまでした」

二宮は通帳を受けとり、十三万円をジャケットのポケットに入れた。紙袋を提げて別室を出る。桑原は立って、先にロビーを出た。

クラウンに乗った。桑原は紙袋を受けとると足もとにおいて、

「通帳、見せてみい」

「はい？」

「見せろというとんのや」

しかたがない。通帳を渡した。桑原は広げて、

「やっぱりや。十三万、抜いとる」

「小市民の知恵です」

「わしは泥棒とつるんでるんか」

「ええやないですか。昨日は手をマメだらけにして穴を埋めたんです」

「カエルのツラに小便とは、よういうた」

珍しく、桑原は怒らない。それはそうだろう。六百万も稼いだのだから。

「次や。三協銀行へ走れ」

「支店は」

「日本中にある」

上機嫌で、桑原はいった。

三協銀行千里中央支店で三百三十一万円、共和銀行北千里支店で四百九十万円をおろした。二宮の手数料は二件で二万円だった。

「あの、ひとつお願いがあるんですけど」

「なんじゃい。分け前くれ、てか」

「正解です」

「いうてみい。なんぼ欲しいんや」

「二宮企画の去年の売上、二百七十万に足らんかったんです」

「それで」

「できたら、銀行からおろした千四百三十四万のうち、二百三十四万をいただきたいんですが」

「二宮くん、二百万に負けてくれや」

「けっこうです。ほかならぬ桑原さんのことやし、ディスカウントします」

欲はかかなかった。二百万なら御の字だ。

「おまえには、いままでなんぼ使うたかのう」

桑原は独りごちるように、「飯代、酒代、ホテル代、ガソリン代、その他諸経費……。百万は使うたな」

「百万て、そんなん……」

「こないだ、おまえんとこの前の喫茶店でいうたよな。わしは若頭に折れを渡さんといかん。鳴友会と手打ちをする金もや。セツオと木下にも小遣いが要る。……千四百三十四万のうち、わしの稼ぎはなんぼや」

「さぁ……」

ざっと計算した。「四、五百万ですか」

「わしが四百万で、おまえが二百万いうのはどういうことや」

「桑原さんの半分です」

「わしはプロデューサー兼ディレクターで、おまえはパシリのスタッフやぞ」

「ちょっと待ってください。黒岩から五千万、とるんですよね。それやったら、桑原さんの手取りは二千万を超えるやないですか」

「あほんだら。まだ懐に入れてへん金を勘定してどうするんじゃ」桑原が睨《ね》めつける。

「分かりました。ほな、なんぼやったらもらえるんですか」

「百万や」

「大金ですね」

嫌味でいった。「黒岩から残りの金をとったときは、また分け前もらえるんですよね」

「やらんこともない」

「その言い方は不安ですね」

「やる、いうたらやる」桑原は明言した。

「それやったら、ディスカウントします。百万円ください」

ここはいったん利益確保をしておくに限る。明日の約束より、今日の現金だ。

桑原は共和銀行の紙袋から札束をひとつ出した。帯封を切り、十五枚を数えて、残りを二宮の膝におく。

「なんで、八十五万なんです」

「手数料やったやろ。十三万と二万」

「あれは、出し子の手数料やないですか」

「おまえの業務は今回のシノギの一環やろ。手数料契約はオプションやないぞ」

桑原は口が達者だ。なにが業務や、どこがオプションや。くそっ、いつもこうして丸め込まれる。口と喧嘩で、こいつには勝てない。

「すんませんね。いつも、いつも」

愛想よく、八十五万円をポケットに入れた。

共和銀行千里支店の駐車場を出た。国道171号に向かう。

「次の角を左に入れ」桑原がいった。

「なにかあるんですか」

「ええから、いうとおりにせい」

細い道を左に折れた。停まれ、と桑原がいう。緑地の脇にクラウンを停めた。

「降りんかい」

「なんでです」

「いちいちうるさいやっちゃのう。いうとおりにせい」

エンジンをとめ、パーキングブレーキボタンを押して車外に出た。桑原も降りてリアにまわる。トランクリッドをあげた。毛布をかけられた黒岩が眩《まぶ》しそうに桑原を見た。

「黒岩さんよ、電話せいや。西山事務所や」

桑原は毛布を剝《は》いだ。黒岩のジャケットのポケットからスマホを出し、電源を入れる。黒岩の口に貼っていたテープをとって、

「東洋信託銀行の通帳はどこや」

「いっただろ。事務所にあると」

「事務所のどこにある、と訊いとんのや」

「奥のロッカーだ」

「おまえ専用のロッカーやな」

黒岩はうなずく。

「ロッカーのキーは」

「ない」ナンバー錠だという。

「そのナンバーは」

「０・０・９・６」

「銀行の暗証番号とちがうやないけ」

「なにもいっしょにする必要はないだろう」

瞬間、桑原の拳《こぶし》が黒岩の脇腹に入った。黒岩は呻いて身をよじらせる。

「下手に出てたら調子に乗りくさって。口の利き方に気ぃつけんかい」

桑原は拳をなでる。黒岩は咳き込みながら、

「わ、分かった。暴力はやめてくれ」

「舐めんなよ。わしはふたり殺《や》っとんのや」

桑原はいって、「事務所に電話するから長原を呼べ。いまから、二宮と桑原がそっちに行く。奥のロッカー室に案内せいといわんかい」

「それはいう。わたしはどうすればいいんです」

「おまえはこのトランクの中で寝てたらええんや」

桑原は東洋信託銀行の届出印と暗証番号を訊いた。ほかの銀行といっしょだと黒岩は答えた。

「よっしゃ。電話や」

桑原は黒岩のスマホをスクロールして〝西山光彦事務所〟を出した。「ええな。余計なこというたらぶち殺すぞ」

桑原は発信キーに触れ、スマホを黒岩の耳にあてた。

「――ああ、おれだ。長原に替わってくれ」

少し待った。黒岩はまた話しはじめた。「──二宮さんと桑原さんがそっちへ行く。そう、これからだ。──おふたりをロッカー室に案内してくれるか。──いや、事情はあとで話す。──いや、おれは行けないんだ。いま市内にいる。──そう、夕方には事務所に出る。よろしく頼む」

黒岩はいい、桑原はスマホを離して電源を切った。

「夕方には事務所に出るて、どういうことや、こら。要らんことは喋るなというたやろ」

桑原は舌打ちする。「分かっとんのかい。おまえを釈放するのは、東洋信託銀行の四千万を金にしてからじゃ」

「わるい。気に障ったら許してください。そう思っただけです」黒岩は怯える。

「この腐れ爺が」

桑原はそばの布テープをとり、切って黒岩の口に貼った。毛布をかけてトランクリッドをおろす。

「よっしゃ。北茨木や。行け」

「さすがや、桑原さん。なにごとにも抜け目がない」

「なんべん教えたら分かるんじゃ。抜け目やない。抜かりや。日本語は正しぃ使え」

ヤクザ言葉しか使えない桑原が〝正しい日本語〟ときた。笑わせる。二宮は運転席にまわった。


北茨木──。西山光彦事務所の駐車場にクラウンを駐めた。インパネの時計は十二時十五分だ。職員の何人かは外に食事に出ているかもしれない。

桑原の後ろについて事務所に入った。マスクをつけた長原がひとり、右のデスクに座っている。

「まだ腫《は》れてるんか」

二宮はいった。長原は無視して、桑原に、

「黒岩から聞いてます。こちらです」

立って、桑原と二宮を奥のロッカー室に案内した。壁際にロッカーが十数台並んでいる。

「どれや、黒岩のは」

桑原が訊いた。長原は黙って左端のロッカーの前に立った。

「開けんかい」

「ぼくは開けられません」

桑原が怖いのか、長原は視線を合わせようとしない。

「０・０・９・６や。入れてみい」

長原はナンバー錠を合わせた。把手《とって》をひく。ロッカーは開いた。

「おまえは向こうへ行っとけ」

桑原がいうと、長原は逃げるように部屋を出ていった。

「ほら、探せ」いわれた。

「おれが、ですか」

「泥棒は趣味に合わん」

なんや、こいつは——。思いつつ、ロッカーの中を探った。いちばん上の棚に小さい手提げ金庫のような金属製の箱があり、開けると証券会社からきた封筒の束の下に銀行の通帳が一通あった。黒岩は株も持っているらしい。

「株の取引報告書とかあるけど、どうします」

「おまえも知ってるやろ。株はめんどい。すぐには現金にならん」

仮に今日、株を売ったとしても、決済日は今週の金曜だ。それも黒岩の登録口座への振込みだから金を手にするのはむずかしい。

二宮は通帳を広げた。

「残高は……ちょっと待ってください。定期預金が千五百万と普通預金が二千三百二十万……。合わせて三千八百二十万ですね」

「四千万に足らんやないけ」

「おれに怒ることないでしょ。ほかの銀行でおろした千四百三十四万を足したら、五千二百五十四万です」

「くそったれ。よしとしょうかい」

桑原はいい、二宮から通帳を取りあげて上着のポケットに入れた。


ロッカーを閉めて事務室にもどった。長原はいない。目付きのわるいのが四人、ソファとデスクに分かれて座っていた。鳴友会の幹部、田井——。組員の吉瀬、山根——。麒林会の若頭、室井——だ。当銘とかいう鳴友会の組員がいないのは、桑原に鉄筋で殴られたせいだろう。

「なるほどな。こういうことかい」

桑原はいった。「なんで分かったんや」

「んなことはええわい。黒岩はどこや」田井がいった。

「有馬や。落葉山の寺にころがってる」

「殺《や》ったんか」

「あほんだら。わしの舎弟が守《も》りしとるわ」

「おまえに舎弟がおったんかい」

せせら笑ったのは室井だった。「おまえはもう、二蝶の人間やないんやぞ」

「それがどうした。極道をやめたわしにどつきまわされたんは、どこのどいつや」

桑原は田井、吉瀬、山根を見た。「麒林会の室井がおるということは、おまえら、端《はな》からつるん

った。山根は匕首《あいくち》の鞘《さや》を払

田井が立った。吉瀬と山根も立つ。吉瀬は折りたたみナイフの刃を起こし、

「極道でもない腐れが大きな口叩《たた》くやないけ」

「おまえには関係ない。すっこんどれ」

「黒岩のロッカーからなにを奪《と》った」室井がつづける。

どったんやのう」

「おまえら、分かっとんのかい。ここは代議士事務所やぞ」

桑原に肩を押された。二宮は左、桑原は右に動く。

「おい、おい、なにさらすんじゃ」

田井がいう。「ここで殺ってもええんやぞ」

「殺ってみいや。二十年は食らう肚《はら》でな」

「黒岩を返せや。そしたら、おまえらも帰したる」

「そら、ありがたいのう。お情けが身に沁《し》みるで」

「舎弟に電話せいや。黒岩を連れてこい、と。うちの事務所や」室井がいった。

「忘れたのう。おまえんとこの事務所」

「とぼけんなよ、こら。島本町や」

「しょぼい三階建のビルか。二蝶の半分もなかったのう」

「じゃかましい」

室井は怒鳴った。「へらへらしくさって。わしを誰やと思とんのじゃ」

「麒林会の若頭《かしら》やないけ。五十をすぎて代もとれん、ヘタレの若頭や」

「殺すぞ、こら」

「そら、おもろい。代議士事務所が血まみれになるぞ」

桑原は室井から視線を離さず、ゆっくり前へ行く。

と、山根が動いた。匕首を腰だめにして桑原に近づく。吉瀬も間合いをつめた。

桑原が左に跳んだ。吉瀬が匕首を薙《な》ぐ。桑原は躱《かわ》して吉瀬の股間《こかん》を突きあげた。吉瀬は倒れず、なおも突きかかる。山根も突っ込んだ。桑原の拳《こぶし》が山根の鼻に入る。桑原はデスクのパソコンをとり、吉瀬に叩きつけた。筆立のボールペンを逆手に持って山根の顔を刺す。ボールペンは頬に刺さって折れた。桑原は反転し、デスクの上を滑って反対側に跳んだ。レターケースや電話が落ちる。

「逃げんかい」

桑原の声で、二宮は我に返った。ドアに向かって走る。足を払われて倒れた。室井が蹴《け》ってくる。脇腹に入ったが効かない。室井の足をとって撥《は》ねあげた。二宮は立って走る。事務所をどう出たか分からない。クラウンのドアを開け、乗り込んでスターターボタンを押した。セレクターレバーを引いてバックする。誰も追ってはこない。リアフェンダーをなにかにぶつけたが、切り返して駐車場を出た。

バス通りを走っていた。桑原はやられたのか……。

どうする——。嶋田に電話するか。

桑原は、逃げろといった。だから逃げた。それを嶋田にいえるか——。

いえない。おれは桑原をおいて逃げた——。

車を左に寄せて停めた。後続の車が途切れるのを待ってUターンする。西山事務所に向かった。

バス通りを右折した。一方通行路に入る。西山事務所の手前、電柱の陰に桑原がいた。

車を停めた。ウインドーをおろす。

「桑原さん」大声でいった。ロックを解除する。

桑原はドアを開け、助手席に乗り込んできた。黒いズボンが濡《ぬ》れている。血だ。

「刺されたんですか」

「見たら分かるやろ。内藤《ないとう》医院へ行け」

「そんな余裕あるんですか」島之内《しまのうち》の内藤医院は遠い。

「救急病院なんぞ行けるかい」

怒鳴りつけられて、二宮はクラウンを発進させた。バス通りへ走る。

「どっちに刺されたんです。山根ですか、吉瀬ですか」桑原に訊《き》いた。

「チビのほうや」

だったら、吉瀬だ。吉瀬が持っていたナイフは刃渡りが短かった。

「ヤッパをとりあげた」

桑原はいう。「室井に突きつけて外に出た。どこが若頭や。震えてくさったわ」

「ヤッパは捨てたんですか」桑原の指紋が付いていたら、あとが面倒だ。

「捨てるわけないやろ」

桑原は上着を広げた。柄の赤い匕首がベルトに差さっている。桑原のワイシャツは血に染まっていた。

「ほんまに内藤医院でええんですか」桑原の顔は白っぽい。

「やかましい。同じことをなんべんもいうな」

腹を据えた。救急病院には行かない。「寝たらあきませんよ」

「二宮くん、眼が見えん。身体が冷とうなってきた」

「桑原さんッ」

「嘘じゃ」

なにをギャグかましとんのや——。バス通りを南へ走った。

島之内——。内藤医院に着いたのは一時十分だった。玄関前にクラウンを駐《と》め、二宮だけが医院内に入る。初診ですか——。受付の女に訊かれたが、先生に用ですねん、といって診察室のドアをノックし、開けた。内藤は年輩の男を丸椅子に座らせて問診をしていた。

「なんや、おい。見た顔やな」内藤はいった。

「二宮企画の二宮です」中に入った。

「あとにせい。診察中や」

「急患です。桑原さんを見て欲しいんです。外に車を駐めてます」

「君な、順番というもんがあるやろ」

「怪我してますねん。桑原さんが」

「救急車、呼べ」

「先生、このとおりです」

頭をさげた。内藤は察したのだろう、患者に向かって、処方箋《しょほうせん》を出しておくといい、次回の予約をして帰るよういった。ありがとうございます——。男はいって、診察室を出ていった。

「桑原がどうした」内藤は訊く。

「腹を刺されたんです。えらい出血です」服は血に染まっている、といった。

「それやったら、裏口から入れ。鍵は開いてる」

「裏口から入ったことないんですけど」

「玄関の左や。塀沿いに来い。ドアがある」

「了解です。桑原さん、連れてきます」

診察室を出た。駐めていた車にもどる。人通りがないのを見て桑原をおろし、脇を抱えて裏口にまわった。


桑原を診察室に入れた。内藤は桑原を見て眉《まゆ》ひとつ動かさず、

「上着を脱いで横になれ。仰向《あおむ》きや」

桑原は診察台に寝た。二宮がベルトを外す。グレーのワイシャツは血で真っ赤だ。

内藤は椅子に座ったまま桑原に近づき、鋏《はさみ》でシャツを切り裂いてズボンのジッパーをおろした。ブリーフも切る。消毒液に浸したガーゼで腹部を拭《ふ》く。桑原の傷は臍《へそ》の左下だった。血が滲《にじ》み出る。

「そんなことは分かってる。なにで刺された、と訊いてるんや」

「喧嘩《けんか》です」桑原がいう。

「なんで刺された」

「ナイフです」

「刃渡りは」

「十センチぐらいかな。ちゃちな折りたたみナイフですわ。つい油断しましてん」

「おまえ、そんなに喧嘩が好きか」

「好きやないけど、売られたら買うことにしてます」

「齢《とし》はなんぼや」

「四十一です」

「ええ加減、分別がつく齢やぞ」

内藤は左手にシリコンゴムの手袋をつけた。

「先生、指入れるんですか」

「入れる」

「痛そうやな」

「そら痛い。気絶すんなよ」

内藤は左手の中指を傷口に挿し入れた。桑原は呻《うめ》く。

「あかんな。腹腔《ふくこう》に達してる」

「なんで分かるんです」

「おまえ、多弁症か」

「いや、そうでもないけど……。どえらい痛いし」

「教えたろ。腹を刺された患者が運び込まれたとき、医者が頭で考えるケースはふたつや。大動脈損傷はないか、腸管損傷はないか……。大動脈がやられてたら、止血してもドクドク血が出てきて、十分から三十分で命を落とす。……腸管損傷があったら、超緊急ではないけど、その日のうちに手術が必要や」

「わし、大動脈は……」

「それだけ喋《しゃべ》ってたら、やられてへん」

内藤はいい、「人間の腹はな、皮膚層、脂肪層、筋層、腹膜、腹腔の順に深うなってて、腹腔の中に腸管がおさまってる。おれはいま、指先でおまえの腸管を触ってるんや」

「先生も多弁症ですな」

「手術や。腸管損傷は開かんと分からん」

「先生、手術は困りますねん」

「そういうわけにはいかん。おれは医者や」

「どうしても手術するんやったら、先生が執刀してください」

「ここに設備はない」

「また、救急病院ですか。湊町の大橋《おおはし》病院」

桑原は去年、脇腹を刺されて、大橋病院で手術を受けた。大橋病院の外科部長は内藤の大学の後輩だから、あとあとの融通が利くらしい。

内藤は椅子をころがしてデスクの電話をとった。

「——転送や。救急車、呼んでくれるか。——オペや。大橋病院を指定してくれ」

「こんなことになる気がしてましたんや」

桑原はいう。「ちょちょっと縫うてもらおと思てたんやけど」

「わるかったな。大げさで」内藤は受話器をおいた。

内藤は脱脂綿で傷口を拭き、ガーゼを重ねて圧迫止血をした。なんぼです、診察料——。桑原が訊く。三万円——。仏頂面で内藤はいった。

17

救急車を待つあいだ、桑原に訊いた。黒岩をどうするか、と。

東洋信託銀行で金をおろしたら黒岩を放せ、と桑原はいった——。

桑原を救急車に乗せたあと、二宮は御堂筋本町の東洋信託銀行大阪本店へ走った。行内に入り、女性の案内係に通帳を見せて、全額をおろしたいというと、定期預金も解約されますか、という。

「それって、どういうことですか。残高は三千八百二十万のはずやけど」

「お客さまがおっしゃっているのは、定期預金と普通預金の総額ではないでしょうか」

「はい、そうです……」

改めて通帳を見た。総合口座通帳の一ページめ、〝定期預金　担保明細〟の預かり金額が〝￥15，000，000〟で、そのあとの〝普通預金〟の最終残高が〝￥23，200，000〟となっている。

「定期預金の解約て、この場でできるんでしょ」

「できますが、解約申込書を書いていただきます。その際はお客さまの本人確認が必要です」

案内係に疑う色が見えた。「失礼ですが、お客さまは黒岩さまご本人ですか」

「いや、ちがいます。黒岩の息子です」

「申しわけありません。ご本人でなければ解約はできません」

「親父は病気で寝てますねん。委任状があったら可能ですか」

「いえ。それも……」案内係は首を振る。

ここで粘るのはまずい。通報されるおそれがある。定期預金は諦《あきら》めるしかない。

「しゃあない。今日は普通預金だけおろして帰りますわ」

暗証番号は聞いている、といった。案内係は小さくうなずいた。


二千三百二十万円の入った紙袋を持って地下駐車場に降りた。クラウンのトランクを開ける。黒岩はじっとしていた。

毛布をとり、黒岩の腕に巻いたテープを剝《は》いだ。足のテープも剝ぐ。

「黒岩さん、解放や」

いうと、黒岩は起きあがった。さもいまいましげに口に貼られたテープをとり、充血した眼で二

てタクシーをとめた。

御堂筋を南へ歩きながら、悠紀に電話をした。出ない。レッスン中なのだろう。歩道の端に寄っ
黒岩にクラウンのキーを放り、駐車場を出た。

「運転席の足もとに刃物がころがってる。鳴友会のチンピラの匕首や。始末しといてくれ」

宮を睨《にら》みつける。


セツオのアパートに帰り、鍵《かぎ》を挿して中に入った。炬燵《こたつ》の横で毛布が膨らんでいる。セツオが寝ていた。

セツオを起こさないよう、台所の椅子に腰かけて煙草をくわえたが、ライターがない。西山事務所で落としたのか。コンロの火で煙草を吸いつけた。

「帰ったんか」セツオが顔をこちらに向けた。

「すまんな。起こしたか」

「さっきから起きてる。風呂屋《ふろや》へ行こかどうか、考えてた」

「組当番は」

「サボった。桑原さんの手伝いしてることになってる」

「それって、森山さんは承知してるんか」

「んなわけないやろ。知ってるのは若頭だけや」

「桑原さん、西山事務所で刺された」

「なんやて……」

「心配ない。いまは湊町の大橋病院や」

昨日、落葉山で別れてからの顚末《てんまつ》を、金のことは抜きにして話した。セツオは黙って聞いている。

「──黒岩の女が長原にチクったんやろ。『グランポワール』のママや。鳴友会の田井、吉瀬、山根、麒林会の室井に待ち伏せされた」

「くそったれ。おれがいてたら、桑原さんが刺されることなかったのにな」

喧嘩の弱いセツオが悔しがる。あんたはおってもおらんでもいっしょやで──。

「木下は」

「嶋田組に帰った。あいつの本業は若頭のガードや」

「いつでもモデルガンを持ち歩いてるんは、ガードやからか」

「知るかい。あいつの趣味やろ」

セツオは起きてきた。二宮の向かいに腰をおろして煙草に火をつける。二宮は冷蔵庫から缶ビールを二本出して、一本をセツオの前においた。

「ひとつ訊いてええか」

「なんや」セツオはプルタブを引く。

「あんたも木下も、なんで桑原さんの手伝いするんや。二蝶会とは切れた人間やろ」

「うちの組とは切れた。けど、桑原さんは極道や。まちごうても堅気やない」

「破門状がまわってから三年が過ぎんと、警察は堅気になったと見なさんのやろ」

「よう知ってんな、あんた」

「そら、この業界は長いからな」

「いま、うちの組はきな臭いんや」セツオはビールを飲む。

「きな臭い？」二宮も口をつけた。よく冷えている。

「オヤジが引退するやせえへんや、噂が飛んでる」

「その話は桑原さんから聞いた。森山さん、地区長に推薦されて、渋ってるらしいな」

地区長は本家に納める月ごとの会費が高い。ヒラの直参の一・五倍だという。四年前の事件だったか、同じ地区内の下部組員が抗争で発砲し、歩行中の女性に重傷を負わせたため、この三月の一審判決で、一億円近い慰謝料と賠償金の支払いを命じられそうだとも聞いた。

「嶋田の若頭が三代目を襲《と》ったら、桑原さんの復縁はまちがいない。あのひとのことやから三代目二蝶会の若頭にはならんやろけど、舎弟頭や相談役くらいにはなるわな」

「なるほどな。そういう将来を見越しての、セツオくんの処世かいな」

「怖いもんは宮仕え、というやろ」

「すまじきものは、や」

セツオの譬《たと》えがおもしろかった。ヤクザは宮仕えか――。「桑原さんが舎弟頭になったら、セツオくんは桑原さんのガードやな」

「冗談やない。あのひとのガードなんかしたら、命がなんぼあっても足らんわ」

「そこのとこ、同感やな」うなずいた。「けど、桑原さんが復縁するには金が要るんやろ」

「要るわな。五百万や一千万は。嶋田の若頭も、いまは代を襲るための金集めで大変らしいわ」

その金、ここにあるで――。足もとに紙袋をおいている。中の札束をセツオに見せれば眼をむくだろう。

「おれ、大橋病院へ行くわ。桑原さんの見舞い」

「面会できんかもしれんで」手術はまだ終わっていないだろう。

「かまへん。病室で桑原さんを待つ」

「木下にも知らせよか」

「あいつはええ。若頭のガードなんやから」

セツオの木下への対抗意識が見えた。自分だけが見舞いに行って桑原にゴマをするとは、なかなかにセコい。

「あんたの車で行ってもええか」

近くのコインパーキングに二宮のアルファロメオを駐めているという。

「おれもいっしょに行く。桑原さんに報告せなあかんことがあるし」

銀行からおろした二千三百二十万円を桑原に渡して分け前をもらわないといけない。

「よっしゃ。出よ」

セツオはネルシャツにダウンジャケットをはおった。


湊町。大橋病院——。桑原は手術中だった。いつ終わるかは分からない。二宮はナースステーションで桑原が入る予定の病室を訊き、セツオを残してロビーに降りた。

携帯が振動した。悠紀だった。

——はい。おれ。

——啓ちゃん、なに？　電話したやろ。

——いや、悠紀の声が聞きたかったんや。マキは元気か。

——元気やで。お母さんのあとついて、家中を飛びまわってるわ。かわいい、かわいいって、お母さんもすっかりマキちゃんのファンや。

——そら、あんなに賢い鳥はいてへん。

——でも、ときどき〝ケイチャンハドコ　ケイチャンハドコ〟って鳴くらしいよ。マキに会いたい。〝ケイチャン〟と呼んで欲しい。膝《ひざ》にのせて頭をなでたい。

——悠紀は今日、暇か。

——暇なわけないやんか。まだレッスンが二コマあるのに。

——そのあとや。晩は空いてるんか。

——うん。七時からはアポなし。

——ほな、飯食お。どこでもええ。フレンチでもイタリアンでも懐石でも、悠紀の好きなもんや。

——ふーん。どういう風の吹きまわしよ。

——いま、懐があったかいんや。ほんのちょっと。

——それやったらフレンチかな……。いや、フグにする。

——てっちりは、法善寺の『如月《きさらぎ》』やな。

大阪の人間ならたいていは知っている老舗《しにせ》のフグ屋だ。ひれ酒を五合ほど飲んで、ひとり三万円だろう。

——おれ、『如月』の番号知らんねん。悠紀が予約してくれるか。

——分かった。七時すぎやね。

電話は切れた。ロビーの椅子に腰をおろす。

きれいな看護師がそばをとおった。後ろ姿を眼で追う。腰の位置が高く、脚がすらりと長い。あれでピンヒールを履かせたら、新地のクラブでナンバーワンを張れるだろう。

いや、若いうちは水商売もええけど、齢をとったら看護師のほうがええな。なんというても看護師免許がある。ツブシが利くがな——。

脚のきれいな牧野さんはどうしてるんやろ。この仕事が片付いたら電話せんとな。けど、またデートしてくれるやろか。そしたら、次は映画やな。映画館で手をつなご——。

膝の上に紙袋を抱え、埒《らち》もないことを考えていたら、いつのまにか眠り込んだ。

白いワンピース、白いストッキング、白いナースキャップ——。厚化粧の女が歩いてくる。あれっ、牧野さんやないか……。

牧野さんがなにかいった。眼をあける。紺の制服の警備員が前に立っていた。

「ここで寝てもろたら困るんですわ」

「あ、どうも……」

上体を起こした。「――ナースキャップて、このごろの看護師さんはせんのですか」

「廃止になりましたね。もう十年ほど前でしょ」

なにをいいだすのか、と警備員は怪訝《けげん》な顔をする。

二宮は腕の時計を見た。六時半だ。

あわてて立ちあがった。三時間近くも寝たらしい。紙袋を持ってエレベーターホールへ走った。

五階にあがり、５０８号室をノックしようとしたら、中からドアが開き、看護師が出てきた。

「ここ、桑原保彦さんの部屋ですよね」

訊くと、看護師はうなずいた。二宮は病室を覗《のぞ》く。ベッドは空だった。

「手術、終わってないんですか」

「さっき、終わりました」もうすぐ、桑原が運ばれてくるという。

「意識は」

「ないと思います。全身麻酔ですから」

「いつ、覚めます」

「それは分かりません」

「腸管、損傷してたんですか」

「わたしは答えられません。ドクターに訊いてください」

「ドクターは」

「あの、お身内の方ですか」

「いや、知り合いです」

「だったら、ナースステーションをとおしていただけますか」

「ナースステーションね……」

面倒だ。どうせ桑原の意識はすぐにはもどらないだろうし、面会ができるかどうかも分からない。

「もうひとり、黒のダウンジャケット着たカマキリみたいな男が来んかったですか。坊主頭で前歯が四十五度に出てます」

「いらっしゃいました」

看護師は笑いを抑えて廊下を振り返る。「見えませんね」

セツオはどこにいるのだろう。外で牛丼でも食っているのか。

「すんません。出直します」

頭をさげ、５０８号室を離れた。エレベーターホールへもどる途中、休憩スペースを覗くと、セツオがシートにもたれて眠りこけていた。口をとじんかい、口を。歯が出てるぞ。

二宮はロビーに降り、大橋病院を出た。


法善寺。水掛《みずかけ》不動のところで肩を叩かれた。振り返る。ダウンのジップパーカにクラッシュジーンズ、肩にポシェット風のバッグを斜めがけにした悠紀が笑っていた。

「なにしてるの、啓ちゃん」

「『如月』に行くんや」

「あらっ、わたしも『如月』に行くんやで」

「奇遇やな」

「ほんまやね」

悠紀が腕を組んできた。股間がピクッとする。

「悠紀はきれいな。みんなが見てる」

「そうかな。スカート穿《は》いてきたらよかった」

「あかん、あかん。悠紀の脚は眼の毒や」

ゆっくり歩く。悠紀の手を感じながら。「ジーンズのときはTバックか」

「そらそうやわ。ラインが出るもん」

Tバックショーツは黒だ。透けていれば、なおいい。またピクッとした。

「啓ちゃん、想像してるやろ」

「ちょっとな」

「見せたげよか、紐《ひも》のとこ」

「おう、見たい」

「見せへん」

ふたりで店に入った。予約した渡辺です、悠紀がいう。二階の座敷にとおされた。

てっさを二人前と、てっちりのコースを頼んだ。フグ皮の湯引きを肴《さかな》に、まず生ビールを飲む。

「啓ちゃん、その紙袋、なに？　すごい大事そうにしてるけど」

「ああ、これな。失《な》くしたら首括《くく》らんとあかんもんや」

グラスをおいた。「見たいか」

「見たい」

「悠紀とおれだけの秘密やで」

紙袋を卓においた。広げる。悠紀は覗き込んだ。

「えっ、お金やんか」

「二千三百二十万。どえらい大金や」

「啓ちゃん、自首し」

「どういうことや」

「だって、銀行強盗したんやろ」

「あほなことを。通帳と印鑑でおろした金や」

「どうせ、あの疫病神に頼まれたんでしょ」

「正解です」

「ほんまに、ええ加減にせなあかんよ、いまに警察のお世話になるわ」

「これはな、疚《やま》しい金やない。警察やヤクザよりもっとわるいやつから取りあげた正当な報酬や」

「まさか、サバキのお金？」

「サバキで二千三百二十万は無理やな」

「じゃ、なによ」

「議員や。西山光彦」

「国会議員やんか、民政党の」

悠紀は湯引きを口に入れる。「啓ちゃん、そのお金でフグ食べようと思てるの」

「ちがう、ちがう。これはおれの金やない。西山光彦の地元筆頭秘書で、黒岩いう腐れから桑原が稼いだ金や。おれはここから分け前をとる」

「いくら」

「さぁな……。二百万か、三百万か。桑原との交渉や」

「啓ちゃんて、欲がないんやね。相手は桑原やろ。一千万くらいとったらいいやんか」

「そういうわけにはいかん。桑原はこの半分を嶋田さんに渡して、いままでの込み合いを収めてもらわんとあかんのや」

「嶋田さんて、若頭《わかがしら》でしょ。二蝶会の」

「むかしはおれの親父の弟分やったひとや。いまも、おれにはようしてくれる」

「啓ちゃんて、密接関係者なんや。暴力団排除条例の」

「それをいわれると否定はできんな。なんぼ、親父つながりでも」

「するとわたしは、暴力団密接関係者関係者やね」

あっけらかんと悠紀はいう。腹が据わっているというか、冷めているというか、なにごとにも恬《てん》として動じることがない。中学、高校生のころからそうだった。悠紀とつきあうのはよほど度量が大きいか、一日中、口をあけて空を見あげているような男でないと務まらないだろう。

「教えてよ。啓ちゃんがそのお金を持ってる事情というのを」

「事情な……。込み入ってるで」

「いいよ。おもしろそうやし、聞いたげる。啓ちゃんの冒険譚《ぼうけんたん》」

悠紀は箸《はし》をおき、両肘《りょうひじ》を卓につけて手を組んだ。


てっちりに白子を追加して雑炊を食い、ひれ酒を四合飲んで『如月』を出た。いつもならほろ酔い機嫌だが、少しも酔えない。理由は分かっている。紙袋の金だ。二千三百二十万円もの大金を持って繁華街をうろうろしているのは、大阪中で二宮だけだろう。いつもなら笠屋町あたりのスナックから旧新歌舞伎座裏のゲイバーへ行くところだが、その気になれない。

「悠紀、ちょっとだけつきおうてくれへんか」

「どこへ」

「大橋病院。桑原に金を渡したいんや。そのあとで、ゆっくり飲も」

「分かった。気になるんやろ。啓ちゃん、酔ってないもん」

「ごめんな」

千日前通まで歩いてタクシーを停めた。


急患の出入り口から院内に入った。五階へあがる。休憩スペースにセツオがいた。

「おう、どうした……」

セツオは顔をあげた。悠紀に気づいて、「誰や」

「うちのバイトの子や」従妹《いとこ》とはいわない。

「アルバイト？　あんたの事務所に」

「初めまして。セツオさんですよね」

悠紀は小さく頭をさげた。「渡辺といいます。いつも所長がお世話になってます」

「はいはい、こちらこそ。徳永《とくなが》いいます」

セツオは立って深々とお辞儀をした。穴のあくほど悠紀を見て、「めっちゃ、きれいですね。宝塚歌劇団とかにお勤めですか」

「いえ、本業はダンサーです」

「それはすばらしい。どんなダンサーですか」

「バレエです。ミュージカルも、ときどき」

「光栄です。ほんまもんのバレリーナとお会いできるやて、初めてです」

バレリーナ、には笑った。こんなに愛想のいいセツオは初めてだ。

「桑原さんは」セツオに訊いた。

「部屋にいてはる」

　意識はある。さっきまで喋っていた、とセツオはいう。

「手術はどうやった」

「腸に小さい穴があいてた。一カ所な。穴をふさいで腹ん中を洗うたそうや。経過観察で五、六日は入院せんとあかんらしい」

　悪運の強いやつだ。ひと月ほど入院すればいいものを。

「分かった。見舞いしてくるわ。悠紀はここで待っててくれ」

　いって、５０８号室へ行った。ドアをノックして開ける。桑原はベッドを少し起こして眼をあけていた。

「こんな時間になんじゃい。遅いやないけ」

「いろいろ用事があったんです」

「おまえ、顔が赤いな。飲んでへんか」

「ビール飲みました。一本だけ」

「セツオにいうたんやぞ。二宮に電話せいと」

「電源、切ってました」

「わしが病院でウンウンいうてるときに切るやつがあるかい」

　桑原は舌打ちして、「金はどうした」

「ちゃんとおろしました。これです」

　紙袋を桑原の脇においた。「二千三百二十万です」

「待たんかい。三千八百二十万やろ」

　この男、全身麻酔のあとなのに金のことだけはよく憶《おぼ》えている。感心した。

「ちがいますねん。そのうちの千五百万は定期預金で、黒岩本人でないと解約できんのです」委任状も無効だといった。

「これや。残高が三千八百二十万というたんはおまえやぞ」

「すんません。定期預金も普通預金も同じやと思てたんです。……それに、定期預金のことは桑原さんにもいうたやないですか」

「くそったれ。黒岩のやつ……」

「もうええやないですか。千四百三十万と二千三百二十万で、三千七百五十万を手に入れたんやから」これで終わりだ。平穏な暮らしにもどりたい。

「あほんだら。黒岩は五千万を払うというたんやぞ。千二百五十万も足らんやないけ」

「その金は桑原さんがとってください。定期を解約して」

東洋信託銀行の通帳と印鑑を渡した。桑原は通帳を広げて確かめる。

「黒岩のボケ、とことん追い込んだる」

「おれ、もう手を引きますから」

「勝手にせんかい」

「約束の金、もらえますか」

「なんやと……。わしがなにを約束した」

「東洋信託銀行の金を手に入れたら、分け前をもらう約束です」

「おまえには、百万やった」

「あれとこれとはちがいます」

「なんぼ欲しいんや、え」

「三百二十万」

「聞こえんな。もういっぺん、いうてみい」

「端数の三百二十万です」

「ようけうた。おまえは神をも恐れぬ欲たかりや」

「ください。三百二十万。このとおりです」頭をさげた。さげるのはタダだから。

「おまえ、なにをしたんや。このシノギで」

「いっぱい、しましたよ。北茨木、島本町、白浜、有馬、箕面……。桑原さんのショーファーして組事務所にも行ったし、ヤクザに脅されて死ぬほど怖いめにもあいました。雑誌のルポライターもやったし、議員の羽田を氷漬けにもしました。ほんまにもう数え切れんほどね。血塗《ちまみ》れの桑原さんを内藤医院へ連れて行ったんも、このおれですわ」

「よう憶えとるのう、くだらんことを」

「桑原さん、おれの去年の年収は二百六十五万です」

「おまえやろ。言葉より先に嘘を憶えたんは」

「頼みますわ。三百二十万、ください」

「くそボケッ」

桑原は紙袋に手を入れ、帯封の札束をひとつ出して毛布の上に放った。「去《い》ね。うっとうしい」

百万か――。落胆はしない。あわよくば三百万と思っていたが、百万なら文句はない。札束をとり、ジャケットのポケットに入れた。

「ありがとうございます。三カ月、食いつなげますわ」

いちおう、礼をいった。「警察にはどういうんですか」

「なんのこっちゃ」

「医者は警察に知らせたでしょ。刑事がきますよ、事情を訊きに」

「それがどうした。わしは自分で腹刺したんや」

「割腹自殺ですか」

「死んでへん。未遂や」

「そんな話がとおりますか。警察に」

「とおるもとおらんもない。わしは組を破門になって世を儚《はかな》んだ。どこのどいつが嘘やといえるんや、え。考えてものいわんかい」

こいつは絶対に口を割らない。西山事務所も組員同士の乱闘は伏せるだろう。火炎瓶事件と同じように。

「黒岩を追い込むんですか」

「追い込む。わしの意地にかけてな」

「ほどほどにしてくださいね。桑原さんはもう、組織のひとやないんやから」

「おまえに心配されるようでは世も末やのう」

桑原は天井を向き、手を横に振った。「眠たい。ごちゃごちゃいうてんと去ね」

「おれ、もう見舞いには来ませんからね」

電話もかけてくるなよ——。言外にいい、病室を出た。


休憩スペースにもどった。悠紀とセツオがテーブルに缶コーヒーをおいて喋っている。

「悠紀、行こか」

「ちょっと待って。セツオさん、エアロビをしたいんやて」

「先生のレッスンを受けるんや」セツオがいう。

「まさか、『コットン』の生徒になるてか……。あんたが」

ピンクのヘッドバンドに水玉のショートパンツを穿いたセツオが女の子に交じって脚を振りあげる……。悪夢だ。「――行こ、悠紀。十時をすぎた」

「おれも出よかな」セツオが腰を浮かした。

「桑原さんが呼んでたぞ。セツオはどこや、て」

セツオにいい、悠紀を連れてエレベーターに乗った。

「悠紀、やめとけ。セツオを生徒にしたらあかん。あいつの渾名《あだな》は〝便所コオロギ〟で、盗撮がシノギなんや」

〝便所コオロギ〟の由来を説明した。悠紀は笑った。

「せやから、セツオは『コットン』の更衣室にカメラを仕掛けるかもしれん。悠紀の裸がＤＶＤになったらどうするんや。おれがいちばんに買うけど」

「啓ちゃんにだけは見られとうないね」

「どういう意味や」

「だって、啓ちゃんは身内やもん」

それが嫌なのだ。悠紀が従妹でなければと、どんなにか願ったことだろう。

「セツオはひとがええ。けど、あかん。『コットン』の品位がさがる」

ロビーに降りた。旧新歌舞伎座裏のゲイバーは、歩いて五分だ。

18

事務所の電話が鳴った。ディスプレイを見る。〝公衆電話〟だ。いまどき誰が使うんや――。

——はい。二宮企画。

——ハロー・イッツ・ア・ビューティフルデイ。

疫病神だ。電話をとったことを後悔した。

——今日、雨降ってますよ。

——それがどうした。

——これって、公衆電話ですよね。

——わしの携帯は、おまえ、とらんやろ。

——そんなことないですよ。来るもの拒まず、去るもの追わずでやってます。

——そうかい。おまえはわしが好きなんや。

あほやろ、こいつは。どういう神経しとんのや。

——飯、食お。出てこい。

——あいにくでした。もうすぐお客が来ますねん。

——嘘ぬかせ。おまえんとこは年中、開店休業やないけ。

——桑原さん、退院したんですか。

話を逸《そ》らした。

——先週や。包帯も外した。旨《うま》いもん食うて栄養つけんとな。

——桑原さんに限って、栄養と体力は充分です。喧嘩は強いし、頭は切れるし。

——おためごかしは要らん。出てこい。

——ほんまに客が来るんです。ほな。

受話器をおいた。またかかるかと思ったが、かからない。ひと安心してソファに寝ころがった。

マキが飛んできて胸にとまった。頭をなでてやる。

「マキ、桑原が公衆から電話してきよったわ。ない頭でけっこう考えよるで」

〝ゴハンタベヨカ　ゴハンタベヨカ〟マキが鳴く。

「お腹、空《す》いてんのか」

立って、ケージの上の餌皿に麻の実を足してやった。マキはついばむ。

「かわいいな、マキは。天使が舞い降りたみたいや」

マキのようすを見ながらソファに座って発泡酒を飲む。なんということのない安寧な日々がもどってきたのだ。仕事の注文はないが、半年は食いつなげる金がある。悠紀にもたまっていたバイト料を渡した。車でも買うか。アルファロメオを下取りにして。

パソコンを立ちあげて中古車サイトにアクセスした。悠紀がかわいいといっていた、ＢＭＷミニとフィアット５００を見る。五十万円も出せば年式の古いのが買えそうだ。悠紀は何色が好きなんかな。赤かな、黄色かな。水色とかもよさそうや——。

ノック——。マキが〝ユキチン〟と鳴く。

「どちらさん」返事をした。

「わしや。開けんかい」

「へっ……」

「へ、やないやろ。ぼけとんのか」

しまった。さっきの電話は二宮が事務所にいることを確かめるためだったのだ。

しかたなしに、立って錠を外した。桑原が入ってくる。デスクのパソコンに眼をやって、

「なんじゃい、車を買おと思とんのか」

「見てただけですわ」

「その黄色いのはなんや。軽四か」

「フィアットです」

「貧乏人が外車なんぞ買うな」

桑原はソファに腰をおろして、ビールを持ってこい、という。

「桑原さん、車ですよね。ビール飲んだら運転できませんよ」

「おまえが運転するんやないけ」

「おれは発泡酒を飲みました」テーブルの上の空き缶を指さした。

「気の利かんやっちゃ。飯食お、というたやろ」

「ひとりで食うたらええやないですか」こいつは友だちがいないのだ。

「客はどうした」桑原はソファにもたれて脚を組む。

「客？　もうすぐ来ます」

「ほんまやろな」

「嘘ついてどないしますねん」

「もし客が来んかったら、おまえはわしに嘘ついたことになる。そのときはどうなるや分かってるやろな」

「………………」言葉につまった。下を向いてデスクの椅子に座る。

「なんや、あの棚は」

桑原はスチール棚を見て、「こないだは段ボール箱を積んでたやろ」

「あれは撤去します。狭苦しいから」

棚に『クリップ』のパッキンは載っていない。藤井あさみとの契約は解除して半月分の倉庫料を返却した。藤井は長原から経緯を聞いていたのか、あっさり同意してパッキンを引き取っていった。

「飯、食いましょか。アメ村でパスタランチ」

「客は」

「今日はキャンセルしたみたいです」

「そうかい」

桑原はにやりとした。「嘘つき賃や。そこの日航ホテルでステーキ奢《おご》れ」

「はい、はい。なんでもごちそうします」

椅子にかけているジャケットをとった。「行きましょ」

「その前に打ち合わせや。ステーキ食うたら、北茨木へ行く」

「ちょっと待ってください。北茨木て、なんです。その話は済んだはずですよ」

「二宮くん、わしは未収金があるんや。黒岩を追い込むというたやろ」

「お言葉ですけど、その種の仕事はひとりでしてください」

「きっちり責任とらんかい。おまえは東洋信託銀行から二千三百二十万しか回収してへん。千五百万の定期預金はまだやないけ」

「そんなあほな……」

「百万や」

「なんです」

「残りの千五百万、回収したら百万やる」

「要りません。たとえ五百万でも。おれはその話から足を洗うたんです」

「自分ひとりがええ子かい。それは聞けんな」

「桑原さん、ほんま、堪忍してください」

「なにを堪忍するんじゃ。おまえはわしのバディーやろ」

「なんです、バディーて」

「相棒じゃ」

桑原は笑った。「責任はとらん。そやのに金はとる。ええ性根やで」

やはり、こいつはヤクザだ。食いついたら離れない。食いつかれた二宮にも責任の一端はある。

「どうなんや。北茨木へ行くんか行かんのか」

「二百万です」

「なんやと」

「黒岩から千五百万回収したら、二百万ください」

「おう、おう、欲たかりの地が出たのう。……やるがな。百五十万」

「一割ですか。千五百万の」

「それ以上は出さん。わしはプロデューサーで、おまえはスタッフや」

「ほんまにくれるんですね、百五十万」

「やるというたらやる。わしはおまえみたいな嘘つきやない」

「分かった。分かりました。協力します」

どうせ逃げられないのなら金にするしかない。口では軽くいうが、百五十万円は大金だ。フィアット500がベンツのCクラスになる。「それで、黒岩をどう追い込むんです」

「んなことは黒岩に会うて考える」

「作戦、なしですか」

「世の中に作戦みたいなもんがあるかい。こっちがこう出たら、向こうはこう出るて、思いどおりになるんやったら極道は要らん」

「なるほどね。つまりは行きあたりばったりの出たとこ勝負なんや」

「二宮くん、わしには信念がある」

「信念……」

「これや」

桑原は右の拳をかざした。「無理をとおしたら道理は引っ込むんや」

改めて、桑原の本質を見た。暴力だ。そうしてなにより、この男は誰よりも行き腰がある。それだけは認めてやってもいい。

「マキ、啓ちゃんはお出かけする。お留守番やで」

マキにいい、ジャケットをはおった。


日航ホテルのステーキレストランでランチを食ったが、払いは桑原がした。ＢＭＷ７４０ｉを桑原が運転して北茨木へ。西山事務所に着いたのは午後一時だった。

「おまえ、行って黒岩を呼んでこい」

「呼んで来るとは思えませんけどね」

「そのときはわしが行く。まさか、鳴友会はおらんやろ」

「黒岩を殴るのだけはやめてくださいね」

車を降りた。事務所に入る。長原はいなかった。

「二宮といいます。黒岩さんは」

髪の赤い事務員に訊いた。黒岩はいない、という。

「外出ですか」

「黒岩はしばらく、休暇をいただいてます」

「休暇て、有給休暇とか？」

「いえ、体調を崩しまして、事務所に出ておりません」

「いつからです」

「もう十日くらいになりますね」

黒岩を攫《さら》って銀行から金をおろしたのがそのころだ。

「長原さんは」

「長原は休職しています」

「休職……。いつまでですか」

「分かりません。わたしには」

「黒岩さんは家にいてはるんですかね」

「いないと思います。自宅の電話も携帯もつながりません」

「そうですか……」

「黒岩から連絡があれば伝えましょうか。ご用件を」

「いや、ご用件というほどのものはないんですわ」

名刺を渡した。「もし連絡があったら、その番号にかけてくれますか。二宮企画の二宮です。

……それと、西山先生は東京ですよね」

「はい。東京事務所です」千代田《ちよだ》区だという。

「いつ、こっちに帰られますか」

「西山のスケジュールは分かりません」

分からないのではない。得体の知れない人間には教えないのだ。

「いや、ありがとうございました。また来ます」

頭をさげて事務所を出た。車に乗る。

「黒岩は飛んだみたいですね。鳴友会に追い込まれて」

「どこに飛んだんや」桑原は煙草のけむりを吐く。

「おれやったら、フィリピンですかね。タイのパタヤビーチとかもええかな」

「素人《トウシロ》か、おまえは。黒岩がどこに飛ぼうが、鳴友会とは帳消しになってへんのや」

「桑原さんが詐欺師を追いかけて北朝鮮に行ったんも、それですよね」

「わしだけやない。おまえも行ったやないけ」

「あのときはほんま、死ぬかと思いましたわ」

「それをわしが助けたったんやぞ」

「おおきに、ありがとうございます。おかげさまで、このとおり五体満足です」

どこがおかげさまや。こいつのせいで、どれだけひどいめにおうたんや——。

「くそったれ、黒岩のボケ。思い知らせたる。この桑原さんがどれほど怖いかをな」

桑原はウインドーをおろして煙草を捨て、セレクターレバーを引いた。


国道171号を西へ走った。箕面市小野原——。黒岩家の前に桑原はBMWを駐めた。ガレージのシャッターは閉まっている。中に黒岩のクラウンが駐められているかどうかは分からない。

「ほら、行ってこい」

「なんでも、おれなんや」

「二宮くん、わしは狼で、君は白ウサギなんや」

白ウサギの意味は理解しかねたが、車を降りた。門扉のあいだから玄関先を覗くと、ケージの中の犬が吠《ほ》えた。かわいげのないフレンチブルドッグだ。

インターホンを押した。はい、と女の声で返事があった。レンズに向かって一礼した。

——光誠学園大総務課の田中といいます。黒岩先生はいらっしゃいますか。

——ごめんなさい。黒岩は留守です。

——よかったら、お出かけ先を教えてください。

——黒岩は海外です。西山先生のお供でマレーシアとシンガポールを歴訪して、そのあと、インドネシア旅行をする予定です。

——西山先生とはインドネシアから別行動ですか。

——ジャカルタに黒岩の大学のころのお友だちがいます。ボロブドゥールの遺跡を案内してもらうといってました。

やけに話が込み入っている。黒岩は西山の随行と偽って姿をくらませたのだ。

——すると、黒岩先生のお帰りは。

——今月中には帰ってくるといってましたが、携帯をおいていったので、詳しいことは分かりかねます。

——承知しました。ありがとうございます。

インターホンの前を離れ、車に乗った。

「勘があたりましたわ。黒岩は東南アジアです」

聞いたことを報告した。桑原は鼻で笑って、

「西山のお供なんぞいうのは口実や。黒岩はひとりやない。女連れてフケとんのや」

「それはないと思いますわ。『グランポワール』のママは何日も店を空けられんでしょ」

「おまえというやつは人間観察ができてへんのう。札束でほっぺたなでたら、インドでもアフガンでも、尻振ってついて行く女はおる」

「桑原さんにもいてるんですか。そんな女」

「大阪に三人、京都にふたり、神戸にひとりおる」

「ひとりぐらい紹介してくださいよ」

「おまえには札束がない」

桑原はスマホを出して〝代議士・西山光彦〟を検索した。「――電話番号いうから、かけろ。西山に陳情したいというて、どこにおるか訊け。東南アジアに行ったこともな」

二宮は携帯を開いて、桑原のいう番号を押した。

――西山光彦政経相談室です。

――どうも、はじめまして。北茨木商工会議所で西山先生にお力添えをいただいてる田中建設の中村《なかむら》と申します。

――はい。こちらこそ、お世話になっております。

――実は、折入って西山先生にご相談したいことがございます。ほんの五分でけっこうです、西山先生におめどおり願うことは可能でしょうか。

――中村さまは紹介状をお持ちですか。

――もちろんです。民政党大阪府議会の羽田勇先生にいただいた紹介状を持参いたします。

――西山は今週、午後五時まで議員会館に詰めておりまして、そのあと、こちらの事務所に参ります。西山本人がお会いすることはできないかもしれませんが、そのときは秘書が対応します。

――承知しました。……ちなみに、先週、西山先生は東南アジアを歴訪されましたか。

――いえ、西山は今年、海外には出ておりません。

――そうでしたか。いや、ありがとうございました。

携帯をたたんだ。

「嘘でしたわ。西山は海外出張なんかしてません」

「やっぱりな」

桑原はスマホをとり、スクロールして発信キーに触れる。「――セツオか。わしや。おまえ、黒岩の家を張れ。――箕面の小野原、九丁目の十二。コンクリートの塀。陸屋根《ろくやね》の建物や。車で来い。――なんやと？　おう、それでもええ」

黒岩はフケたようだが、確かではない。家に寄りつく可能性もなくはないから、姿を現したときは連絡しろ、と桑原はいい、電話を切った。

「セツオのやつ、山名の手伝いで出られへんといいよった」

「山名て、嶋田さんのライバルやないですか。森山さんの跡目相続の」

「ちゃっかりしとるで。セツオは若頭にも山名にもええ顔しとんのや」

セツオは黒岩の家を張れないが、近ごろ二蝶会に出入りしている半グレを箕面に行かせる、と桑原にいった――。「日給一万。わしが払う」

「二十四時間の見張りで一万円て、安いですね」

「んなことあるかい。わしがチンピラのころは日給なんぞなかった」

さもうっとうしそうに桑原はいい、「西山はどこにおんのや」

「東京です。西山は五時をすぎたら事務所にいてます。面会する気はさらさらないようやけど」

「よっしゃ、行くぞ」

「行くて……。どこへ」

「東京じゃ」

桑原は腕の時計に眼をやった。「二時や。二時半の新幹線に乗ったら五時には東京駅に着く」

「あの、いまから行くんですか、日本の首都へ」

「グリーン車や。奢ったる」

桑原はパーキングブレーキを解除した。

五時十五分――。桑原と二宮は東京駅に降り立った。

「ほんまに、あっというまでしたね。新幹線は速い」

新大阪駅を出て駅弁を食ったあと、すぐに眠った。京都、名古屋、新横浜、どれも憶えていない。眼が覚めたら東京だった。

「おまえ、もの食うたあと、歯も磨かずに寝るんか」

「そういう習慣はないですね、子供のころから。気は弱いけど、歯は強いんです」

「おまえやろ。〝頭はコンニャク・尻《ケツ》の穴ブリキ〟いうのは」

丸の内口からタクシーに乗り、平河町《ひらかわちょう》に向かった。大阪は小雨だったが、東京は降っていない。天気は西から変わるから、今夜あたり降るのだろう。二宮はチェックのネルシャツに桑原から借りたニットタイを締め、ジャケットのボタンをとめた。

平河町――。砂防会館の前でタクシーを降りた。あたりを見まわす。西山光彦東京事務所が入る《新平河合同ビル》は砂防会館の斜向《はすむ》かいにあった。

「ええか、事務所に入ったら二蝶のことはおくびにも出すな。おまえは二宮企画の所長で、わしは顧問アドバイザーや。分かったな」

「羽田の紹介状は」

「ここにある」

桑原はチェスターコートの胸を押さえた。新大阪駅で買った便箋《びんせん》に桑原が書いた紹介状だ。桑原は案外に達筆で文言も整っている。ヤクザは天性だが、詐欺師にも向いているかもしれない。

新平河合同ビルに入った。《西山光彦政治経済相談室》は六階だ。

エレベーターで六階にあがり、事務所のドアをノックした。返事を聞いて中に入る。けっこう広いスペースにデスクが五つと応接セット、壁際にキャビネットが並び、黒いスーツの男とグレーのカーディガンの女がいた。

「二宮企画の二宮と申します。西山先生はいらっしゃいますか」頭をさげた。

「どんなご用件でしょうか」男がいった。

「北茨木市の公共工事について、お願いしたいことがあります」

桑原から封筒を受けとり、男に見せた。男は立って、こちらに来る。髪が短く耳がつぶれているのは、柔道かレスリングの経験者だろう。

「陳情なら地元事務所に行っていただいたほうが……」

「府議会の羽田先生から、こちらに行くよう助言されました。羽田先生から連絡はなかったでしょうか」舌がもつれそうだ。我ながら、ばか丁寧なものいいをする。

「あいにく、わたしは聞いておりません」

「これ、紹介状です」

封筒から便箋を出して、名刺といっしょに男に渡した。男は便箋を広げて眼をとおす。

「確かに羽田先生の紹介状ですが、はじめての方に西山はお会いできません」

「そこをまげてお願いしますわ。西山先生、おられるんでしょ」

奥のドアを指さした。男もちらっと見る。

「せっかくお越しいただいたのに申し訳ないです。お話はわたしがお聞きして、のちほど西山に取り次ぎます」

「黒岩さんのサイドビジネスに関する相談ですわ」

桑原がいった。「大津医大、鳴友会、自由党の蟹浦議員……。北茨木の西山事務所に火炎瓶が投げ込まれた事件を含めて、錯綜《さくそう》したトラブルを解決できるのは西山先生だけですね。……そう、我々は黒岩さんから仕事を請けました。いうたら、西山先生側の人間です。そこのとこを先生にお伝え願えませんか」

桑原は膝に両手をあてて深く頭をさげた。男は困ったように、

「さっきも申しましたように、西山は……」

「火炎瓶事件、表に出まっせ。それでもよろしいんか」桑原は遮った。

「分かりました。お待ちください。西山に伝えます」

男は背中を向け、奥のドアをノックして入っていった。

「あのひと、秘書ですか」

桑原は女に訊いた。女は小さくうなずく。

「おたくも秘書？」

「わたしはちがいます。スタッフです」

「こんなきれいなひとが政治家事務所のスタッフやて、さすがに東京ですな」

口と愛想はタダ、の桑原の追従に女はほほえんだ。

「テレビのレポーターとかしたらどうです。わしがプロデューサーやったら、いちばんにスカウトしますわ」

「どこかタレント事務所にいてはったんでしょ。レースクィーンとか」

二宮もいった。女は黙って首を振る。レースクィーンとまではいわないが、若いころはそこそこかわいかっただろう。

そこへ奥のドアが開き、男がもどってきた。

「西山が、お会いすると申してます」

「そらよかった」桑原はコートを脱ぐ。

「どうぞ。こちらです」

男に案内されて別室に行った。

板張りの天井、漆喰《しっくい》とオークの腰壁、ウイルトンカーペットの床、腰壁と同じオークのデスクの向こうに小柄な男がいた。髪は桑原に似たオールバック、縁なしの眼鏡、唇がやたら厚く、エラが張っている。〝チョウチンアンコウ〟と知子がいったわけが分かった。

「話は聞きました。おかけください」

西山は二宮の名刺を持ってこちらに来た。桑原と二宮はソファに座る。西山も腰をおろし、そばに秘書が立った。

「どちらが二宮さんですか」

「わたしです」頭をさげた。

「わしは桑原といいます」

桑原も低頭した。「名刺を切らしましたけど、二宮企画の顧問アドバイザーです」

「で、話というのは」

「すんません。込み入ってますねん」桑原は秘書を見た。

「彼はいいんだ。オブザーバーです」西山がいう。

オブザーバーではない。西山のガードだ。耳がつぶれている理由《わけ》が分かった。

「ほな、いいますわ」

桑原は西山に向き直った。「去年の十一月、北茨木の事務所に火炎瓶が投げ込まれましたよね」

「ほう、そんなことがありましたか」

「黒岩さんから報告なかったですか」

「ぼくは聞いてない」西山は白々しい。

「ま、聞いてないといわれるんやったら説明しましょか」

桑原は前かがみになって脚を広げ、太股《ふともも》のあいだに両腕をたらした。

「ことの発端は光誠学園グループによる大津医大の吸収計画ですわ」

「大津医大ね……」

「大津医大の理事長、諸岡時雄は株投資に失敗して、大津医大の運営資金に数十億の穴をあけた。諸岡は先生に泣きついて倒産を免れたけど、先生の狙いは大津医大を吸収して光誠学園大医学部にすることやった。そこで先生は黒岩に、諸岡を追い落とせと指示したんです。黒岩は近畿新聞の羽田勇に諸岡の愛人問題や背任横領を書かせて追い込みにかかったんやけど、諸岡はしぶとく抵抗した。それで黒岩は摂津の鳴友会を走らせたんですわ」

「黒岩にそんな裏工作はできない。不器用な男だ。ぼくがよく知ってる」

「黒岩は鳴友会に大津医大吸収の成功報酬として三千万円を提示した。……そんな大金、先生の了解がないことには出せませんで」

「ぼくは知らんね。そもそも、君の話にはリアリティーがない」

「結果的に黒岩と鳴友会はトラブった。黒岩は鳴友会を抑えたい。ただし、光誠学園大と大津医大がからんだ利権の問題で鳴友会と揉《も》めてることをいうと、代議士西山光彦の醜聞としてメディアに食いつかれるから、黒岩はそのことを表沙汰《おもてざた》にしとうない。黒岩は三島の麒林会に火炎瓶を投げ込ませることで、揉めてる相手をカモフラージュしようとした。……この構図、先生には分かりますわな。黒岩は麒林会に対するサバキを二宮企画に依頼することで、票のとりまとめへの支払いで揉めてるように見せつつ、麒林会のバックにおる鳴友会を抑えにかかりましたんや」

桑原の絵解きを西山は黙って聞いている。表情に変わりはない。

「先生が黒岩から逐一報告を受けてるとは思わんです。……けど、先生、地元筆頭秘書が引き起こしたトラブルになんの関係も責任もないとはいえませんわな」

「それで、君はどうしろというんだ」

「どうもこうもない。先生に指揮権を発動してもらいたいんですわ」

「なんの指揮権を……」

「黒岩に、この定期を解約して、残金をわしに払うようにいうてください」

桑原は東洋信託銀行の通帳と黒岩の印鑑を出した。通帳を広げて西山に見せる。「これは黒岩から奪《と》ったんやない。黒岩が納得ずくでわしに差し出したもんです。黒岩は約束をたがえたまま失踪《しっそう》したんです」

「黒岩は休暇中だと聞いたがね」

「そんなこと、先生は本気にしてますんか」

「本気も嘘もないだろう。黒岩は休暇をとったんだ」

「この通帳の金は西山事務所とは関係ない。黒岩個人の金です。黒岩がこれを払おうと払うまいと、先生に迷惑はかからんです」

「黒岩は長年、ぼくに尽くしてくれた秘書だ。勝手なことはできない」

「よう考えてくださいよ。先生が黒岩を庇《かば》いだてしたら、火炎瓶事件、大津医大の利権問題、麒林会、鳴友会との込み合い、羽田が書いた諸岡の記事……、なにもかもが表に出るんでっせ。新聞各社の詳しい解説つきでね」

桑原は顔をもたげた。「ね、先生、わしはこれでも民政党支持です。スキャンダルまみれの先生が大阪地検に出頭する映像なんか見とうないんですわ」

「桑原さん、君はヤクザかね」

「のようなものですわ」

「君はぼくを脅迫している。そうなんだな」

「先生、それは人聞きがわるいわ。わしは黒岩が約束した金を清算するように、先生に指揮権を発動してくださいと頼んでますねん」

「分かった。口添えはしてもいい。だが、黒岩とは連絡がとれない」

「それやったら、自由党の蟹浦に一本、電話を入れてもらえませんかね」

「蟹浦に？　どういうことだ」

「蟹浦は黒岩の談合仲間で麒林会の若頭の室井ともツーツーです。わしは黒岩とつるんで利権漁《あさ》りをしてきた蟹浦に鉄槌《てっつい》をくだしたいんです」

「ヤクザの君が府議会議員の蟹浦に鉄槌とはおもしろい」

西山は鷹揚《おうよう》に笑った。「だから、ぼくにどういえと？」

「二宮企画の二宮いう男が追加取材を求めてる、会うて話を聞いてやれと、それだけでけっこうです。ほかはなにもいわんでください」

「追加取材とは……」

「ちょっと前、蟹浦の事務所に行ったんです。『建設界』いう雑誌の取材でね」

「君は雑誌の記事をネタにして蟹浦を脅迫するのか」

「するわけない。蟹浦は黒岩の居どころを知ってると思いますねん」

「君のいってることは分からんな。どこまでがほんとうなんだ」

「みんな、ほんまでっせ。ちょっと衣をまぶしてますけどね」

「分かった。まぁ、いい。電話はしよう」

西山は振り返り、蟹浦事務所にかけてくれ、とガード兼秘書にいった。

エレベーターでロビーに降りた。桑原は煙草を吸いつけて、

「クズやな。黒岩なんぞ足もとにも及ばん大クズや。日本は滅びるぞ」

「なにもかも黒岩におっかぶせて、自分はほっかむりする肚ですわ」

「それが議員というクソや。わたしは知りません、みんな秘書がやりました、とな」

「あいつ、あっさり電話しましたね、蟹浦に」

「西山は北茨木を牛耳ってる蟹浦がうっとうしいんや。日頃からそう思とんのやろ」

「蟹浦は地方議員で、西山は国会議員やないですか」

「蟹浦は府議会のドンや。西山なんぞ屁《へ》とも思てへん」

「屁とも思われてない西山に、なんで電話させたんですか」

「天誅《てんちゅう》をくだすんやないけ。クソ狸の蟹浦に」

「天誅？　示現流《じげん》で斬りつけるんですか」

「なにが示現流じゃ。もっと洒落《しゃれ》たこといえ。黒岩が飛んでるあいだに蟹浦をツメるんやろ」

西山から蟹浦に電話をかけさせたのは、桑原と二宮が西山に面会したこと、桑原がすべての裏を知って西山を責めたことを蟹浦に認識させるためだ、と桑原はいい、「西山も蟹浦も黒岩のケツ持ちや。ケツ持ちが黒岩のケツを拭くのは当然の義務やないけ」

桑原の理屈はむちゃくちゃだが、多少の筋はとおっている。ヤクザの筋だ。

「よっしゃ。分かったら大阪に帰るぞ」

「ちょっと待ってくださいよ。せっかく東京に来て鮨《すし》も天麩羅《てんぷら》も食わんのですか」

「二宮くん、それもええな」

「行きましょ、銀座《ぎんざ》」

鮨のあとは銀座のクラブだ。赤坂《あかさか》、六本木《ろっぽんぎ》でもいい。キラキラしたお姉さんが二十人はいる高級クラブでドンペリを空け、アフターをしてお持ち帰りしたい。ホテル代はポケットにある。ちょうど、空車が走ってきた。停めて乗る。東京駅――。桑原はいった。

19

新大阪駅前の駐車場に帰り着いたのは九時半だった。雨はやんでいる。

「ほら、運転せい」

桑原がキーを放って寄越《よこ》した。おれの事務所に行きます。BMWに乗る。

「マキが待ってるし、おれの事務所に行きます。あとはひとりで帰ってくださいね」

「寂《さみ》しいのう。わしはおまえといっしょが楽しいんや」

「そら、すんませんね。おれも楽しいけど、独りの時間が要りますねん。風呂入ったり、髭剃《ひげそ》ったり、洗濯したり、お買物したり。マキの世話もせんとあきません」

「おまえ、わしに金くれというたんとちがうんかい」

「いいましたよ。百五十万」

「ほな、それを仕上げんといかんやろ」

「くたくたですねん。東京、とんぼ返りして。鮨も天麩羅も食わんと」

エンジンをかけた。ヘッドランプを点《つ》ける。

「島本や。新御堂を北へ行け」

「まさか、蟹浦んとこへ行くんやないでしょね」

「教えといたろ。ものごとは勢いや。ボーッと歩いてるやつは走ってるやつに負ける」

「明日でええやないですか。桑原さんも包帯替えんといかんでしょ。腸管損傷」

「外したというたやろ、包帯は」

「絆創膏《ばんそうこう》は」

「二宮くん、講釈はええんや。新御堂を北へ行ってくれるか」

桑原の声が低くなった。シートにもたれて眼をつむる。二宮は新御堂筋に向かった。


国道171号沿いのコンビニで桑原は瓶ビールを買った。栓を抜いてもらって車にもどる。桑原は瓶の口に裂いたタオルを詰めた。

「それって、火炎瓶？」

「怖いか」

「怖いです」

島本町小谷の蟹浦文夫事務所に着いた。四階建ビルの二階、三階に灯がついている。二宮は車寄せにBMWを駐めた。

桑原は車を降りた。二宮も降りる。インターホンのボタンを押した。

——はい。

男の声。蟹浦か。

——夜分、恐れ入ります。二宮企画の二宮です。先日、お邪魔しました。

——ああ、『建設界』の……。今日、西山先生から電話がありましたわ。

——西山先生にお会いしたんです。

西山の電話を、二宮と桑原は眼の前で聞いていた。西山は余計なことはいわなかった。

――追加取材ですか。

――それもあります。原稿ができたので、お持ちしました。

――了解です。事務所に降りますわ。

インターホンは切れた。一階に灯がつく。ドアが開き、蟹浦が立っていた。

「どうぞ」

「失礼します」

二宮が先に入った。桑原がつづく。勧められてソファに腰をおろした。

「おたくらの仕事も大変ですな。取材しては書き、不足があったら、また取材する。いちいち裏もとらんとあかん。昼も夜もないでしょ」

上機嫌で蟹浦はいう。焼酎《しょうちゅう》でも飲んでいたのだろう、首のあたりが赤い。

「まだ取材の足らんとこがありますねん。よろしいか」

桑原がいった。「――去年十月の大阪府議会議員北茨木市選挙区補欠選挙で、蟹浦先生は桝井義晴に応援を約束した。ところが、先生は西山事務所の黒岩と結託して新人の羽田勇を当選させるべく動いた。そこには麒林会の若頭である室井も噛《か》んでる。そう、新地の『グランポワール』で談合しましたな。……先生と黒岩は桝井と羽田の両方から金をとって山分けした。選挙というやつは先生にとってシノギや。極道はシノギに命を賭《か》けてるけど、先生《てんびん》はその二枚舌をチロッと使うだけ。詐欺師も真っ青やで。……ね、蟹浦先生、桝井と羽田を両天秤にかけて、なんぼほど懐に入れましたんや」

「なんや君は。失礼な。なにをいいだすんや」蟹浦の顔が見る間に紅潮した。

「大津医大の倒産騒動。鳴友会との揉みあい。あんた、黒岩から聞いてるやろ」

桑原は黒岩の通帳と印鑑をテーブルにおいた。「そこに千五百万の定期預金がある。黒岩の金や。

あんたとわしで折れにしようや」

「ばかも休み休みいえ」蟹浦はわめいた。

「黒岩はフケた。鳴友会に追い込まれてな。わしはその通帳を預かったけど、解約ができん。……そう、黒岩が振り出した千五百万の手形や。詐欺師仲間のあんたが割ったれや」

「おまえ、ほんまは何者《なにもん》や」

「口がわるいのう。わしは、おまえやない。桑原さんや」

桑原はためいき混じりに、「二代目二蝶会若頭補佐、桑原保彦。去年、破門になって、いまは堅気や」

「ヤクザを馘《くび》になったやつが府議会議員を脅すか。おれは府警にも所轄署にも知り合いがおる。大阪地検にもな」

「そら、けっこうやの。さすがに府議会のドンやで」

「警察を呼ぶぞ」

「呼ばんかい。署長をな」

桑原はコートの下から火炎瓶を出した。「警察が来るか、消防が来るか、好きにせいや」

火炎瓶を見て、蟹浦は怯《ひる》んだ。桑原は右手にカルティエをかざす。

「舐《な》めんなよ、こら。火の海にするぞ」

「やめろ。やめんか」

「どうするんじゃ、こら。手形を割るんかい」

桑原はカルティエを擦った。火炎瓶に近づける。

「桑原さん、あかん。放火は重罪や」

二宮はとめた。蟹浦を見る。「西山はみんな知ってる。ここで事件になったら、西山はあんたを潰《つぶ》しにかかる。あんたも黒岩も終わりや」

　蟹浦は黙ったまま、火炎瓶を見つめている。

「蟹浦さん」

「分かった……」つぶやくように蟹浦はいった。

「そうかい。聞き分けがええ」桑原はカルティエの蓋《ふた》を閉じた。

　蟹浦は通帳を手にとった。繰って、定期預金の額を確かめる。

「半分でええんやな」

「七百五十万。おまえも稼げるやろ」

　桑原はにこりともせず、「明日《あした》、わしの口座に振り込め。大同銀行守口支店や」

　二宮は名刺に桑原のいう口座番号を書いて蟹浦に渡した。

「わしは明日の三時前に銀行へ行く。振込みがなかったら、この事務所は燃える。西山事務所みたいには済まんやろな」

「振り込むというたら振り込む」

　蟹浦は舌打ちした。「帰れ」

「いわれんでも帰るわい」

　桑原は火炎瓶を持って立ちあがった。上着のポケットから封筒を出してテーブルに放る。

「なんや、これは……」蟹浦が訊く。

「USBメモリーの画像や。和歌山県議連との懇親会の夜、羽田が白浜のホテルにデリヘル嬢を呼びくさったんや。あいつはその画像を五十万で買うというた。羽田は口が軽いぞ。あんたの悪行も黒岩の悪行も、なにもかも喋りよった。……そのメモリーは七百五十万のおまけや。羽田が反目に立ったときは、あんたが羽田を追い込まんかい」

桑原はいって、背中を向けた。

ＢＭＷに乗った。火炎瓶を足もとに放って、桑原が笑う。

「おまえにクサデミー賞をやろ」

「なんです、それ」

「桑原さん、あかん。放火は重罪や……。クサい芝居やで」

「火のつかん火炎瓶にライター擦ったやないですか」

「それがどうかしたんかい」

「百五十万、くださいね。振込みあったら」

「聞こえんな」

「約束したやないですか。百五十万くれると」

「どつかれんなよ、こら。七百五十万の一割は七十五万とちがうんかい」

「なるほどね。計算は合うてますわ」

やはり、百五十万は無理だった。「明日、いっしょに大同銀行へ行きます」

「これや。金のことになったら誰よりも尻が軽いのう」

「桑原さんあっての二宮企画です」

本心からいった、ような気がする。「――けど、あの写真、まだ持ってたんですね」

「五十万円や。捨てるのはもったいないやろ。セツオにやろかと思たけど、あいつは脅迫《ユスリ》のセンスがない。蟹浦にサービスしたったんや」

「そんなことなら、おれにくれたらよかったのに」

「おまえは貧乏人や。五十万のためになにをするやら分からん。とばっちりを食うのはわしや」

さすが疫病神、おれのことをよう知っとる――。

「腐れ爺《じじい》を相手にして腹減った。飯食おかい」

「新地で鮨食いますか」

「おう、ごちそうさん」

「まわる鮨にしましょね」

鮨のあとは『グランポワール』で飲む。黒岩のツケだ。

国道171号から新御堂筋に入った。なにかしら心が浮き立つ。蟹浦は七百五十万を振り込むだろう。千五百万の通帳と印鑑、USBメモリーをやったのだから。

グランポワールには確か、ルナとかいう子がいた。髪はショートカット、眼がくりっとしてかわいかった。アフターのち、お持ち帰り。リッツ・カールトンかウェスティンにしよう。

20

二月末――。木下がひょっこり事務所に来た。嶋田の使いだという。二宮は木下をソファに座らせて、発泡酒をテーブルにおいた。
〝ユキチン　スキスキスキ〟――。マキが飛んできて、木下の頭にとまった。
「びっくりした。鳥、飼うてるんですか」木下は動かず、眼でマキを見あげる。
「オカメインコ。一日中、ここで遊んでる」
〝アンタダレ　アンタダレ〟マキが鳴く。
「喋るんですね」

「賢いで。教えたら憶えるんや」

声の質だろう、悠紀が教える言葉はすぐに憶えるが、二宮の言葉はあまり喋らない。「ロンドン橋落ちた、メリーさんのひつじ、ゆかいな牧場。この三曲は歌える」

♪いちろうさんの牧場でイーアイイーアイオー——歌ってみたが、マキは反応しない。片足をあげ、羽根を広げて羽づくろいをはじめた。

「頭に糞《ふん》するかもしれんで」

「そうですか」木下に嫌がる素振りはない。

「で、嶋田さんの使いというのは」

「森山組長が引退して、若頭が三代目を継ぎます」

「へーえ、それはめでたい」

「二宮さんは堅気やし、襲名披露の回状をまわすのはまずいから知らせに来ました。祝儀は不要、花も贈ってくれるな、いうのが若頭からの伝言です」

「嶋田さんらしいな。よう気を遣いはる」

代がかわって落ち着いたら、ドンペリでも持って嶋田に挨拶《あいさつ》に行こうと思った。「嶋田さん、物入りやろ」

「おれにはよう分からんけど、嶋田組の金庫は空になったみたいです」

「そら、そうやろな」

ヤクザが成り上がるのは義理や人情ではない。培った人脈と金の撒《ま》きようだ。嶋田は人望があり、金に恬淡としているが、やはり、いざというときの資金は貯めていたらしい。

「桑原さんはどうなったんや」

「復縁するでしょ。若頭の襲名の功労者です」

桑原は嶋田に、鳴友会との手打ち料をふくめて、一千万円を超える金を差し出したらしい、と木下はいう。

「なるほどな。それもあのひとの世渡りか」

桑原も金の撒きようを考えていたということだ。

「口では復縁なんかせんというてたけど、桑原さんは堅気では生きられんひとです」

「それはよう分かる。あのひとはどこまで行ってもヤクザや。けど、あれほどのイケイケやったら、組の看板なしでもやっていけんことはないと思うけどな」

「返しでしょ。鳴友会だけやない、桑原さんはいままで極道を何人もボロにしてきた。返しが怖いと、大手を振ってキタやミナミを歩けませんわ」

極道すなわち代紋。イケイケだけではシノギができない、と木下はいう。

そういえば、首筋がスースーしてます、と桑原が嶋田にいっていた。あの男の喧嘩《ステゴロ》は二蝶会の後ろ楯があってこそのものだった。

「けど、おれ、桑原さんがもどってくれたらうれしいです」

あんなヤクザらしいヤクザはいない、と木下はいった。

「襲名披露、いつなんや」

「三月の四日です」

「なんと、おれの誕生日やで」

「いくつですか」

「四十や」

「ええ齢ですね」

なにがいいたいのだろう——。

「あんたは」

「二十七です」

「若いな」

二十七歳――。父親から継いだ土建会社を倒産させてしまった齢だ。五人いた社員は散り散りになり、二宮はこの仕事をはじめて、もう十二年が経つ。

「企業の寿命は三十年というけど、二宮企画は保《も》ちそうにないな」

事務所を見まわした。「ほんま、青息吐息やで」

「ヤクザもいっしょですわ。いずれは消滅します」

「あんたもおれも斜陽産業の構成員か」

「けど、ほかに食うこと知らんから」

「宗旨替えも稼業替えもできんか」

顔を見つめあって、にやりとする。マキが飛んできて二宮の頭にとまった。プリッと音がした。

「糞、しましたよ」

「ようするんや。おれの頭は便座みたいやから」

最近、頭の髪が抜ける。てっぺんが薄くなったのかもしれない。

「あのポスター、なんですか」

木下は窓際の壁に貼っているポスターに眼をやった。〝☆フェイクエンジェル春季公演　フェアリーキングダム〟とある。

「ああ、あれな、ミュージカルや」

「なんで、ミュージカルのポスターがこんなとこに」

「知り合いの子が出るんや」こんなとこ、でわるかったな。

「悠紀ちゃん、いう子ですか」

「出るのは悠紀の友だちやけど……。ちょっと待て。なんで知ってるんや」

「セツオさんに聞きました。二宮さん、めっちゃきれいな女とできてるて。バレエのダンサーでしょ。ほんまはおれ、その子を見にきたんです」

「わるいな。悠紀は休みや」

「そら残念やな」

木下は視線をもどした。「春が来たんですね。二宮さんにも」

「あのな、いうとくけど、おれはいつでも春やで」

木下にいいたい。今日、牧野瑠美とデートすると。七時に東清水《ひがししみず》町の『シェ・モア』を予約した。

「おれ、帰りますわ」

木下は発泡酒を飲みほした。腰を浮かせる。

「あんた、妹がおったよな、美容師の」

「いてますよ。身長百六十、体重七十五キロ」

「いっぺん飲みに行こか。三人で」

妹は飲みませんねん——。木下はいい、事務所を出ていった。

「マキ、疫病神が復帰するんやて」ソファにもたれた。

〝ソラソウヤ　ソラソウヤ〟マキは鳴いた。

黒川博行（くろかわ　ひろゆき）
1949年3月4日愛媛県生まれ。京都市立芸術大学美術学部彫刻科卒業。大阪府立高校の美術教師を経て、83年、『二度のお別れ』が第1回サントリーミステリー大賞佳作。86年、『キャッツアイころがった』で第4回サントリーミステリー大賞を受賞。96年、「カウント・プラン」で第49回日本推理作家協会賞（短編および連作短編集部門）を受賞。2014年、『破門』で第151回直木三十五賞を受賞。他の著作に、『疫病神』『螻蛄《けら》』『悪果』『繚乱』『離れ折紙』『後妻業』『勁草』など。

※この作品は、2015年１月号から2016年７月号まで『小説 野性時代』に掲載された「風火」を改題し、加筆・修正したものです。
※作中に登場する人名・団体等は、すべてフィクションです。

※参考文献『国会議員とカネ』朝倉秀雄（宝島社新書）

喧嘩《すてごろ》

2016年12月9日　初版発行

著者／黒川博行《くろかわひろゆき》

発行者／郡司 聡

発行／株式会社KADOKAWA
東京都千代田区富士見2-13-3　〒102-8177
電話 0570-002-301（カスタマーサポート・ナビダイヤル）
受付時間 9:00〜17:00（土日 祝日 年末年始を除く）
http://www.kadokawa.co.jp/

印刷所／大日本印刷株式会社

製本所／本間製本株式会社

ISBN 978-4-04-104621-0　C0093　　JASRAC 出 1613725-601